ジュエル

夜明けの宝石

海都 裕

ティナはまどろんでいた。

瞼《まぶた》の裏は七色の淡い光に満ち、瞬きする度に一枚ずつ服を脱ぎ捨てるように、その景色は移り変わる。合間に聞こえる誘いの声は心地良く、夢と現《うつつ》を彷徨う少女に語りかける。

――島が呼んでいる。

〝永遠の島〟レノヴァ。

霧に閉ざされた美しい島。

「さあ、いらっしゃい美しい島へ――」

「君が来るのを待っているんだよ……」

「君を受け入れよう、永遠の島へ――」

「勇気を出して、貴女がいるべき所はこちら側なのよ……」

もう何年も前から同じ夢を見る。

光を背にして立つ人は男性なのだろうか、優しそうな微笑を浮かべていた。顔ははっきり見えないが、なぜかティナには分かっていた。その人が、これからの彼女の運命に大きく関わってくる人であることが……

その日も、いつもと全く変わらない朝が始まっていた。

カーテンの隙間から差し込む一筋の金色の光が、窓辺に置いた鉢植えのデージーをいきいきと輝かせていた。台所からは、微かに食器の触れ合うカチャカチャという音。母親の作る野菜スープからただよう、ローリエの食欲をそそる香り、隣家の犬が餌を催促する鼻にかかった鳴き声……

エプロン代わりのクリーム色の布を腰に巻いた母の、鼻歌まで聞こえてきそうな、今までと何の変わりもない、いつもの朝だった。

しかし今日ばかりは、陽気なティナの母親も鼻歌を歌える心境ではなかった。夜が明けなければいいとさえ思ったが、あたり前のように日は昇っていた。

今日はティナと家族にとっては、決して忘れることができないであろう、特別な朝だった。

ティナは、いつものように爽やかに目覚めるはずだった。今日は、待ちに待った、やっとたどり着いた特別な朝なのだから……。

――なのにどうしてなの、お腹が痛いなんて！　下腹に鈍痛がある……姉さんが毎月のように言っているのとそっくりだわ――まさか、もしかして、こんな日に……やだ、どうして、なぜ今日なの？　そっと確かめてみる。良かった、まだ大丈夫みたい。なるべく早く家を出よう。リナおばさんが馬車を貸してくれたから、朝食を食べてすぐに出発すれば、港まではあっという間に着く。そこから船に乗って、お昼までにはレノヴァの門に着くはずだ。

「……大丈夫よきっと、それにまだ、そうと決まったわけじゃないんだし……そうよ。きっと大丈夫だわ」

——泣いている場合じゃないわ、くずぐずしてないで早く支度しなくちゃ。

いつもながら切り替えが早い。母に叱られて背中を向けても、振り返ればもう機嫌が直っているると姉のサラによく言われる。

女らしく大人しい姉と違い、ティナは外で男の子と元気に遊ぶことが多かった。活発でのびのびと素直に育った、頭の回転が速いしっかりとした少女だった。来月で十三才になるが、痩せていて小柄なので二、三歳下に見られることが多い。艶のある真っ直ぐな黒髪を肩で揃え、濃い緑色なので黒に見られてしまうこともある、大きな瞳の女の子だ。


ティナの住む所から見ると、レノヴァは海に浮かぶ巨大な山のように見える。実際は、この小さな惑星ライルの三番目に大きな島だ。しかし、いつも深い霧におおわれているので、その全景をはっきりと観たものはいない。ライルは四つの大陸と無数の島でできている。ティナの住む小さな島は、レノヴァの南西にあった。

今日は〝永遠の島〟と呼ばれるレノヴァの門が開く日なのだ。島に呼ばれた者だけが通れるという門、その門をくぐって戻ってきた者はいない。

——もう二度と帰ってはこられないかもしれない……。

家族と会えなくなるのはとても辛いことではあったが、小さい頃からの憧れの地、そして永遠の命を授けられるというあの門をくぐるのがティナの、いやこの世界・ライルの人々の夢なのだ。

ティナの身内では、父方の曽祖父の兄ダンが門をくぐっていた。もっとも、家系に一人でもいれば珍しいほど、門が受け入れる人の数は少ない。身内の者がレノヴァへ行けば、その家は繁栄すると言われ、小さい頃から人々はレノヴァへの憧れを植えつけられていた。そして、ライルで人々の手に負えないような大きな災害が起きた時には、レノヴァから不思議な能力を持った人たちが助けにきてくれると信じられていた。しかし、レノヴァの人々は長い間島を離れられないらしく、救助を終えると直ぐに帰ってしまうと言われていた。

ティナが生まれてからは、まだそのような大きな事故や災害は無かったが、母はレノヴァの人を見たことがあるらしい。うっとりとしながら母は言った。

「彼らは皆美しく、自信に満ち、知性に溢れていたわ」

レノヴァはその眺望からも、神々の島のように崇められていた。ライルでのレノヴァの人々への信頼は厚く、彼らへの憧れと羨望も大きかった。

今日は年に一度の大潮の日、普段は海面下にある門が現れるのだ。そして、その門が開く。

――やっぱり去年行くべきだったんだわ……でも父さんが海の事故で死んでしまったので言い出せなかった。

――どうか門が開くまで、始まりませんように……

祈りの言葉は神様に届いているとばかり思っていた。

――激しい運動も控えたし、刺激のあるものも食べないようにしてきたのに、それなのに何で今日なのよ！　緑の泉が溢れそうになるのを、ティナは唇をかんで堪えた。

門は初潮のきた女の子を受け入れない。どうしてなのか誰にも分からないが、何故かそう言われている。男の子は、変声期前後くらいまでしか入ることができないようだ。

——大丈夫、きっと間に合うわ。

ティナは自分に言い聞かせるように小さくつぶやくと、急いで服を着た。麻の貫頭衣。レノヴァに呼ばれた者は、昔から男女を問わずこれを着て行くことになっている。頭から被った麻の服が、ティナを宥《なだ》めるように肌を擦っていった。そして緑の瞳の少女は、小さな鏡を覗いてサラサラの黒髪を整えた。

朝食の後、母と姉を急《せ》かして馬車に乗った。友達や親戚には、昨夜のささやかなお別れ会で〝さよなら〟を言ってある。もしかすると門を通れずに帰ってくることも考えて、余り盛大な会にすることは憚《はばか》られた。


小さな港から船に乗ると、中には既に大勢の人々がいた。大人たちに混じって、ティナと同じ貫頭衣を着た子供たちが六人いる。得意そうにしている子や目を真っ赤にしている子、落ち着きのない子など様々だ。

ティナは母と姉にぴったり寄り添って、静かに光る海を見ていた。

彼女は、島に呼ばれたことで、ちょっと得意気になっていたことを反省していた。母と姉の気持ちも考えず、有頂天になっていた自分が恥ずかしかった。家族と別れる悲しみが、今頃になって胸に迫ってきた。

島に着いた時、太陽は真上に輝いていた。そんな好天にもかかわらず、レノヴァはいつものように霧につつまれていた。霧のあいまから僅かに覗く島の周囲は、どこも切りたった高い崖になっており、崖にそって船は音もなく進んだ。しばらく行くと滝のように水が流れ落ちている所があり、その滝の近くには既に、三つの大陸から来た船が、それぞれ島に呼ばれたという子供たちを乗せて錨を下ろしていた。途中、幾つもの島々に寄って子供たちを拾って来たはずである。ティナの乗った船もそうだった。船はできるだけ島に近づくと、錨を下ろした。

もうだいぶ海面は下がっているようだった。既に小船をおろしている船もある。皆の期待と緊張で、辺りの空気が張り詰めているのが感じられた。皆、霧の薄れた崖下の一点を見つめていた。

暫くすると、あたりに雷鳴のような音が響いた瞬間、岩が割れたように見えた。

門が開いた！

最初に着いた船から降ろされていた小船が、門に向かって静かに漕ぎ出して行った。茶色の髪の痩せた男の子が乗っている。順番に一人づつ、小船に乗って門を通るのだ。潮の引いている時間には限りがあるので躊躇《ためら》っている暇は無い。

最初の子が門をくぐると、次の船が直ぐに漕ぎ出して行く。門が生き物であるかのように次々と小船を吸い込み、空になった船を吐き出しているように思われて、ティナは何だか恐くなってきた。しかし、もうここまで来てしまった以上は行くしかない。

ティナは自分を励ますように一つ大きく頷くと、じっと門を見つめた。ティナの前の小船に乗った金髪の男の子は、どうしても門を通れなかった。門の前まで行くと、船がくるっと戻ってしまう。何度か試したその子は、顔を真っ赤にして戻ってきた。時々レノヴァに呼ばれたと嘘をついてくる子もいる。しかし島は決して中に入れてはくれない。また、呼ばれているのに家族と離れられずに船に乗らない子もいる。そんな子は、何年かすると頭がおかしくなってしまうと言われていた。「本当かしら……」そうは思ったが、ティナには頷ける気がした。

あの、日ごとに大きくなる誘いの声は、その柔らかな優しい響きの内に、何か強い力がこもっているような感じがした。それは心の内側に響き渡るような、抗いがたい力だった。しかし決して強要するものではなく、自分のいるべき場所を示してくれているような気がしていた。

何年も前から〝声〟を聞いていたティナの頭の中は、もうレノヴァへ行くことしか考えられなくなっていた。このままここに留まることは、真っ暗な穴の中に飛び込んでしまうかのように、先がまるで見えなかった。光はレノヴァを指し示していた。何日も砂漠を彷徨った人が水を求めるように、ティナの心はレノヴァに行くことを渇望していた。

いよいよティナの番がきた。舟を漕いで門に向かう。振り返って母と姉の方を見た。

二人は抱き合って泣いている。ティナの頬を涙がつたった。

——さよなら母さん、姉さん

声に出さずに言うと、ティナは大きく一回漕いだ。

それだけで、船は吸い込まれるように門を目指した。

――門は受け入れた。

ティナは安堵の溜息とともに、陸に上がった人魚のような大粒の涙を流した。

門を抜けると、大きな岩をくり貫いたように見える小さな入り江があり、パール貝を砕いたような、ほのかに光る小さな砂浜に船は着いた。

ティナが砂浜に降りると、ひとりでに船は静かに戻って行く。

「あっ！」

戻れないと分かっていても、最後に残った一本の糸を断ち切られたような喪失感が小さな胸をよぎった。

砂浜の先には、上へと続く狭い石の階段があった。ティナは、自分を励ますように一つ息をすると、ためらわずに上へと登って行った。見上げると、やわらかな光が射していた。

もう少しで登りきるという時、ティナは脚の間に違和感を感じて立ち止まった。

――ああ、やっぱり始まったんだ。どうしよう……

とは思ったが、門を抜けた後で良かった、という安堵感のほうが強かった。

――家を出る時に念のため、きちんと身支度をしておいて良かった。

母や姉からよく聞かされていたので、うろたえもせずにそれを受け入れた。

十三歳といえば遅いほうなのだ。「何でわざわざこんなときに……」とは思ったが、自分も何だか大人の仲間入りができたようで、ちょっぴり嬉しくもあった。

この時はティナは、これがどんなに重大なことなのか知るよしもなかった。


地上に出ると、うっすらと霧がたちこめていた。霧の中に光が溶け込み、空気にも色があるように感じられる。ゆったりとした麻の衣の下で、胸元から冷たい汗が真っ直ぐに伝って行くのが分かった。辺りは霧のせいで、ぼんやりと霞んで見える。初めて見るレノヴァは、ティナが思っていた以上に神秘的な世界に思われた。

これは魔法なのだろうか、それともここではいつもこうなのかしら……そんなことを考えていたティナの前に、いつの間にか美しい女の人が立っていた。声も出せずに見つめていると、その人は微笑み、手ぶりで道を辿るように促した。足元を見ると、ほんのりと光る白砂の道が真っ直ぐにのびている。ティナは軽く頷くと、ゆっくりとその道を辿り始めた。

霧のせいか、道だけがボンヤリとした辺りの景色に浮かんでいるようにも見える。自分が夢の中にいるのか、神々の国へ迷い込んでしまったのか不安になって、ティナは、そっと自分の手のひらを見た。目を閉じたら消えてしまいそうで、不安だった。自分が霧の中に溶けてしまうのではないかと思うほど、あたりは音もなく静けさに満ちていた。

少し歩くと、霧の中に家らしきものが見えてきた。あたりを見回すと、緑の木々も見える。聞き慣れた小鳥のさえずりを聞いてホッと息が漏れた。

近づくにつれ、それはレンガと木で造られた美しい平屋の建物であることが分かった。七色に輝く扇形の貝殻が、レンガの所々にはめ込まれている。入り口には短く刈り込んだ銅色の髪の、がっしりとした男の人と、背の高い金髪の女の人が立っていた。二人はティナを見ると優しく微笑んで言った。

「レノヴァへようこそ、かわいいお嬢さん」

「中へどうぞ」

——良かった、言葉が通じるんだわ。さっきの人は何も喋らなかったから、通じないのかと思った。でもあたりまえよね、皆、生まれた所は同じなんだから……

「ありがとう」

ティナは一瞬ためらった後、中へ入った。

中は明るかった。

艶の出るまで磨かれた板張りの広い部屋の突き当たりは、一面パーゴラになっていて、そこから人が自由に出入りしていた。広い部屋のあちこちに、小さなテーブルと椅子が置かれている。椅子は半分ほどうまっていた。ティナと同じ麻の服を着た子供たちは、それぞれ皆テーブルに着いて、大人たちと楽しそうにお喋りをしていた。

そして周りには二十人ほどの、絹や木綿や麻など素材は様々だが、それぞれ個性的な服を着た男女が何人かで集まり、小声で話しをしていた。失礼だとは思いながらも、ティナは彼らを目を丸くして見つめていた。

今まで彼女が育った所では、せいぜいお洒落をしても女性は足の隠れるゆったりとしたスカート、男性はスーツに花を飾る程度だった。ここにいる男女のような、カラフルで複雑な切り替えのある衣装は見たことも無かったのだ。ティナが自分を、魔法使いの仮装パーティーに迷い込んでしまった鼠のように感じてしまったのも仕方の無いことだった。

ティナが入って行くと、その煌びやかな人々は一瞬、話を止めて振り返った。ティナは自分に視線が注がれているのを感じながら、小柄な青い瞳の女性に、小さなテーブルに案内された。

椅子に座るとすぐに、おいしそうなお菓子とお茶を勧められた。お茶からは、気分が穏やかになるカモミールの香りがする。チョコレート色のふんわりと軟らかいお菓子を一口、口に入れた時、目の前に赤い髪の女性が立った。

——何で、ここの人たちは皆こんなに綺麗なのかしら。

そう思って見上げていると、「座ってもいいかしら」と、大輪の薔薇の花のようなその女性が口を開いた。ティナは、あわててお菓子を飲み込むと、「どうぞ」と答えた。

人なつっこそうな笑みをたたえたその人は、藍色の目をしていた。シンプルな白いワンピースの胸元は、蝶の羽のようになっていて、小さな花のペンダントと胸の谷間がちらりと覗いていた。

「私は〝湖に沈む夕陽〟イヴって呼んでちょうだい」

「私は……」

「いいの、まだ貴女に名前はないのよ。ここでは皆、新しい名前をもらうの。名付け親は貴女が指名できるのよ。いろいろな人と話しをして、ゆっくり決めればいいわ。ここにいる人たちは皆、誰かの名付け親になりたくて来てるのよ」

イヴのお茶が運ばれてきた。爽やかなミントの香りがする。イヴは少しの間お茶の香りを楽しむと、話を続けた。

「名付け親は、ここでの親代わり、短くても一年間は貴女の世話をすることになるの。だから、よく話して気の合う人を見つけてね」

その時、イヴの後ろに背の高い男の人が立った。

「おじゃましてもいいかな?」

「あらライアン、驚いたわ、貴方がここに来るなんて……」

「そう、初めてなんだ」

そう言いながら彼は、イヴの隣の椅子に優雅に腰を下ろした。

濃い金色の髪を首の後ろで一つに束ねたその人は、けむるようなグレイの瞳をしていた。チャコールグレイのスラックスの上に、白い麻の葉模様の入った、シルバーグレイのチュニックを着ている。

――やっぱり、ここの人たちは魔法が使えるに違いない。美しく見える仮面の下には、恐ろしい姿が隠れているのかもしれない……

ティナは目の前に座った美しい男女を、疑うようにじっと見つめた。

――そうでなければ、こんなに綺麗な人たちが揃うはずないもの……

そこで、ふと気づいた。皆、生まれは同じライルなのだから中身は同じはずだ。化け物であるはずはなかった。二人ともティナがそんなことを考えているとも知らずに、優しい微笑みを浮かべてティナを見つめていた。ティナは、頬が赤くなったのが恥ずかしかった。

〝ライアン〟と呼ばれた彼は、この部屋の人々の中でもいちだんと目立っていた。なんだか身体が光っているように見えて、ティナは思わず目をこすった。

「どうやら、このお嬢さんにも貴方のオーラが見えるようよ」

イヴが面白そうに言った。

「ライアンのオーラは金色なの、眩しいでしょ。ちなみに貴女は夜明けの空みたい、菫色《すみれいろ》が常に変化しているわ」

「ああ、実に美しい」

とライアンが頷く。

ティナは初めて耳にする言葉に、驚いて尋ねた。

「オーラって何？」

「その人の内面からにじみ出る光みたいなものよ、気分によって変化することもあるわ」

「ここの人は、皆オーラが見えるの？」

「ええ、貴女にもすぐに見えるようになるわよ。貴女も、もう〝ここの人〟だもの」

イヴが請合った。

暫く二人と話しているうちに、ティナにも色々なことが分かってきた。

　ここには学校が無いということ。知りたいことがあれば図書館へ行くことで、誰でも全ての本が自由に借りられること。仕事は三十歳までに色々な所で見習いをしてから、ゆっくり決めれば良いこと。

「ここでは皆、長命なので気が長いのよ、仕事に飽きたら自由に変えられるわ」

　とイヴ。

　レノヴァには何と、お金というものは無く、人々はバザールへ品物を持って行き、かわりに何でも好きなものを持って帰れるというのだ。

「まあ、徐々に覚えればいいさ」

　とライアン。

「ここでは時間がゆっくり過ぎて行くのよ、あせらないでね」

　とイヴ。

　ティナは最初の疑いも晴れ、二人のことがとても好きになっていた。できれば二人のどちらかに名付け親になってもらおうと思っていた。その時ライアンが、ティナの心の内を知っているかのように聞いてきた。

「もう名付け親は決まったの？」

「他の人たちとも話してみたいんじゃないかしら」

　とイヴは言ってくれたが、ティナは首を振って答えた。

「お二人のどちらかに、なってもらえたらいいなと思っているんだけど……」

イヴがにっこりと微笑んだ。

「そういうことなら、ライアンに譲るわ。この人、今までここには来たことなかったのよ。普通なら、もう二、三人の名付け子がいてもいい年なのに、貴女が記念すべき最初の名付け子になるわけね」

イヴが悪戯っぽくウィンクをして言った。

「彼が貴女にどんな名前を付けるのか、私すごく興味があるわ……私もここに居ていいかしら？」

「ええ、私もその方が嬉しいわ」

ティナは即座に答えた。

――新しい名前……ティナは心臓の鼓動が速くなるのを感じた。誕生日のプレゼントを貰う時のような、ワクワクとした気持ちと同時に、自分の名前を付けてくれた父と母のことを思い出して、胸がキュンとなった。新しい名前で、レノヴァでの新しい生活が始まるのだ……もう戻れない。母にも姉にも、もう会えない。そう思うと悲しくなって涙がポトリと落ちた。

イヴが優しく手を取ってくれた。

「大丈夫？　皆そうなるの、私もそうだったわ。でもね、楽しいことだけを考えて……ここはとてもいい所よ、私が保証する。それにライアンはとても良い人よ、貴女は運が良いわ、ライアンに選んでもらえるなんて……じゃなくて貴女がライアンを選んだのだったわね、フフッ」

イヴの手は暖かく、ティナはお茶を一口すると気持ちが落ち着いてきた。

「さて、ライアン、名前は決まったの？」

暫くするとイヴが、椅子に深く座り直して聞いた。彼は微笑みながら答えた。

「ああ、実は最初に彼女を見た時に、もう決まっていたんだ」

「あらま、それで？」

ライアンはティナをまっすぐに見て、「夜明けの宝石」と言うと、にっこり笑って、問いかけるようにティナに首を傾げた。

ティナは、自分が馬鹿みたいに口を開けているのに気が付いて、あわてて口を閉じてうつむいた。

「どうかな？」

ライアンが心配そうに尋ねた。

「素敵な名前――とても綺麗な名前ね、でも私にはもったいないわ……なんだか綺麗すぎて……」

ティナは正直に思ったままを答えた。

「ぴったりよ。さすがライアン、いいセンスね。貴女のオーラにぴったりの名前よ。ここではオーラに合った名前を付けることが多いの。私は髪の色が目立っちゃってるから、この〝湖に沈む夕日〟という名前をもらったの、ライアンは〝黄金の獅子〟っていうのよ」

イヴが説明してくれた。

（なるほど、ここでは皆こういうふうに名前を付けるのか……）ティナは納得して頷いた。

「で、なんて呼べばいいの」

とイヴ。

「ジュエル」

にっこり笑ってライアンが答えた。

ティナもつられて微笑むと、そっと呟いた。

「ジュエル……」

「よろしく、ジュエル」

ライアンが手を差し出した。ジュエルがそっとその手に触れると、ライアンは力強く握り返した。

イヴは立ち上がると、ジュエルを優しく抱きしめてくれた。

「レノヴァへようこそ、ジュエル、私たち仲良くなれそうね……」

仄かに薔薇の香りがした。


ジュエルは後悔していた。イヴに名付け親を頼めばよかったと。名前はとても気に入っている。自分には素晴らしすぎる名だとも思う。でも……あれから書記のような人が来て書類に色々と記入した後、イヴは帰り、今ライアンと二人きりなのだ。

――今日出会ったばかりの男の人と……！

ティナは今、ライアンと二人でローラーという乗り物に乗っている。ライルでは見たことも無い、太陽の光で走るという、四輪の馬のいない二人乗り馬車みたいなもので、太陽の無い時は帆を張って風の力で走る、とライアンが教えてくれた。ローラーに乗り、これから世話になるライアンの家へ行く途中なのだ。

——今日から一年間は、彼と一緒に暮らすことになる。どうしよう、彼を父親とはどうしても思えないし、第一若すぎる。どう見ても二十代にしか見えないし、それに素敵すぎる……女の子の理想にぴったりじゃないの。ハンサムで背が高くてスマートで趣味が良くて、それに育ちも良さそう……彼が平凡な人なら、まだ良かったのに……それが、こんなにカンペキな人と一年も一緒に住むなんて——あー考えただけで心臓の鼓動が速くなってくる。ああ、どうしよう……。

窓の外を見ながら、そんなことを考えていると、すれ違う人たちが皆ライアンに手を振ったり挨拶をしたりしていることに気が付いた。

「人気者なんだ」

ジュエルがポツリと呟いた。

「職業がらね、僕は東の王なんだ」

さらりとライアンが言った。

またアングリと口を開いたジュエルは、慌てて口を閉じた。

「王！　王って王様のこと？　それって職業なの？」

また馬鹿な質問をしてしまったと思ったが、彼が答えた。

「ここでは、そうなんだよ。だいたいがオーラで決めるんだ。僕の場合は前の王が亡くなった時に、ほとんど自然に決まってしまった。四年前だよ」

――ああ、おまけに王様だなんて。

ジュエルは頭の中のライアンの身上書に、〝王〟と書き込んだ。

しかし王様なら、一人住まいということはないだろう。お城には人がたくさんいるものだし、それに王妃様だっているかも知れない。

「あの……結婚しているの？」

「いや、ここではそういう習慣は無いんだ。皆とても長命なんでね。結婚というかたちをとるのは無理があるのさ。ただ、何十年も一緒に暮らしている人たちもいるけれどね」

「長命って、どれくらい？　私はレノヴァの人は永遠に生きるって聞いていたけど」

「永遠というわけではないな、長く生きていれば病気や怪我をすることもあるし、ゆっくりだが歳もとっていく、今一番年長の者でも八百歳はいっていないはずだよ」

「八百歳！　私もそんなに生きるのかしら」

「それは君しだいさ、幸運を祈るよ」

ジュエルは質問をやめた。いっぺんに色々聞いたせいで、頭の中でキツネとウサギが笑いながらダンスをしている。

――まあ、そんなに長生きできるんなら、ゆっくりと知っていけばいいだろう。

お腹もシクシクと痛んできた。

――大丈夫だろうか、緊張していたのと、色々と驚くことが多過ぎて、余り気にしている暇も無かった……とにかく当分の間は秘密にしておこう。もちろんライアンには話せないし……家を出る時に、念のためポケットに生理用品を詰め込んできてよかった。これで当分は大丈夫だろう。

ジュエルはそっとポケットをたたいた。


林の中の道を、ローラーは滑らかに進んで行った。いつの間にか外の景色は開け、まばらな木々と畑の向こうに、ぽつんぽつんと家が見えてきた。道には所々に、名前を書いた矢印のついた標識が立ててあった。その名は皆ジュエルのもらった名のように、凝ったものばかりだった。彼女はその名前から、どんな人か想像できるような気がして、それを楽しんでいた。

暫くすると、遠くには町らしきものも見えてきた。ライアンがそれを指差して、「あそこがラーク、東の地の首都のような所だ。私たちは余りまとまって住まないから、東の地で町と呼べるのはあそこぐらいかな。今の私の家もラークに有るんだ」と教えてくれた。

ローラーは、川沿いの道をラークに向かって進んで行く。慣れた様子でローラーを操りながら、彼は話を続けた。

「レノヴァは東、西、南、北、四つに分けられている。それぞれに王と呼ばれる人がいて、その四人の王が協力してこの島を治めているんだ。時には雑用もしなくちゃならない、結構大変な仕事だよ」

と言いながらライアンは、大らかな、ゆったりとした微笑を浮かべている。

――さすが〝黄金の獅子〟だわ。

ジュエルは納得した。四人の王が一つの国を治めるということの仕組みは、彼女には良く分からなかったが、きっと一人で治めるよりも良い国になりそうな気がした。

知らないことは沢山有りそうだ。これから覚えなくてはならないことが山ほど有るだろう。ジュエルは考えただけで気が遠くなりそうだったが、持ち前の立ち直りの速さで、「頑張るぞ」と、心の中で思った。でも溜息が一つ漏れた。


ラークに近づくに連れて、ジュエルの期待と不安が一挙に高まってきた。段々と口数も少なくなっていく。

ライアンがそんなジュエルに気づいて言った。

「心配しなくても大丈夫だよ、この国には悪い人はいない。犯罪も殆ど無いんだ」

ジュエルは頷いた。

「それにラークの人は皆、気の良い人ばかりだからね。きっと君も、この町のことを気に入ると思うよ」

そう言うとライアンは、にっこり笑ってウィンクをした。


ラークの町の入り口には大きなバザールが有り、巻貝のように渦巻状になった屋根の中央には、オレンジ色の星のついた黄色い旗が立っていた。何処からでも入れるようになっているので、人々は自由に出入りしていた。バザールの周りにはローラーが何台も停まっていて、大きな荷物を抱えている人もいる。

興味津々で身を乗り出していたジュエルに、ライアンが言った。

「今日は、真っ直ぐ家に行って、バザールには明日来ることにしよう。君に必要な物も色々揃えなくちゃならないし、その時に町を案内してあげるよ」

ジュエルは、ちょっと残念な気もしたが、大人しく彼に従った。

——今日は、驚くことはもう十分だった。ライアンの言う通り、これ以上は明日に回した方が良さそうだ。まだ、これから自分にも何百年もの年月が待っているはずだ。時間は十分にある。イヴの言っていたように、焦らずに、ゆっくりと過ごすことにしよう。

今までジュエルは〝早くしなさい〟とは良く言われたが、〝ゆっくりしなさい〟なんて言われたことがなかった。少し戸惑いはあったが、「それが長い人生を上手く生きるコツ」と言っていたイヴの言葉を思い出した。

——成るほど、その通りかもしれない。この先、新しい発見を、少しでも長く続けられるように……

ローラーはバザールの横をゆっくりと通り過ぎると、広い石畳の道を真っ直ぐに進んで行った。

ジュエルは、自分が何も持っていないことに気が付いた。ポケットの中身を除いては……ここへは皆、麻の服だけで来ることになっていたのだ。明日が待ち遠しかった。

——ライアンに服を選んでもらえたら、私も素敵になれるかしら……

なんだかワクワクしてきた。今までは、オシャレや服のことなんか気にもしていなかった。姉のお下がりを喜んで着ていたのだ。朝、最初に手に触れたものを着る、という無頓着さだったのに……


まるで絵本の世界を映しているような窓に張り付いていたジュエルは、ライアンの、「さあ着いたよ、ここが今の僕の家だよ。今日からは君の家でもある」と言う声に、慌てて前を見た。

大きな木々に囲まれて建っていたそれは、がっしりとした煉瓦造りの二階建てで、大きな窓がいくつも有った。二階には中央に広い、左右には小さなバルコニーが付いている。玄関前の広場にはローラーが何台も停まっていた。

——想像していたお城とはえらい違いだわ——とジュエルは思った。彼は軽く手を振って言った。

「手前の建物は、皆が自由に出入りできる、私の執務室と東の地を管理するための事務所になっているんだ。十五人ほどがここで働いている」

成るほど、ライアンの言うように、窓の向こうに何人かの男女が見えた。

「中庭の向こうが私たちの家だよ、皆には明日紹介することにして、今日は中庭を通って家へ入ろう」

ライアンは、隅にローラーを停めると、ジュエルを連れて横手にあるアーチ型の門をくぐった。

「わあ！」

ジュエルは思わず顔をほころばせて、歓声をあげた。

「素敵なお庭ね！」

そこは木々の間に美しくテラコッタが配置され、花々が咲き乱れていた。

サフィニア、バラ、マーガレット、アリッサム、ラベンダー——パーゴラの柱には蔦が絡み付き、あちらこちらにある吊り鉢からは、ランの花の甘い香りが風に乗って漂ってくる。

「イヴがやったんだ。この家を建てた時、お祝いだって言って庭を造ってくれたんだよ」

「えっ？　これをイヴが一人で造ったの！」

「そうだよ、彼女には植物を育てる〝能力《ちから》〟があるんだ」

「〝能力《ちから》〟って？」

「言ってなかったっけ、レノヴァの人々は皆、それぞれ特別な能力を持っている。癒しの力、透視、物を組み立てる力など、人によって様々な〝能力《ちから》〟がある。力の大きさもまちまちで、何に使えるか分からないような小さな力の人もいるけれどね」

ジュエルは目をまるくした。

「ライアンのは？」

「まあ、そのうち分かるさ。君も〝能力《ちから》〟を持っているはずだよ」

ジュエルは首を振って言った。

「私にはないわ、そんな〝能力《ちから》〟なんて」

「いや、あるさ、門を通れるのは潜在的に隠された能力を持っている子供たちなんだよ。こっちに来てそれが表に現れるのさ、〝石〟の影響だと私たちは思っているんだけどね」

「石？」

「そう、そのうち説明するよ。さあ中へ入ろう」

ライアンはジュエルの肩に手をかけて中へ導いた。

家の中は清潔で、きちんと片付いていた。広い居間の中央には円形の木のテーブルが有り、座りごこちの良さそうなベージュ色の布張りのソファーが、その周りを囲むように置かれていた。ソファーの上には茶系の柔らかそうなクッションが、いくつも無雑作に置いてあった。白砂色の壁には、所々に金色のツバメが飛んでいる。きっと夜には、ランプの明かりに浮かび、飛んでいるように見えるに違いない。そんな遊び心のあるユニークな壁を、ジュエルは一目で気に入ってしまった。ライアンは興味津々の彼女を見て微笑みながら言った。

「その奥がキッチン、右が僕の部屋、君は左の部屋を使って」

その部屋に入ると、そこはティナの家の居間ほどもある広さだった。窓には蔓草模様のカーテンがかかり、南側の掃きだし窓からはパーゴラを通って直接、庭に出られるようになっていた。大きな天蓋付きのベッドには、真新しいリネンのシーツがかかっていた。斜めに敷いた若草色のラグの上には、小さなテーブルと二脚の椅子が置かれている。横の小さなドアを開けると、そこは……ゆったりとした専用のバスルームだった。

振り返ったジュエルは、思わずライアンに抱きついた。小柄なジュエルは背伸びをしてもライアンの胸までしか届かない。ライアンは笑いながら、ギュッと抱きしめてくれた。

「気に入った？」

「ええ、とっても！　ありがとう」

「クローゼットに、イヴが泊まった時に着ていたパジャマがあるはずだから、今夜はそれを着るといいよ」

「イヴは泊まりにくるの？」

「ああ、たまにね、彼女は一番気の許せる友人なんだ。今は恋人と一緒に西の地にいる。こっちに来た時は、ここに泊まるんだよ」

ジュエルは、すっかりこの家が気に入ってしまった。来る途中の不安など忘れて、寛いだ気分になっていた。

――今日からは、夢にまで見た天蓋付きベッドで眠れる……

「僕は夕食の支度をするから、君は少し休んでいるといい、今日は色々なことがあったから疲れただろう」

ジュエルは驚いて聞いた。

「ライアンが作るの？」

「そうだよ。レノヴァには使用人はいない。皆、お互いに協力はしあうけれどね」

窓の外は、柔らかな夕陽に染まって花々が美しく輝いていた。紫の花は、夕陽に特に美しく染まる。庭の紫のサフィニアの花は、この美しい庭の中でも今、一際輝いて見えた。

「じきに暗くなるだろう、明かりを点けておいてあげよう」

ライアンはそう言うと部屋に入り、部屋の中央と窓辺に置いてあったランプに灯りを点けてくれた。

一人になったジュエルは、さっそくバスルームに入った。出血は止まっていた。なんだかホッとした。最初って、こんなものなのかしら、姉さんに聞いておけば良かった……

ベッドに横になったジュエルは、いつの間にか眠ってしまったようだ。ノックの音にハッと目を覚ます。

「夕食ができたよ、キッチンにおいで」

咄嗟に返事をしたが、ジュエルは自分が何処にいるのか分かっていなかった。何度も瞬きをして、やっと頭がはっきりとしてきた。

「ああ……」

ため息が漏れた。その時、お腹がクーと鳴った。

——ライアンは何を作ってくれたのかしら……

ジュエルはキッチンへ向かった。


ライアンの料理は、とても美味しかった。香草の利いたラムのシチュー、新鮮な野菜のサラダ。カリカリに焼いたパンの上にスパイスの利いたベーコンと、とろりと溶かしたチーズを乗せたものは絶品だった。おまけにデザートには、大粒の葡萄と木苺のゼリーまでついていた。

ライアンは女の子を喜ばせるコツを知っているようだ。お腹がいっぱいになったジュエルは、もうライアンを信頼しきっていた。

「今日は特別だよ。明日からは、ちゃんと手伝ってもらうからね」

ライアンはそう言うと、自分の食器を片付け始めた。

ジュエルがお皿を持って流し台に行くと、丁度ライアンがコックをひねって水を出したところだった。ジュエルはびっくりして目を丸くした。それに気づいたライアンが説明してくれた。

「地下水を、屋根の上の風車で汲み上げているんだ。水脈を見つける能力のある者がいるんだよ。レノヴァの地下には温泉も沸いている。ここに家を建てたのも、それがあるからさ。バスルームのコックをひねればお湯が出るよ」

ジュエルは、あまり意味が理解できなかったが、とにかく凄いことだった。ティナのいた世界では考えられないようなことだった。そういえば、来る途中の家々の屋根に、小さな風車が幾つか付いていたことを思い出した。

——明日は、どんなビックリすることがあるのかしら……

ジュエルはワクワクしながら部屋に入り、バスルームのコックをひねると、本当に暖かいお湯が出てきた。それはジュエルにはまるで魔法のようだった。

その夜はゆったりと湯に浸かり、ぐっすりと眠った。当然のことだが、いつもの夢を見ることは無かった。ジュエルはもう、夢の世界の住人になってしまったのだから……


翌朝、ジュエルが目覚めると、ライアンはもう起きていた。

ジュエルは、ライアンの空色の半袖のシャツを着て腰にスカーフを巻いた。ちょうど膝丈のワンピースに見える。

「とっても、かわいいよ」

ライアンがそう言うのなら大丈夫だろう。ジュエルはそれを着て出かけることにした。今日は約束のバザールへ行くのだ。ライアンが言うには〝何でも有る〟というバザールで、好きな物を持ってきて良いということがまだ信じられなかった。

パンとミルクとフルーツの簡単な朝食を済ませてから、出勤してきた事務所の人たちに紹介してもらうと、ジュエルはワクワクしながらライアンのローラーに乗った。


食料品、衣料品、薬草類、家具や雑貨など、バザールには本当にあらゆる物が揃っていた。建物の中は大まかに区切られている。まず、服を何着か選び、下着と帽子や靴も揃えた。気に入ったミルクカップや、洗面道具も有った。パジャマやタオル、ノートやペンまで揃えると、二人でも持ちきれないほどになってしまった。最後に使いやすそうなショルダーバックを見つけた。

「さあ、今日はこれくらいにして、足りない物は徐々に揃えていこう」

ライアンはそう言ってローラーへ向かった。

ジュエルは、一番気に入った花柄のワンピースと緑色の短いベストに着替えていた。ライアンは、彼女の瞳と同じ色の石で作られた可愛い木の葉型のペンダントと、お揃いのブレスレットを、しっかりと服に合わせてくれていた。

荷物をローラーに詰め込むと、ライアンは町を案内してくれた。様々な物を作る工房、病院、図書館、音楽堂、ローラーを修理してくれる所もあった。中で働いている人たちは、皆それぞれ自分の能力に合った仕事に就いているようだった。

最後に、吊り鉢や素焼きの鉢に花を飾った、お洒落な店の前で止まると、

「ここで食事をしていこう、僕は午後からは仕事をしなくちゃならないから、帰ったら君は自由にしていていいよ」

と、ライアン。

町で出会った人たちは、ライアンが言っていたように皆礼儀正しくて親切だった。子供はとても少なかったので、皆が競うように可愛がってくれた。

今回、門を通ってきた子は特に少なかったということだった。東の地に来た子供は最も少なく、ジュエルを含めて五人しかいないということだ。しかも、ラークの町に住むことになったのはジュエルだけだった。食堂で美味しいサンドイッチを食べていると、皆が二人の所へ集まって来た。ジュエルはライアンに〝夜明けの宝石〟と紹介される度に、恥ずかしさに顔を赤らめていた。まだこの名前に慣れていない。こんな素晴らしい名前を付けてくれたライアンが、ちょっぴり恨めしくもあった。

――本当に、この名前に相応しい女性に成れるのだろうか？

ジュエルは、名前に少しでも近づけるように努力しよう、とは思っていたが、紹介される度に頬が赤らむのは当分続きそうだった。

家へ帰ると直ぐに、ライアンは事務所へ行ってしまった。

荷物をクローゼットに片付けたジュエルは、図書館へ行ってみることにした。ノートとペンをバックに詰めると、歩いて十五分ほどの所にある図書館に向かった。

図書館への道の両側にはフュージョアの木が植えられ、可愛らしい赤と白の花を付けていた。中には拳大の美味しそうな実の付いている木もあった。ジュエルは、その一つを手に取って食べながら、レノヴァに来てから初めての一人歩きを楽しんだ。道は緩やかにカーブしているが、一本道なので迷わずに行けそうだ。遠くには、ライアンに教えてもらったエラル山が見えた。とても美しい山で、山の頂には微かに白く雪が残っているのが分かる。

レノヴァでは、一年を通しても気温の差は十度ほどしかない。だいたい初夏のような過ごしやすさだ。例外は北の地のエラル山で、頂上付近では雪が降り、山頂は一年中白く輝いて見える。ここ東の地の気候は四つの地の中でも一番過ごしやすく、西の地のように濃い霧に悩まされることもなく、南の地より雨が少ない。そして北の地のように、山頂から吹き降ろす強い風もなかった。ジュエルはつかの間の散歩を楽しんだ。

図書館には、勉強に来る子供たちにアドバイスしたり、分からないことを教えてくれる、〝小川のせせらぎ〟リヴァーと、〝緑の蔦〟アイビーというかなり年配の男女がいた。リヴァーもアイビーも、新しく勉強会に加わったジュエルを暖かく迎えてくれた。リヴァーは、これ以上は無い位痩せた人で、もじゃもじゃのグレイの髪に、ゆったりとした長いトーガを着ていた。痩せて見えるのは、その服のせいもあるのかもしれない。アイビーは鼻筋の通った色の白い人で、ジュエルは、小さい時に持っていたマリアンという名の人形を思い出した。眼鏡が似合いそうな人だった。そう言えば、ここレノヴァでは眼鏡をかけている人をまだ見ていなかった。ライアンが癒しの力を持った人がいると言っていたが、きっとそのためなのだろう。

建物の中は、一階は広いホールになっていて、沢山の絵や彫刻が飾られてあり、ちょっとした美術館のようだった。二階には何列も、天井まで届くほど沢山の本が有った。

本を選んでいるうちに、あっという間に時間は過ぎ、アイビーの、「日が沈む前に家に着くには、もう帰った方が良いわよ」と言う声でジュエルは我に返った。ジュエルはレノヴァの歴史の本と、様々な〝能力〟について書かれた本を選び、借りていくことにした。

外へ出ると、いつの間にかスコールがあったようで、あたりはしっとりと濡れていた。木々の緑がひときわ輝いて見える。空を見上げると、美しい虹が架かっていた。その虹は今のジュエルの気持ちそのものだった。

ジュエルは鼻歌を口ずさみながら、時々小さな水溜りを飛び越えると、スキップをして家へ帰った。

ライアンは忙しく、ジュエルは数日間、図書館通いが続いた。

図書館では、三歳年上の〝光る石〟ストーンという友達もできた。

「きっと又みんなにからかわれるな、君は宝石で僕はただの石なんだぜ」

ストーンが言った。ジュエルは半ば本気になって言った。

「取り替えてあげてもいいわよ、私はその方がずっと気が楽だわ」

ストーンは〝春を歌う風〟アリアという女性の名付け子で、彼女はライアンの事務所で働いているということだった。彼は、さっぱりとした性格のアリアとの生活をとても気に入っているようで、レノヴァに来てから三年経った今も、彼女の家で一緒に住んでいるということだった。ストーンは少し上目遣いで人を見る癖があるが、とても優しい性格で、茶色の髪と同じ色のキラキラ光る目をしていた。

もともと男の子と遊ぶことの多かったジュエルは、一緒に勉強したり、お互いの家に遊びに行ったりと、すぐに仲良くなった。気の弱いストーンは、ジュエルの方が三歳年下であるにもかかわらず、しっかりした彼女のペースに嵌《はま》っていた。そんな、ちょっと頼りないが、いつも一緒に行動してくれるボディーガードができたこともあり、ジュエルの行動範囲はどんどん広がっていった。

ある日、いつものようにストーンが聞いた。

「今日は何処へ行く?」

「今日は真っ直ぐ家に帰るわ。レモンが来る日だもの。一緒に来る?」

家には週に一度、〝爽やかな果実〟レモンと呼ばれている、ぽっちゃりとした人なつこい女性が来て、部屋を綺麗にしてくれていた。

彼女が手を一振りすると、部屋じゅうの埃が消えてしまうのだ。これが彼女の仕事で、何件もの家と契約しているらしい。ジュエルにはレモンのすることは、正に魔法としか思えなかった。

いつも彼女が掃除に来てくれる度に彼女にへばり付いて、その〝魔法〟に目を見張っていた。レモンも、羨望の眼差しで見てくれるジュエルに悪い気はしないらしく、頼まれなければ敢えてやらない、引き出しの中なども綺麗にして見せていた。一度などは、その成果をはっきりと見せるために、天井裏までやって見せてくれて、ジュエルを喜ばせた。そんな面白いことを、今日も見逃す訳にはいかなかった。

「僕も行くよ」

たいして興味も無さそうにストーンが答えた。

「ライアンが早く帰って来たら、直ぐに帰ってね。今日は二人でお料理を作るんだから」

ライアンと食事を作るのは楽しかったが、皆が家に招待してくれるので二人での食事は、たまにしか無かったのだ。

ライアンは、その美しすぎる容貌から、ややもすると近寄りがたく思われがちだが、実際は気さくで大らかな性格だった。ジュエルをまるで本当の妹のように、時には小さなレディーとして扱ってくれた。彼女がホームシックにかかった時は必ず、彼の温かい胸にギュッと抱き締めてくれた。最初の心配が嘘のように二人は打ち解け、ジュエルにとっては、何もかも珍しく驚きに満ちた楽しい生活が始まっていた。

あっという間に、レノヴァでの一ヶ月が過ぎようとしていた。

その朝、ベッドの中でジュエルは、前にも覚えのある鈍い痛みを下腹に感じて目を覚ました。バスルームへ行くとやはりそうだった。

図書館で調べた本によると、レノヴァでは子供は生まれることは無いようだった。この島の中心に有るという〝石〟の影響らしい。その石は長命を与える代わりに、繁殖力を奪ってしまったようだった。従って当然、女性に生理というものは無い。男性の機能は残っているらしいが、女性の身体の方が複雑にできているので、影響は大きかったようだ。

——でも、それならば何故私にだけ……

ライアンに相談してみようとも思ったが、やっぱり恥ずかしかった。それに、まだそれほど親しくもない誰か他の女の人に相談する訳にもいかない。ジュエルは、ここがとても気に入っていたしライアンも大好きだったので、もし誰かに知られて外世界に帰されてしまったら……と思うと恐くなった。こんな時イヴがいてくれたらと、心から思った。——神様はいたらしい。朝食の時ライアンが、「今日はイヴが来るよ」と言ったときは、思わず涙が滲《にじ》んだ。ライアンが優しく微笑みながら、「おめでとう！　今日は君の誕生日だね、イヴを呼んだから三人でお祝いをしよう」と言ってくれたのだ。

レノヴァに来てから、目まぐるしく日々が過ぎて行ったので、すっかり忘れていた。今日で十三歳になるのだ。

「ありがとう、私すごくイヴに会いたかったの！」

「今日はイヴのご馳走が食べられるよ、彼女は凄く料理が上手いんだ」

イヴは午後には着くということなので、ジュエルは今日は何処へも出かけないことにした。

――彼女が来てくれたら全てを打ち明けてしまおう。

この秘密はジュエル一人では荷が重すぎた。イヴに会えるのがとても待ち遠しかった。

最近は動きやすいように、男の子のような服を着ていたジュエルだが、今日はとっておきの、ラベンダー色のワンピースを着た。ローウエストで、三段になったスカートの一番下がレースになっている。


午後も半ば頃、イヴはやって来た。籠一杯の食材を抱えている。バザールに寄ってきたようだ。

イヴはジュエルの服を褒めて、

「まあ！　暫く見ない間に、大きくなったじゃない」

と言った。まだ一ヶ月しか経っていないのに！

「事務所に寄ってライアンと話していたので、遅くなっちゃったの」

そう言うと荷物をテーブルに置いて、ぎゅっと抱き締めてくれた。

挨拶ももどかしく、ジュエルは抱えきれない悩みを打ち明けた。イヴは、

「そうだったの……打ち明けてくれてありがとう。やっぱりライアンの言う通りね、貴女がこの島の〝夜明けの宝石〟だって……さっき話してくれたの」

どういうことか分からなくて、ジュエルは不思議そうにイヴを見た。イヴが説明してくれた。

「レノヴァでは、年間に七十人近くの人が亡くなっているの。いくら長生きといっても、人間い

つかは死ぬわ。それに病気や事故、めったにいないけれど、自分から命を絶つ人だっている。今までは、ほぼ、つり合いがとれていたの。でも十年ほど前からは、外世界から来る子供たちが毎年減っているのよ。去年は四六人、今年は三九人しかいなかったわ、これがどういうことか分かる？　レノヴァの人口は、せいぜい三万人位だから……そう、このままでは、ここの生活は成り立たなくなってしまう。いずれ、レノヴァは滅びてしまうわ。だから貴女は宝石なの、レノヴァの宝物なのよ、私たちの希望なの。貴女が子供を生めるということは……その子供たちがそれを受け継ぎ、子供を生めるとしたら……この国は救われるわ。何代か後には、この島にも小さな子供たちの笑い声が響いているかもしれない……でも、その最初の父親になりたくて、男たちは貴女を奪い合うかもしれない。それが心配なの、私もライアンも。だから貴女のためにも知られてはいけない。これは絶対に秘密よ。私たちもできる限りのことをするわ。いいわね」

ジュエルは頷いた。

「できれば、貴女が安全に子供を生める歳になるまで、せめて十八歳になるまでは隠し通せるといいんだけど……」

「ええ」

ジュエルは神妙に頷いた。勿論、ジュエルにしても、皆に言うつもりは全然なかった。自分は決まりを破ってここへ来てしまった、と恐れおののいていたのだ。

知られたら返されてしまうかもしれない……それが、宝物と言ってもらえるなんて、思ってもみなかった。

「じゃあ私、ここに居てもいいのね。返されたりしないのね」

ジュエルがおずおずと聞いた。イヴは微笑むと、優しく頷いた。

「勿論よ」

「良かった」

ほっとして涙が一粒こぼれた。まだこの時のジュエルには、自分がどんなに重要な立場にいるか、理解できなかった。まだ十三歳になったばかりの少女には、当然のことかもしれない。

「でも、何故ライアンは知っていたの？」

「彼には予知能力があるのよ、それがどれほどのものなのかは良く分からないけれど……彼は、はっきり言おうとしないの。でも貴女のことは知っていたみたい。私はさっき聞かされたの、こういうことは女性同士の方が話し易いんじゃないかって。だから知っているのは私と彼だけ。分かった？」

「ええ、分かったわ」

その時ジュエルは、旅立ちの朝見た自分を招く夢の中の男の人が、ライアンだと確信した。

「もう一つ聞いていい？」

「なあに？」

「あの……貴女とライアンって、その……」

「あら、ライアンに聞いてなかったの？　彼は私の名づけ子なの、それからずーっと友情を保っているわけ、とてもいい友達よ、性別を越えたね……もう質問は終わり？　ちっちゃな宝石さん」

「名づけ子って、ライアンは幾つなの？」

「あら知らなかったの、七五歳よ」

イヴがさらりと答えた。ジュエルは目をまるくした。

「じゃあ貴女って、いったい幾つなの」

イヴは眉をぴくりと動かした。（まずい、女の人に歳を聞いたりしたら失礼よね）とジュエルは思ったが、ついうっかり口から出てしまったのだ。どうしようと思ったその時、イヴが笑いながら答えた。

「ざっと一四九歳、来月で百五十になるわ、貴女より一三七歳お・ね・え・さ・んってことね」

「う　」

暫くの沈黙の後、二人は顔を見合わせて吹き出した。笑いが止まらないところに、ドアの隙間からライアンの顔が覗いた。

「いいかな？」

ライアンも二人の笑顔につられて顔がほころぶ。

「どうやら楽しい話をしていたようだね。僕は深刻な話になるんじゃないかと思っていたんだけど」

笑いの虫が治まらない二人は、顔を見合わせてまた吹き出した。イヴは笑いすぎて涙まで浮かべている。笑いが治まると、ジュエルは疑問を口にした。

「どうして私だけ、石の影響を受けないのかしら、〝能力〟が無いのもそのせいかしら」

ライアンが答えた、

「いや、君には素晴らしい能力があると思うよ。君の力は、自分の身体を正常に保つことじゃないかと思うんだ。このあいだ指を切った時、次の日にはもう治っていただろう？　その時パズルが解けたような気がしたんだ。子供を産むということは、女性にとって自然なことだ。君の身体は石の影響を受けてはいるが、君の〝能力〟は、自分にとって悪い影響をはね返す。すごい力だよ」

　レノヴァでは、石の影響を受けはじめた最初の二、三年は別として、その後は外世界のほぼ十分の一で歳を取っていくということだった。従ってライアンは、肉体的には二十三、四歳ということになる。イヴは三十歳前後ということだ。

　二人はイヴを手伝い、パーティーの支度をした。ジュエルは少しだけワインを注いでもらって、皆で乾杯した。イヴの料理はライアンが言った通り、見た目も美しく素晴らしく美味しかった。

彼女が作ってくれたバースデー・ケーキは、本物の花で飾られていた。それは、とても可愛くて、壊してしまうのが勿体無いような芸術作品に見えたが、イヴは、ジュエルが蝋燭を吹き消した後、蝋燭と花を除けて切り分けてくれた。食事の後ライアンが、パワーストーンの付いたアンクレットをプレゼントしてくれた。これを身に着けていると〝能力〟がアップするらしい。イヴのプレゼントは素晴らしかった。レノヴァにしかいないという、ノアールという鳥の雛だった。食事中、時々こっそりとライアンの部屋へ入って行った訳がこれで分かった。昔からイヴの所にいる〝ミスター・ヒギンス〟と〝シンシア〟の子供だという。バスケットの縁から覗いている可愛い雛は、二ヶ月ほど前に卵から孵ったということだった。その子は全身を黒い羽で覆われ、頭のてっぺんに、チョコンと小さな冠のような緑色の羽毛が残っていた。嘴は綺麗な緑色だった。

イヴが、雛の頭の羽毛をそっと撫でているジュエルに言った。

「それは、すぐに羽になるわ、緑の冠羽よ、ノアールは黒い鳥なの。普通なら嘴は黄色いのが一般的なんだけど、ミスター・ヒギンズは緑、シンシアは黄緑なの。緑はとても珍しいし、凄く頭がいいのよ。名前は貴女が付けてあげてね」

ノアール鳥は元々利口な鳥だが、石の影響を受けたらしく、信じられないような知恵を持っていた。人間の言葉が喋れるだけでなく、自分で考えるということができるらしい。

イヴの鳥ミスター・ヒギンズは、ライアンと一緒に住んでいた頃からいるということなので、相当長生きをしていることになる。ライアンに依ると、大体百年位は生きるということだった。

冠羽があるのは♂と言うことなので、ジュエルの貰った雛もオスということになる。

「男の子の名前を考えなくちゃ」

ジュエルは、小さなバスケットに入ったその雛から目が離せずにいた。彼も、つぶらな瞳でジッとジュエルを見つめていた。

その夜、イヴはジュエルの大きな天蓋付きベッドで一緒に眠った。そのベッドは二人でもゆったりと眠れるだけの広さがあった。イヴはジュエルが眠るまで、ノアールの雛の育て方や、ノアールとの楽しい暮らしに付いて話して聞かせてくれた。小さなノアール鳥の雛は、ベッドの横に置いたバスケットの中で、頭を柔らかな羽に潜り込ませて、ぐっすりと眠っていた。

それからは何事も無く、穏やかな日々が続いた。一人で秘密を持ちながら、びくびくして暮らさなくても良くなったジュエルは、のびのびと、持ち前の明るさと人なつこさで皆から可愛がられていた。何処かへ行くときは皆ジュエルを連れて行きたがり、あちこち案内してくれるので、東の地であれば、もう一人で出かけても迷わずに帰って来られるほどになっていた。

そして彼女が小柄なこともあって、皆が子ども扱いしてくれることも幸いした。誰もジュエルの身体が、もう大人の女性になっているとは思いもしないだろう。まだ、誰もこの島に、将来子供を生むことができるであろう少女が居るとは、知るよしもなかった。

ジュエルはノアール鳥の雛に夢中だった。三日間考えたあげく、名前は〝ルーク〟と付けた。まだ幼鳥なのに返事も挨拶もできる。「すぐに簡単なおしゃべり位はマスターするだろう」、とライアンは請け合ってくれた。ルークは家に来た次の日には羽ばたき始め、すぐに飛べるようになった。それからは何処へ行くにもジュエルと一緒だった。ルークの覚えは素晴らしく、一ヶ月もすると物の名前は殆ど覚え、二ヶ月目には簡単な計算までできるようになっていた。

ルークが来てからはジュエルは弟ができたみたいで、もうライアンが仕事に出かけても寂しくなかった。ルークは、いつもジュエルの肩に止まって、時には煩わしい位に良く喋った。夜は、彼女のベッドの横にライアンが作ってくれた止まり木で眠った。ルークのお陰で、ジュエルは家族と別れた寂しさも大分薄らいでいた。

東、西、南、北、四つの地をそれぞれ治めている王たちは、二ヶ月に一度、レノヴァのほぼ中央にあるストーンビレッジに集まり話し合いをする。この定例会にライアンが出かけている時は、ジュエルは一人で留守番をしなければならなかった。そんな時は、お喋りなルークがいてくれるだけで心強かった。

「定例会では何を話し合うの？」

ジュエルが質問すると、ライアンはいつものように、彼女にも分かるように易しく答えてくれた。

「王たちには、人々の〝能力〟を把握し、四つの地に上手く分散させたり、様々な職業につく人の数を調節するという大切な仕事があるんだ。それから、バザールに置かれる品物が偏らないようにしなければならない、特に食料品はね。定例会ではそういうことを主に話し合うんだよ」

普段は優しいライアンも、定例会には、ジュエルがどんなに頼んでも連れて行ってはくれなかった。ストーンビレッジには〝石〟が有るため、子供はその成長に影響を及ぼす可能性が有るからダメ、ということだった。それは表向きで、他にも理由が有るようだった。どうやら、ストーンビレッジは大人の町らしい。


図書館では新しい友達もできた。ジュエルの前の年にレノヴァに来たという〝白い花〟フランと〝真っ直ぐな矢〟アローだ。フランは、とても大人しく優しい子で、色白の肌には微かに雀斑が残っており、栗色の髪と淡いブルーの瞳の彼女には、もう『癒し』の能力が現れていた。アローは黒髪に黒い瞳の大人っぽい、ちょっと生意気な男の子だった。彼は、ストーンより年下にもかかわらず、いつも主導権を握っていた。

アロー、フラン、ストーンとジュエルの四人は、いつも一緒に図書館で勉強をしたり、バザールへ行って品物の整理の手伝いなどをしていた。ジュエルは、それがとても気に入っていた。小さい頃やったお店屋さんごっこみたいで、手伝いというより遊びの延長のような感覚だった。

アローは早く自分のローラーを持ちたがっていたが、十六歳になるまでは、ローラーを手に入れることはできない。まだ当分の間は、彼が自分のローラーを手に入れるのは無理だった。

十六歳になったストーンは昨日、やっと念願が叶って申請してきたばかりだった。彼はローラーが届くのが待ちきれなくて、話すことといったらローラーのことばかりだった。ローラーは申し込んでから直ぐに届くという訳ではなかった。順番が有るので、きっと何週間も待たなければならないだろう。急ぎの人もいるだろうし、きっとストーンみたいに仕事に就いていない子供のものは、後回しにされてしまうに違いなかった。そして届いても、ローラーは二人乗りなので四人で行動するのは無理だった。ストーンは、「ローラーが届いたら、一番最初にジュエルを乗せてあげるからね」と言ってくれていたが、ジュエルは、できれば彼の運転がもう少し上達してからにしてもらいたかった。彼がアリアのローラーを借りて練習しているのを見たが、酷いものだった。あの後きっとアリアは、ローラーを整備工場に持って行ったに違いなかった。

ストーンはローラーが届いたら、いよいよ本格的に見習いの仕事を探すつもりらしかった。彼の年齢なら、もうアリアから離れて暮らしても良い頃だった。優しいストーンが、どんどん大人になって離れて行ってしまうようで、ジュエルはちょっと寂しかった。

フランは動物専門の癒し手になりたがっていた。レノヴァでは、癒しの能力を持った人はかなり多く、人間相手の診療所の人数は十分に足りているらしい。フランの名付け親は、チャッピーという名のブチの犬を飼っているのだが、彼女は密かにチャッピーで、時々その力を試しているということだった。ジュエルは彼女が、健康そのもののチャッピーで、いったいどういう風に能力を試すのか気になったが、恐くて聞けなかった。おっとりしているように見えるフランだったが、意外に考え方はしっかりとしていて、彼女の頭の中では将来の計画もきちんと組み立てられているようだった。彼女は動物が好きなだけあって、ルークのことをとても可愛がってくれる。そして、「私もいつかノアール鳥の雛を手に入れるつもりよ。できればルークみたいな、緑の嘴がいいんだけれど」と、いつも言っていた。

最近の昼食は、殆ど四人で一緒に食べていた。誰かの家に行くこともあったし、サンドイッチを持って近くの広場や、少し遠かったが見晴らしの良い高台に行くこともあった。四人はいつもそんな風にして将来の夢や、今の暮らしぶりや不満などを語り合っていた。

ライアンにはイヴの他にも女友達が何人かいるようだったが、彼女たちを家に連れてくることは無く、休日は、決まってジュエルと一緒に過ごしてくれた。そんなこともあって、ジュエルは彼女たちに余り快く思われていないようだった。

ジュエルがレノヴァでの生活にも大分慣れて、ラークの町も一通り見学し終わったある休日、ライアンが〝囁きの森〟へピクニックに誘ってくれた。バスケットに二人で、サンドイッチや飲み物を詰め込んで――さらに、ライアンがもう一つのバスケットを持ってきた。その籠には、日持ちのする食材が詰め込まれていた。ジュエルは気になって、ライアンに尋ねた。

「それ、どうするの？」

彼は、詳しいことは説明してくれず、

「森に住んでいる、ブルースと言う老人にあげるんだよ」

と言って、隅にワインの瓶を入れた。

「森へ着くまでに、歩きながら話してあげるよ」

そう言うと、ステップを踏みながら家を出た。ライアンの家は町の外れに有るので、囁きの森の入り口までは歩いても十五分ほどで着く。二人は一つずつバスケットを持って、歌を歌いながら出発した。ルークも喜んで、最初は二人を先導するように飛んでいたが、直ぐに疲れてしまい、今はジュエルの肩に止まっている。まだ小さいルークは、ジュエルの肩の上で上手くバランスを取るのに必死だった。

ライアンの話によると、ブルースはイヴの名付け親で、つまりイヴの名付け子のライアンにとっては、おじいさんと孫のような関係らしい。イヴはブルースの最後の名付け子だということだった。

ライアンが言った。

「実は彼は、今の西の王〝森の木漏れ日〟サンの前任の王だったんだよ」

「どうして王を辞めちゃったの?」

ジュエルは驚いて聞いた。

「今から二十五年ほど前、サンに金のオーラが表れた時に、彼は引退することにしたんだ」

ルークがジュエルの肩から飛び立った。ライアンは重そうに持っていたジュエルのバスケットも持ってくれた。彼は話を続けた。

「何しろブルースは、四百年も王をやっていたからね。彼はもっと前から引退したがっていたが、機会を逃してしまっていたんだ」

「ライアンにも、金のオーラがあったんでしょ？」

「ああ、しかし僕はまだ若かったからね。当時、僕は五十歳だった。サンは百歳を少し超えていたんじゃないかな。当時、百歳前に王に就くことは考えられなかったんだ」

「でも、今ライアンは七十五歳なのに王だわ」

「ああ、僕はレノヴァの歴史を塗り替えてしまったみたいだね」

「その時、ブルースは幾つだったの？」

「七百歳は越えていたと思うよ」

ジュエルは目を丸くした。七百歳なんて想像もつかない。そうするとブルースは、今は七百歳を軽く超えているということになる。ひょっとすると、八百歳に近いのかも知れない。

森の入り口に着いた二人は、木立の中を緩やかにカーブする緑のトンネルのような森の道に入って行った。ライアンは話を続けた。

「そして彼は引退した後、前から住もうと計画していた、この〝囁きの森〟に住み着いたんだ」

——成るほど、そう言うことだったのね……

ライアンの話しを聞いたジュエルは、早くブルースに会ってみたいと思った。ライアンが孫なら、ジュエルはひ孫になるはずだ。その時ルークが、ジュエルの頭に止まって、「イエガ　ミエタョ！」と叫んだ。

ルークが叫んでから十分も歩いてからようやく、「さあ着いたよ、あそこが彼の家だ」と言ってライアンが指差した。それは森の中に、しっくりと溶け込むように建つ木造の家だった。

〝大地の詩《うた》〟ブルースは、本物の魔法使いに見えた。白く長い顎鬚は、こめかみから顔の半分を覆っている。そして深く落ち窪んだ、青とも灰色とも見える不思議な目の色をしていた。その瞳は目の前を見ているのにどこか遠くを見ているようで、ジュエルには、心の中までも見透かされてしまうように思われた。勿論、髪も髭と同じ位、真っ白だった。それと対照的に肌の色は濃く、まるで何千年も生きている森の木の幹のようだった。

初めて彼に対面した時、ジュエルは感動さえ覚え、じっと見つめていた。やはり彼のオーラは金色だった。ブルースは、そんなジュエルを目を細めて見つめ、やがて微笑んだ。ライアンがジュエルを紹介し、バスケットを手渡した。彼はお礼を言ってそれを受け取ると、家の中に招いてくれた。

中に入った途端、ジュエルの目が輝いた。とうとう、小さい頃からの夢、本物の魔法使いの家に招かれたのだ――と思えたほどに――居間の西側の壁には、何段にもなった棚が有り、そこには幾つものビンの中に薬草らしき物が入れられていた。そして天井の下のハリからは、束にされた草や、葉の付いた木の枝が釣り下がっていた。窓と反対側の壁の棚には一面に本が並べられ、床のいたる所にも、うず高く積み上げられていた。

部屋の中は薬草の香りがした。それは嫌な匂いではなく、秋の収穫の頃を思わせるような、香ばしい香りだった。ジュエルはキラキラ輝く瞳で、思わず、「素敵なお家ね、本物の魔法使いの家みたいだわ」と、言ってしまった。ライアンは笑いを堪え、ブルースは久しぶりに、声を上げて笑った。

彼の入れてくれたお茶を飲みながら、三人で少し話した後、ライアンはブルースに何か相談事があるらしく、ジュエルに、「ルークと外で遊んであげたら」と言った。

三十分ほど話し込んでいたライアンがジュエルを呼んだ時には、彼女は前庭のテーブルの上に置いてあった薬草の本を広げ、椅子に座って熱心にルークに読み聞かせていた。勿論ルークには、まだ意味など分かるはずも無かったが……

ブルースの家を出た頃は、そろそろ昼に近かった。ライアンに案内されて、彼の〝取って置きの場所〟まで二人でそぞろ歩いた。その場所は、そこだけ林が開け、一面の草原だった。草原の中にはピンクや赤、黄色の小さな花が咲いている。ライアンはこの森へ来た時は、必ずここへ寄るということだった。緑色の絨毯を広げていくように風になびく丈の短い草の上に、暫く二人で寝そべって空を見上げていると、大地の鼓動や温もりまでもが肌で感じられるようだった。ライアンの言うように、ジュエルにも本当に、この星が回転していることを感じられるような気がしていた。

その草原の中央には大きな木が一本立っていた。二人は、その木の下でバスケットを開けて昼食を取った。ジュエルもライアンと同じく、この森が大好きになっていた。

彼の休みの日は、いつもこんな風に〝囁きの森〟へピクニックに行ったり、家の近くのイースト・リバーで、魚釣りを楽しんだりした。

釣りの時は、お喋りなルークは邪魔者扱いだった。静かにできないのなら、何処かで遊んでくるように言われ、仕方なく彼は小鳥を追いかけ始める。近くの小鳥にとってはいい迷惑だった。沢山釣れた時は魚をバザールへ持って行き、帰りには野菜や卵、他に決まってジュエルの欲しい物を一つ持って来た。麦わらで編んだ綺麗なリボンの付いた帽子や貝殻のペンダント、革のサンダルの時もあった。時にはライアンに選んでもらった。


ピクニックには、バスケットにパンやチーズ、ハムや野菜をたっぷり詰め込んで持って行く。森に着いたら、好きなものをパンに挟んで食べるのだ。そこは〝二人の取って置きの場所〟だった。二人とも痩せているのに良く食べるので、帰りはいつも空っぽだった。水筒には大抵、イヴのお土産のハーブでいれたお茶と林檎ジュースが入っていた。

昼食の後は、いつも決まって心地よい風が吹く。これもライアンの能力の一つだったが、ジュエルはこの時はまだ知らなかった。

ある日、草原に寝そべると、いつものように心地よい風が吹いてきた。ライアンは傍で両腕を枕にして目を閉じている。彼がいてくれるという安心感もあって、いつしかジュエルは眠ってしまった。彼女が眠ってしまうと、ルークはいつもジュエルの首に頭をもたせかけ、一緒に眠った。それがとても可愛くて、ライアンはそれを眺めては、彼らを起こさないように笑いをかみ殺していた。

時には彼の方が先に眠ってしまうようなこともあった。そんな時はジュエルはこっそりと悪戯をする。気持ち良さそうに眠っている彼を起こさないように気をつけながら、彼の髪を束ねている紐をそっと外し、その美しい金髪に花を飾って楽しんだ。想像以上に美しいお姫様に変身したライアンを見て、ジュエルは驚き、眠るのも忘れてうっとりと見つめ続けた。

レノヴァに来たばかりの頃は、一年も一緒に暮らすなんて長すぎると思っていたジュエルだったが、今は、このままずっと一緒にいたいと思うようになっていた。友達と一緒にいる時も楽しかったが、ライアンといる時の方が、自分に素直になれるような気がしていた。何も飾らずに自然に振舞えた。それはライアンがそう接しているからかも知れない。勿論ピクニックの時には必ず、もう一つのバスケットを持って行く。どうやらこのバスケットは、助言を求めるライアンが、ブルースの所へ寄る口実のようだった。彼の家とその青灰色の目が大好きなジュエルも、ブルースの所へ寄るのを楽しみにしていた。

夜になるとライアンはジュエルに、レノヴァの様々な職業のことや、歴史、〝石〟の影響を受けた珍しい草花、動物たち、そして変わった〝能力〟のことなどを話して聞かせた。また彼は、レノヴァのほぼ中央に当たる場所に有ると言う〝石〟についても大分研究したらしく、ジュエルにも分かるように、優しく教えてくれた。その石はレノヴァの島全体に影響を与えているようだった。人々の不思議な能力も寿命の長さも全て、自ら発光しているというその美しい石に関わりがあるということだった。

時には、自分の仕事のことを話してくれることもあった。そんな時、冗談で彼女に助言を求めたりもした。ジュエルは精一杯大人ぶって、真面目に答えてライアンを感心させた。ルークまでもが口出ししてくると、彼は真面目な顔でルークに向かって、「君は、次の王になれるかも知れないな」などと言って、彼女を笑わせた。

ライアンは、ジュエルの質問に何でも答えてくれた。彼が彼女の名付け親になったことは、ジュエルにとってとても幸運だった。彼は理想的な教師だった。

そして夕食後のレッスンで、ジュエルが一番好きだったことは、ライアンとのダンスの練習だった。彼はジュエルに、「レディーになるには、ダンスも上手に踊れなくちゃいけないよ」と言って、休日の夕食後にはダンスの手ほどきをしてくれた。ジュエルは元々身軽な子だったので、リズム感も良く、何でも楽しんでやる彼女は、教える者にとっても良い生徒だった。ダンスが上達するに連れて、ジュエルの立ち姿や身ごなしまでも美しく洗練されていくようだった。背の高いライアンは、時々ふざけて彼女を持ち上げクルクルと回した。真面目な顔のライアンも素敵だったが、ジュエルはそういう時の彼の飾らない笑い顔が大好きだった。

彼はジュエルに、きちんとした作法や言葉使いなども教え込んだ。もともと彼女の家系は、ライルでも一目置かれるほどの学者を輩出していた。ジュエルの父親も海洋学者だったのだ。子供の教育や躾けにも厳しかったし、そろそろ大人の入り口にさしかかっていた少女の飲み込みも早かった。ジュエルは楽しんでそれをこなし、ライアンも、ジュエルに教えることを楽しんでいた。ライアンは自分でも気づかないうちに、皆が憧れるような女性をつくりつつあった。

イヴは時々ジュエルの様子を見に来てくれたが、帰りにジュエルを一緒に連れて帰ることもあった。そういう訳で、イヴの家にも何回か遊びに行った。イヴの家は、西の地でももっとも南に近い場所に有った。大きな楡の木の側の白い家に、イヴは恋人と一緒に住んでいた。〝夜明けの森を駆ける青い狼〟ウルフと言う、見た目はちょっと恐そうな男の人だったが、実は流石にイヴが選んだ人だけあって男らしく紳士的で、黒髪と黒い瞳の、ちょっとおどけたところもある素敵な人だった。彼は、その長い名前が恥ずかしいらしく、「ウルフと呼んでくれ」なんて言って、なかなか言おうとしなかったが、イヴにつつかれてやっと教えてくれた。

「まだ子供だったので、この名で良いかと聞かれた時、何も考えずに頷いてしまったんだ」

と、苦笑いしながら言い訳をした。

イヴの家に来る時は、勿論ルークも一緒だったので、彼は両親との久しぶりの再会に嬉しそうに甘えていた。シンシアは、暇さえあれば丁寧にルークの羽繕いをする。彼は、ちょっと照れてぶつぶつ言いながらも、気持ち良さそうに首を傾げていた。ジュエルはそれを見て、小さかったルークを自分のものにしてしまったことを、ちょっぴり後悔した。そしてもっとルークに優しくしてあげようと心から思った。

ミスター・ヒギンスは、やはり父親らしく、時々ルークにお説教をする。「モット　オチツイテ　シャベリナサイ　ルーク　イミガ　ワカラナイジャナイカ」そして花壇の中央に置かれてある水浴び台の縁にとまって、「ミズアビハ　モット　テイネイニ　ヤラナクテハ　ダメダヨ」など指示していた。

　ウルフとイヴも、ジュエルを自分たちの子供のように扱い、何かと世話を焼いてくれる。暇を見つけては、あちこち連れて行ってもくれた。西の地には大きな湖が有り、川幅も広く何本も流れているので、人々はローラーの他に船で行き来していた。イヴとウルフの家も川沿いに有り、小さな手漕ぎのボートが桟橋に繋がれてあった。三人でよく湖で泳いだり、船を出して魚釣りも楽しんだ。イヴの水着姿は、女の子のジュエルでさえ目を見張るほど綺麗な曲線を描いていた。ジュエルは、「私もイヴみたいになれるかしら」と、そっと、自分のやっと膨らみかけた胸を見て溜息をついた。実際イヴは、肉体的には三十歳前後なので、丁度女盛りだった。ジュエルには、かなうはずも無かった。

　レノヴァの人たちは、結婚という習慣が無いせいもあって、男の人も皆、料理が上手だ。ウルフもライアンと同じく、器用に魚を捌いてジュエルにご馳走してくれた。

　ウルフは動物とコンタクトがとれるらしく、前はそれを生かして牛や羊の放牧場の仕事をしていたようだが、食用になる動物たちとのコンタクトは、何かと不都合があるらしく、今は能力とは関係の無い家具を作る仕事に就いていた。この家に有るウルフの作った家具は、どれも皆使い勝手が良く、荒削りでワイルドだが、とても暖か味があった。彼とそっくりだと、ジュエルとイヴの意見は一致した。

　時々ジュエルは、こんな風に一週間か二週間ほどイヴの所で楽しく過ごした。そして、イヴかウルフの知り合いで、東へ行く人を見つけてローラーに便乗させてもらい、ライアンの元へと帰って行った。

ジュエルのレノヴァでの楽しい日々は続いたが、彼女は、いやでもやってくる月に一度の鬱陶しさから逃れるように、このところずっと男の子のような格好をしていた。普段は、細身のパンツにストーンのお下がりのシャツやチュニックといった組み合わせが多かった。彼はこの一年で随分と背が伸びたので、着られなくなってしまった服を貰い受けたのだ。ライアンの物もこっそり試してみたが、ジュエルには少し大きすぎた。

背も急に伸びてきたスレンダーなジュエルには、またそれらの服がとても良く似合っていた。ライアンも、「まるで弟ができたみたいだ」なんて言ってからかったが、ローラーの運転を教えたりジョギングに誘ったりして、彼も結構楽しんでいるようだった。思春期の子供の成長は、側で見ていても分かるほど早い。ジュエルも、レノヴァへ来てからのこの二年で、驚くほどの成長を遂げていた。また、もうそれほど強いオーラでなくても、殆どの人のオーラは見えるようにもなっていた。

名付け親は、自分が名付けた子供に、レノヴァで生活するためのルールを教えなければならない。ここでは、土に返せない物は作らないということが基本だ。従って、ゴミは、土に埋めて腐らせるか、焼却して灰にするかだ。両方とも良い肥料になる。そして、この島では犯罪は殆ど無い。もしあっても、人の心の中を読める能力のある者によって、嘘は直ぐに見破られてしまう。それに人口も少ないので、犯人が何処の誰かは直ぐに分かってしまうのだ。人々はあまり人に干渉せず、ゆったりと生きている。それが人々が学習した、長い人生を上手く生きていくコツなのだった。

ライアンはジュエルにも、この島での長い人生を、何事も無く楽しく生きて欲しかった。一緒に暮らすうちに、いつの間にか家族のように感じてしまっていたジュエルには、幸せな生活を送って欲しかったのだ。

ジュエルは覚えが早く、ライアンの助けもあって、もうレノヴァのことは十分に詳しくなっていた。背もぐんぐんと伸び、一年目には十二センチ、次の年には九センチも伸びた。はじめの二、三年は石の影響も少ないので成長に変わりは無いが、それを過ぎると、だんだんゆっくりと成長するようになるらしい。もう抱きつけば、ジュエルの頭はライアンの顎のあたりまであった。急に大人びてしまったジュエルは、もしも母や姉に会ったとしても、一目では分からないほどの変貌振りだった。髪も背中が隠れるほど伸び、ほとんど無かった胸も人並みに出て、女性らしい体のラインになっていた。背が急に伸びたせいか、肉付きはあまり良くないが、しなやかで美しいスタイルは誰もが振り返るほどだった。


フランとアローは、早くひとり立ちをしたがっていて、二人はもう一緒に住む家を探していた。今日は、最近別行動をとることが多くなっていた仲良し四人組が久しぶりに揃った。

「最初はまだ早いって反対していた名付け親たちが、やっと折れてくれたの。アローの見習いの仕事が決まったら、一緒に住んでも良いって言ってくれたのよ」

フランがジュエルの顔を見るなりそう報告した。何となく逞しくなったように見えるアローに向かって、ジュエルは言った。

「また背が伸びたんじゃないの」

「家の家系は兄貴たちも皆大きいんだ。僕もまだまだ伸びるはずさ。それより未だにこれといった能力が表れてこないことが心配なんだ。これじゃ見習いの仕事も決められないよ」

アローが言うと、フランはにっこり笑って言った。

「私は決まったわよ。前からやりたかった動物たちの癒しの仕事を見つけたの、近いうちに見習いに入ることになっているのよ」

フランとアローの話に寄ると、どうやらフランの名付け親の〝愛の泉〟ラブと、アローの名付け親〝暁の空〟ライトは、二人のことを相談しているうちに仲良くなってしまったようだった。名付け親たちはラブの家で一緒に住むことにしたらしく、ライトが住んでいる家をフランとアローに明け渡してくれるということだった。


ストーンは彼らに刺激されたらしく、それから間もなくしてジュエルに言った。

「僕たちも、ちゃんと付き合うっていうのはどうかな」

「いつも一緒にいるじゃない、これは付き合っているっていうことでしょ、あらためてそんなこと言うの変よ」

「そうじゃなくて、正式に付き合いたいんだ。フランとアローみたいに……ただの友達じゃなくて男と女として。考えてくれる？」

彼の真剣な顔を見てジュエルは小さく頷いた。

ストーンは最近、やっと見習いの仕事に就いたばかりだった。前からやりたがっていたローラーを組み立てる仕事だったが、彼の能力である、液体の温度を変えられるということとは全然関係の無い仕事だった。

「僕の能力は余り役に立たない力だよ。便利なのは、お風呂に入る時と熱いスープを冷ます時位さ」

ストーンが肩をすくめて言った。ジュエルは微笑んで彼を励ますように言った。

「きっと何か、貴方の能力に合った仕事があるはずよ」

ジュエルは、イヴが来た時にストーンとのことを相談してみることにした。するとイヴには、

「絶対にダメ！　十八歳になるまでは、特定の人とお付き合いしちゃ駄目よ」

と、はっきりと言われてしまった。

普通ならイヴは人にそのようなことを言う性格ではなかったが、彼女はジュエルの〝特別な身体〟のことを心配していた。レノヴァでは恋愛は自由だが、その結果が表れてしまうジュエルは、慎重に相手を決めなければならなかった。ジュエルも、いつも優しいストーンのことは大好きだったが、どうしても友達としてしか見れそうもなかったので、イヴに素直に従った。その後は彼とはちょっと気まずくなってしまったが、丁度ストーンも仕事が楽しくなってきた時だったらしく、暫くは距離をおくことにした。

いつしかジュエルは、一人で行動することが多くなっていた。それからも何人かに誘われるこ

とはあったが、ジュエルはちゃんとイヴの言いつけを守っていた。

ライアンは相変わらず優しかったが、最近は二人きりで過ごすことは少なくなっていた。ジュエルは少し不満だったが、東の地の王でもあるライアンを余り独りじめにしてはいけないと思い、我慢していた。ジュエルは十六歳になっていた。


全開にした窓から入る風に長い黒髪をなびかせて、ジュエルは、十六歳の誕生日にライアンからプレゼントされたローラーに荷物を詰め込んで、イヴと暮らすことになった家へと向かっている。

先月、誕生日のお祝いをしてくれた皆が帰った後、ライアンが言った。

「最近は仕事が忙しくて余り構ってあげられないし、君も女性同士の方が暮らしやすいんじゃないかと思うんだ。イヴと暮らしたらどうかな」

既に、彼はイヴとは話し合ったようだった。最近ウルフと別れたイヴは、近々東の地へ引っ越してくるということだった。

「そういうことなら、イヴが良ければ私はそれでいいわ」

ジュエルは突然のライアンの提案に驚いて、暫くは呆然としていたが、彼の説明で納得した。確かにここに来てからぐんぐんと成長しているジュエルは、もうどう見ても子供には見えなかった。ライアンと親子のような関係を続けるのは不自然でもあった。

イヴと住めるのは嬉しかったが、本心ではジュエルはライアンと離れたくはなかった。確かに最近は彼が家を開けることが多かった。ライアンに新しい恋人でもできたのかとも思ったが、それらしい気配は無かった。

――彼の言う通り、寂しい思いをしていたのも確かだったけど……もしかして私がじゃまになったのかしら……誰かライアンのお眼鏡にかなった女性が現れたのかもしれない……

そんなことを考えながら運転していると、イヴの家に着いた。ライアンの家からは、ローラーで十五分ほどの所にある。

――いつでも会えるんだし、これからは女同士の生活を楽しむことにしよう。

ジュエルは気持ちを切り替えて、元気良くドアを開けた。

イヴとの生活は楽しくて快適だった。一番喜んだのはルークで、最初の日は両親と暮らせることが嬉しくて、はしゃぎ回っていた。居間を何周かぐるぐると飛び回っていた彼は、最後には、うっかり大きな花瓶にぶつかって気絶してしまったほどだった。ジュエルは慌てて、近くに住む癒しの力を持つ、フランの名付け親〝愛の泉〟ラブを呼びに行こうと思ったが、ほどなく気がついたルークが恥ずかしそうに、「イタカッタョ」と言って毛繕いを始めたので、イヴと二人で吹き出してしまった。

ジュエルは、イヴがどうして、十年も一緒に暮らしたウルフと別れてしまったのか、聞いてみたくて仕方なかったが、彼女のプライバシーに立ち入ってしまいそうで、どうしても聞けなかった。イヴはアッサリとしていて、「別に嫌いになった訳じゃないから、もしかしたら又一緒に住むかもしれないし……」などと言って上手くはぐらかしていた。

二人の家は、今は北の地にいるという男性が建てたもので、彼は家を建てることを仕事にしていたということだけあって、がっしりとした素敵なログハウスだった。

一緒に住んで何日かはイヴは庭造りに忙しく、ジュエルは室内を担当した。

例によってイヴの庭は素晴らしかった。外壁に沿って野ばらを這わせ、家の周囲にはログハウスに合う白い花々が目立った。マーガレット、ラベンダー、ジャスミン、ビオラ、アネモネなどが、イヴの〝能力〟によって場所を取り合うように咲き誇っていた。

イヴは庭師を仕事にしている。以前も能力を生かし、野菜作りをしてバザールに出していたそうだ。

料理の好きなイヴは、実のなる木やハーブ類もたくさん植えていた。特にハーブは見事で、ミント類、ローリエ、セージ、ローズマリー、レモンバーム、カモミール、パセリやタイム、バジルなど、ジュエルは毎日のように摘んでバザールへ持って行った。帰りには代わりに肉や魚、チーズやバター、牛乳などの食材を貰ってきた。

料理はイヴの十八番だが、毎日手伝っていたジュエルは、いつの間にかイヴに任せられるほどの腕になっていた。

ライアンは時々夕食を食べに来たり、ジュエルも会いに行ったが、最近は忙しいようで何日も会えない日が続いていた。ジュエルは、そろそろ見習いの仕事に付きたかったが、自分がどの仕事に向いているのか、さっぱり分からなかった。特別な〝能力〟でもあったら直ぐに決まるのに、と思ったが、未だに〝隠された力〟以外は何も表れてはこなかった。ライアンに相談したかったが、最近は以前のように、二人でゆっくりと過ごすようなことも無かった。会っても何故か態度がよそよそしいように思われ、ジュエルは、もしかしたらライアンは自分のことを鬱陶しく思っているのではないか、と思うようにもなっていた。

自分では、もう十六歳なんだから、ライアンやイヴに頼ってばかりではいけない、と分かってはいるが、気が付くとどうしてもライアンに頼り切ってしまっていた。ジュエルにとっては、彼と離れて暮らすことは、これから何れ《いず》一人立ちする時のためにも良かったのかもしれない。しかし、ふと気が付くと、ライアンだったらどうするだろう。ライアンだったらきっと……と考えてしまうジュエルだった。

彼はジュエルに、いつも的確なアドバイスをしてくれていた。ライアンにとっては、よくよく考えてのことであったのだが、ジュエルは、楽しくやっていた彼と突然離れて暮らすことになってしまったので、かなり戸惑っていた。

今日はイヴと、ブルースの所へ行くことになっていた。イヴはここに引っ越して来た日から、何回か彼を訪ねたようだったが、ジュエルは久しぶりにブルースに会えるのを楽しみにしていた。イヴもライアンと同じように、バスケットに色々な食材を詰めて持って行く。それに、彼女は庭に咲いている色とりどりの花を、大きな花束にして腕に抱えた。ジュエルはバスケットを持った。今日はライアンの時と違い、お弁当は無い。イヴは、ブルースの家で料理の腕を振るうつもりでいたからだ。きっと彼も、久しぶりのイヴの手料理を喜んでくれるに違いない。

森の入り口までは、ジュエルのローラーで行くことにした。彼女の運転は、ライアンに仕込まれただけあって、イヴも感心するほど上手なものだった。太陽の光が差さない時でも——レノヴァではめったに無かったが——風を上手に捕らえて、自在にローラーを操ることができた。女の子にしては珍しいことだった。

森の入り口に着くと、二人はローラーを降りて歩き出した。ルークは、何度も来ている森だったので、

「サキニ　イッテルヨ　スコシ　アソンデカラ　ブルースノ　ウチニイク」

と言って、起用に枝の間をすり抜けて飛んで行ってしまった。ミスター・ヒギンスとシンシアも、

「ワタシタチモ　イッテ　イイカシラ」

「ココノ　ブルーベリーハ　トテモ　オイシインダ　タベニイッテモ　イイカナ」

と口々に言った。イヴが頷くと、二羽は嬉しそうに飛び立って行った。ノアールたちが行ってしまうと、二人は並んで歩き出した。いつしか二人は微笑みながら歌を口ずさんでいた。空は雲一つ無い上天気で、森の緑豊かな木々の間を吹き抜ける爽やかな風が心地良かった。

ブルースは、途中の道で二人を出迎えてくれた。散歩の途中だということだったが、どうやら彼は、二人が来るのを知っていたらしい。イヴに聞いたことだが、ブルースにもライアンと同じく、予知の能力があるということだった。しかも、それはライアンよりもずっと強い力だそうだ。

彼はライルでの大きな災害までも予知して、王に就いていた時には、その力で災害の起きる前に救助隊を結成し、ライルへ向かったということだった。事前に警告を受けたライルの人々に、とても感謝されたらしい。

三人での食事は和やかに話も弾み、ジュエルはイヴと二人で作ったヒラメのムニエルやハーブの利いたソーセージの入ったポトフが、ブルースの長い髭の間を上手く潜り抜けて彼の口の中に納まるのを面白そうに見つめた。ブルースが言った。

「森での生活は自由であって不自由なんだよ、おおいに楽しんではいるがね。イヴと一緒に暮らしていた頃が一番退屈しなかったよ。長い人生の中で、一番笑っていたことが多かったんじゃないかな」

ジュエルが聞いた。

「イヴと暮らしていた時のことを聞きたいわ」

彼がイヴを名付け子にしたのは偶然のことだった。たまたま仕事で立ち寄った出会いの家で、名付け親を決めかねていたイヴが半べそをかきながらパーゴラのすみで膝を抱えていた時に、前に立ったのがブルースだった。二言三言話しただけで立ち去ろうとしたブルースのローブの端を掴んだイヴは、結局彼の名付け子におさまってしまった。

何でもイヴは、とても男の子にモテたようで、――今のイヴを見れば分かるが、十代の頃はとても可愛らしかったに違いない――真面目な顔でブルースは、「甘い香の蘭の花に群がるミツバチのように、言い寄る男たちを〝追い払う〟のが私の主な仕事だった」と言って二人を笑わせ、自分も楽しそうに笑った。

ブルースの家には珍しい本も沢山有り、ジュエルは星について書かれた本と〝ノアール鳥の知性と教育の仕方〟という本を選び、借りていくことにした。ブルースは、「もう私には必要ないから、それは君にあげよう」と言ってくれた。イヴも一冊貰って行くようだった。何とそれは〝木の実を使った料理〟という本だった。ブルースがそれを持っていたことが、ジュエルには可笑しかった。

帰る頃になってやっと、三羽のノアール鳥たちがやってきた。ノアール鳥が三羽も居ると、流石にとても喧《やかま》しかった。特にルークは落ち着きが無い。そのため、親鳥たちの三倍は煩わしかった。三人は、彼らが今まで森で遊んできてくれたことに密かに感謝した。

イヴは美しいし人柄も良いので、フリーになった今は色々な男性から声がかかる。しかし、イヴの好みはとても厳しいので、おめがねに叶う男性はなかなか現れない。たまにデートに応じるが、帰ってくると、いつもドアを開けた途端に眉をピクリと動かすのだ。そうするとジュエルには、ああ又ダメだったのね……と直ぐに分かった。

そういう時はいつも、ジュエルはイヴのためにカモミールティーを入れてあげる。イヴには悪いが、その度にジュエルは何だかホッとしている自分に気が付いていた。イヴに新しい恋人ができてしまったら、イヴにも見捨てられてしまうのではないかと不安になって……勿論、彼女の性格を良く知っているジュエルは、イヴはそんなことするはずが無い、とは思っていたが……。

ジュエルへの誘いも多かった。それはイヴと暮らすようになってから急に増えたようだった。今まではライアンの保護下にあったため、皆、手を出しづらかったようだ。それに近頃、彼女が急に大人びてきたせいもあるのだろう。そんな訳で、家までやってくる者も多かった。イヴも社交的な女性だったので、最近のこの家は小さな社交場のようになっていた。魅力的な女性が二人もいれば、男たちは放って置くはずもなかった。

しかし、明らかにジュエルには相応しくないと思う相手は、イヴが上手く断っていた。今までの経験が役に立っているようで、そういう時の、彼女の男性の扱い方は、実に見事だった。ジュエルにはそれが今後とても役に立ちそうに思えたので、しっかりと頭の中のメモ帳に書き込んでいた。

それらの人の中には、何と女性もいた。最初ジュエルは、それと気づかずに彼女をとても魅力的な、ウィットにとんだ素敵な人だと思っていた。彼女は〝満開の藤〟ウィスタリアと言った。薄茶色の髪をショートカットにして、少しつり気味のこげ茶色の瞳をしていた。彼女のオーラは緑色も混じった明るい黄色だった。

ウィスタリアは近くに住んでいて、仕事は調香士をしていた。彼女はただの水や空気に、様々な香りをつけることができた。

その日、イヴとジュエルがいつも使っているオーデコロンを届けに来てくれたついでに、ハーブティーを飲みながらジュエルと話し込んでいた。そしてジュエルは彼女のさっぱりとした性格も話し方も大好きだったので、ウィスタリアに言われるままに、彼女と特別な友達になる約束までしてしまったのだ。

彼女が帰った後イヴが、「ウィスタリアは、パートナーを探しているのよ。貴女には、せっかく素晴らしい能力があるんだから、できれば相手は男性の方が良いと思うんだけど」と、教えてくれた。ジュエルは彼女と話していた時の、その仕草や、ジュエルを見る目つきなどが、少しおかしいとは思っていたが、そんなことは思いもしなかった。ジュエルは、イヴに助けを求めた。

「知らなかったわ……どうやって断ればいいの⁉」

イヴが答えた。

「はっきりと言った方がいいわよ、変に取り繕っては駄目」

イヴの眉がピクリと動いた。

「曖昧な態度は相手にも誤解を招くわ、返って失礼よ。貴女にその気が無いのならね」

イヴは、呆然としているジュエルを見て微笑みながら言った。

「レノヴァでは同性愛者は珍しくはないわ、これからもこういうことは何度もあるでしょうね。男性もかなりいるわ、友達として付き合うならとても楽しい人たちよ」

そういえば、ジュエルにも思い当たることが幾つかあった……これからは気を付けよう……。

ジュエルに一番熱心だった男性は、〝砕ける波〟ウェイブだった。彼は週末になると必ずジュエルを誘いに来ていた。彼の輝く美しい金髪は見事なもので、その瞳は冬の海の色だった。彼のオーラも又、海の色だった。彼はまだ三十五歳で、見た目はほとんど少年と言っても良かった。十四歳の時にレノヴァに来たということで、

「僕はまだ一度も女性と一緒に住んだことはないんだ。今住んでいる家はとても景色のいい場所

に建っているんだよ、二人で住むにも十分な広さがあるし、君が来てくれたらきっと楽しいだろうな」

と言って上目遣いでジュエルを見た。彼がジュエルを誘っているのは明らかだった。しかしジュエルは、ウェイブの喋り方や仕草など、つい、ライアンと比べてしまっていることに気が付いていた。どうしても男性を見ると、ライアンと比べてしまう。ジュエルにしてみれば、ライアンこそ理想の男性像だった。

——このレノヴァにさえ、ライアンに敵う相手が居るだろうか？

ジュエルは、とんでもない人を基準に考えていることを、自分でも分かっていた……

初めて一人で囁きの森へ行くことにしたジュエルは、イヴが出かけると少し緊張しながら、さっそく仕度に取り掛かった。今までは、ライアンかイヴがいつも一緒だったが、今日はブルースに相談したいことがあるので、一人で行きたかったのだ。ジュエルは今まで通り、ブルースへのお土産をバスケットに詰めた。ライアンがいつもしていたようにワインも忘れなかった。

ジュエルは彼に、自分の進む道を相談するつもりだった。もう一人立ちすべきなのだろうか？それとも、誰か気の会った相手を見つけて一緒に暮らす方が良いのだろうか？　このままイヴの所にいたら、彼女に迷惑がかかるのではないかと気にもしていた。何しろ最近は、ジュエルへの交際の申し込みが後を絶たず、社交的なイヴでさえ鬱陶しく思っているのではないか、と思われた。

本当は、ライアンの所へ戻りたかった……彼と暮らしていた頃は、小さかったせいもあるだろうが、ライアンの保護下にあるためだろう、彼女への誘いも控えられていて伸び伸びと暮らせた。それに、自分の持っている能力についても心配だった。本当に、ここで子供を産んでも良いのだろうか。そういう年齢に近づくに連れ、不安が募ってきた。彼の予知の能力に頼ってみたかったのだ。

ルークは家に置いて行こうと思ったが、見つかってしまった。彼はバスケットを見て、悟ったらしい。やはり緑のクチバシは、利口な鳥だ。

「ブルースノ　トコロニ　イクンダネ　ヤッター！」

と叫ぶと、もうローラーの屋根に止まって待っていた。ジュエルは、森へ入ったら、また彼を遊びに行かせることにして、上手く追い払うつもりでいた。

——ルークがもし、シンシアやミスター・ヒギンスに喋ったら、イヴにも伝わってしまう……

ジュエルは、何れイヴにも話すつもりではいたが、今はまだ一人で考えてみたかったのだ。

森の入り口で、ルークは案の定、「チョット　アソビニ　イッテクル」と言ったので、ジュエルはホッとして、「ゆっくりしてきて良いわよ」と、手を振って送り出した。彼のいないうちにブルースと話しをしたかったジュエルは、急ぎ足でブルースの家に向かった。

ブルースは、いつものように笑みを湛えて、目を細めて彼女を迎え入れてくれた。テーブルに着いたジュエルは、お茶を啜りながら、今の不安な気持ちを一挙に打ち明けた。そして穏やかにじっと耳を傾けてくれていた彼に、思い切って聞いてみた。

「もし未来が見えるのなら、少しだけ私の未来を覗いて見てくれないかしら……」

彼は、その青とも灰色とも見える奥深い目でじっとジュエルを見つめた後、ゆっくりと話し始めた。

「未来が分からないからこそ、人は夢を持てるんだし、希望も見えてくる。未来を見てしまうということは、その全てを失うということなんだよ……それでも見たいのかい」

窓から差し込む光は柔らかく、音の無い静かな午後だった。

ジュエルの頬を一筋の涙が伝った……自分の浅はかな考えが、涙と共に流れ落ちて行くのが分かった。ブルースは、何も言わず大きく頷くと、

「お茶が冷めてしまったね、私がブレンドした取って置きのを入れてあげよう」

と言って、席を立った。

ルークの羽音が聞こえた。


家に帰ると、台所からは、イヴの鼻歌と一緒に美味しそうな匂いが漂っていた。

「今日は久しぶりに、パイを焼いたの。森で摘んだブルーベリーのパイよ」

キッチンからは、いつものようにイヴの明るい声がする。ジュエルはキッチンに入り、イヴを手伝ってお茶の支度を始めた。

イヴがパイを頬張るジュエルを見て、呆れ顔で言った。

「貴女大丈夫？　それでもう三枚目よ、夕飯が食べられなくなっても知らないから……」

「大丈夫よ、今日は森へ行ったからお腹が空いたの。それに私、今は背が伸びているんだもの、太ったりしないわ！」

ジュエルが反論した。確かに彼女はまた少し背が伸びたようだった。


ある日、ふざけてイヴと背比べをして、ジュエルが少しだけ追い越していることが分かった時、真剣な顔になってイヴが言った。

「そろそろ貴女も〝石〟の所へ行ってみた方が良さそうね」

レノヴァに来た人は、身体の成長が止まる頃を目安に、〝石〟に合いに行くという。そこで〝能力〟が開花することもあるし、何も変わらない人もいるが、新しい力を授かることもあるようだ。

いまだ秘密の能力以外は、これといって力の表れないジュエルは、いずれ行ってみたいとは思っていたが、こんなに早く行けるとは思わなかった。不思議な石と対面することが、ちょっぴり恐くもあった。

「〝石〟と対面する時は、名付け親も一緒と決まっているのよ。ライアンに相談してみましょう」

イヴが言った。


ライアンは仕事に没頭していた。といってもレノヴァは政治的にも安定していて、たいした事件や事故なども無かったが……自分でも無理やり仕事を見つけているという気がしていた。

ジュエルとの楽しい生活が苦痛になってきたのは、イヴにジュエルを頼む二ヶ月ほど前からだった。ずっと子供だと思っていたジュエルが、いつの間にか大人の女性になろうとしていた。本人はそれと気づかずに無邪気に抱きついてくるが、ライアンは戸惑っていた。

十年も前から、ティナがレノヴァへ来るのを待っていたライアンは、レノヴァの未来を救うというその少女を予知で知った。迎えに行ったその日から、成長するまでは何としてもこの子は自分が守らねばならないと思っていた。

ジュエルは頭の回転も速く、教えたことはどんどん吸収した。イヴと自分のように、性別を越えた良い友人になれると思っていた。しかし彼女は、段々と自分の理想の女性に近づきつつあった。それは当然のことだろう。自分がそう教育したのだから……このまま一緒にいてはジュエルにとって良くないことかも知れない……ライアンは自分に自信が持てなくなってきていた。

無理やり遠くへ行く用事を作り、家を空けることを多くした自分が情けなかった。自分の心がどんどんジュエルに傾いていくのが分かり、いつまで自分の気持ちを抑えておけるか自信が持てなかったので、イヴに頼むことにしたのだ。

サナギから蝶へ変わろうとしていたジュエルは、イヴと暮らし始めて一年半、美しい蝶に変身していた。時々イヴと三人で食事をする時は、まだ良かったが、二人きりの時は眩しくて真っ直ぐに見られなかった。

離れていても、いつも心の何処かにジュエルがいることを感じているライアンは、十八歳まで待つことを自分に約束したことを半ば後悔していた。自分を兄のように慕ってくれる彼女が、この気持ちを受け入れてくれるかも心配だった。

レノヴァに来た時から既に金のオーラを身に付けていたという、〝レノヴァ史上最年少の王〟となったライアンでも、ジュエルのこととなるとからきしなのだ。

何人かの女性と、恋人として一緒に暮らしたこともあったが、今までは、何年かすると魅力的だった彼女たちも色あせて見えてしまっていた。しかしそれは、男女の間では当然のことだと思っていた。年を重ねるごとに愛が深まって行くのは初めてのことで、戸惑っていた。恋は何度も経験したが、自分がこんなに人を愛せるとは思わなかった。


庭に白い花を咲かせたのは深い意味があった訳ではなかったが、居間に飾ろうと白い花ばかりを摘み取りながら、まるで花嫁のブーケのようだと彼女は思った。イヴはライアンの気持ちに気づいてはいたが、二人のことには口を挟まずに、黙って見守ることに決めていた。心の中では、ジュエルはライアンと結ばれるのが、彼女のためにも一番良いのではないかとは思っていたが……彼女の人生は、彼女自身が決めなければならない。心からジュエルの幸せを願っていたが、彼女の美しさが際立ってくるに連れ、それが、様々な男性の目にとまり、かえって彼女を不幸にするのではないかと思い始めてもいた――彼女には、真剣に愛し、守ってくれる強い保護者が必要だった。

イヴには、それはライアン以外には考えられなかった。

三人で話し合った結果、石との対面は三ヵ月後に決まった。ジュエルは、その二ヶ月後には十八歳になる。もう殆ど成長も止まっているだろう。

ジュエルは、久しぶりに会ったライアンに、見習いの仕事のことを相談したかったのだが、もしかしたら対面の後に何か能力が現れるかもしれないと思い、それまで待つことにした。

石と対面するなんて、まるで石が生きているかのような言い方だった。しかし皆、当然のようにそう言っていた。この島全体に影響を及ぼすような大きな力を持つ石が、自分にどんな能力を授けてくれるのだろうか？　それよりも、石が奪ってしまった繁殖能力を持つ自分を、はたして石は受け入れてくれるのだろうか？

ジュエルの不安もよそに話しはどんどん進んでいった。


イヴが住んでいた時に招待してくれたので、西の地へは何回か行ったことがあった。南の地へは、何度かライアンの友人を訪ねたことがある。しかし、北はジュエルにとっては始めての土地だった。いつも遠くから眺めていたあの美しい山、エラル山を間近で見られると思うと、石との対面の不安も薄らいだ。

――石はレノヴァのほぼ中心、北の地の南端にある。

ライアンにとっては、いつも定例会で行っているストーン・ビレッジだったが、ジュエルは連れて行ってもらったことが無かった。彼女は、レノヴァに来た頃から行きたかった憧れの〝大人の町〟ストーン・ビレッジに行けることが嬉しかった。

そこは、大人の社交場であるらしい。石と対面した後は、そこに出入りすることができるということだった。そして三人の話は弾み、イヴの提案で、せっかくだから石と対面した後、三人で北の地を廻ってみようということになった。ジュエルが小躍りして喜んだのは言うまでもない。三人で旅行することは始めてのことだったのだ。

石との対面は昔から正装でということになっている。どうやら石との対面は、成人の儀式でもあるらしい。対面の後は、大人として認められるようだ。

ジュエルのドレスは、ライアンが服飾工房に頼んでくれることになった。彼女は今までに正式なロングドレスなど身に付けたことなどなかったので、どうしたら良いか分からなかったのだが、イヴが目を輝かせながら口を挟む前に、ライアンが引き受けてしまったのだった。それはジュエルにとっては願っても無いことだった。ライアンが選んでくれるなら、きっと素敵なドレスに違いない。イヴもセンスが良かったが、ジュエルには、ライアンがプレゼントしてくれることに大きな意味があった。彼に大人として見てもらえるようで嬉しかったのだ。ジュエルは三ヵ月後が待ち遠しかった。そして、ちょっと不安でもあった。

日程が決まって三日後、ジュエルは石と対面することをブルースに報告に行くことにした。はたして自分が石に近づいても良いのだろうか、と不安でもあったのだ。彼が認めてくれるなら安心できる。どうやらブルースに相談に行くのは、ジュエルだけではないらしい。彼の所へは、イヴもライアンも皆それぞれ暇を見つけては、会いに行っているようだった。ブルースはあまり多くを語らない。彼は、あの奥深い目でじっと見つめ、一言か二言、アドバイスするだけだったが……

ジュエルは、いつものようにバスケットに食材を詰める。今日は、ブルースに食べてもらおうと、彼女が料理を作るつもりでいた。イヴに教わった、ミートパイとポテトサラダにするつもりだった。勿論ワインも入れて行く。

「ジュエル　マダ？　ハヤクイコウョ！」

キッチンの窓をつつく、ルークの弾んだ声が聞こえる。

外に出ると、既にルークはローラーの上で待っていた。


ブルースは珍しく、ソファーで横になっていたようだった。しかしジュエルを見ると、いつもと変わらずににこやかに迎えてくれた。

ジュエルが料理を作りながら、石との対面が決まったことを報告すると、ブルースは賛成してくれた。

「君も、いよいよ大人の仲間入りだね。初めてここに来た時の、あの小さくて可愛らしかった君が、たった五年余りでこれほど成長するとは思わなかったよ」

と言って喜んでくれた。やはり石との対面は、成人の儀式でもあるようだ。ブルースはジュエルの料理を褒めて、美味しそうに食べてくれた。食事の後、暫く星座や天体のことなどを話した後、ブルースが言った。

「次の満月の夜、家に来てくれるかな」

不思議そうにジュエルが見つめると、

「夜の森も、たまには良いものだよ、ライアンとイヴも誘って三人で来るといい」

彼は優しく微笑みながら言った。ブルースの方から招待してくれるなんて、初めてのことだった。ジュエルは喜んで、

「ええ、そうするわ」

と答えた。

「きっとお月見ね、夜の森なんて何だかワクワクするわ」

ジュエルは、皆で過ごす森の夜をあれこれと想像した。

――夜食は何にしよう……多分、ライアンはワインを持ってくるだろうから、イヴにパイを頼んで、自分はシナモンクッキーを焼こう。

帰りの挨拶を済ませた後で、ドアまで送ってくれたブルースが言った。

「今日は日差しも柔らかいし風も穏やかだから、いつも行っていた、あの草原へ行ってみたらどうだい。今頃は甘い香りのアリッサムの花が咲いているはずだよ」

「そういえば最近は行っていなかったわ、そうね久しぶりに行ってみようかしら……」

「そうするといいよ」

ブルースは微笑みながらジュエルの肩をそっと叩いた。

今までと変わらないはずなのに、一人で歩く草原へと続く道は、何故か新鮮に感じられた。ジュエルは森の香や木漏れ日、そして苔の手触りを、初めて森へ来た幼子のように一つひとつ確かめながら、ルークを肩に乗せてゆっくりと歩いて行った。

草原に着くと、いつもライアンとしていたように草の上に寝そべった。雲の動きをじっと見つめて、大地が自分を乗せて回っている感覚を楽しんでいた。暫くするといつもの癖で、ついウトウトと眠ってしまった。ジュエルが眠ってしまうと、話し相手がいなくなったルークも、小さかった頃のように彼女の首に頭を乗せて眠った。

ふと目を覚ますと、隣にライアンがいた。腕を枕に、空を見ている。

未だ夢を見ているのかと、じっと見つめていると、彼がジュエルの視線に気づき、向きを変えた。そして、にっこり笑いかけた。

「おはよう、眠れるお姫様。君はちっとも変わらないな……相変わらず無防備だ」

ジュエルは、そんな言葉にもかかわらず、ライアンとここで会えたことが嬉しかったが、少し大人ぶって、そのまま空を見つめていた。ライアンも、それ以上喋らず、同じ空を見つめていた。

暫くそうしていた後、二人はどちらからともなく腕を組んで、森の入り口へ向かった。何かがいつもと違っていた。それが何なのか、二人にも上手く説明できそうになかった。

ライアンは、ジュエルとのことをブルースに相談にきたのだった。しかし、森の入り口のジュエルのローラーに気づき、ブルースの家に行く時間をずらそうと、ここに来たのだ。すると何と、ジュエルは草原に居た。

——昔のように、あどけなく眠っていた……

歩きながら、ジュエルがブルースの招待のことを話すと、ライアンは、「何か、嫌な予感がするな……」と言って、目を細めた。「次の満月の夜だね」と、ジュエルに念を押すと、真剣な顔をして、イヴと一緒に必ず行くようにと彼女に言った。

満月の夜は、その四日後だった。お月見をするつもりで楽しみにしていたジュエルだったが、段々と満ちていく月を眺めるにつけ、ライアンの言葉が気になってしかたなかった。気のせいかイヴも口数が少なく、時々考えことをしているようにも見えた。

今日のバスケットの中身は、イヴと二人で焼いたチーズケーキにワイン、ジュエルの焼いたシナモンクッキーも入れた。そして夜道を歩く時のために、部屋のランプを二つ持って行くことにした。

ノアールたちは、なるべく夜は外出しない。三羽共、大人しく止まり木に止まっていた。

「さあ、行きましょう」

月が出るのを待ちかねたようにイヴが言った。気のせいか、声に元気が無い。ジュエルにも、それが移ってしまったように、「ルーク、良い子にしててね」と囁くと、二人は家を出た。

いつものように、森の入り口でローラーを停めると、二人はランプを持って歩き始めた。夜の森では、帆を張ったローラーを操るのはいくらジュエルでも難しかった。それにローラーの音で、眠っている小鳥たちを驚かせたくなかったのだ。

満月は、大きく膨らんだように輝いている。木々の間からは、満天の星が瞬いていた。ランプの光が無くても、歩ける位だった。

二人がブルースの家に着いた時には、もうライアンは、彼の傍らに居た。

ブルースは長椅子に横になっていた。ジュエルは驚いて走り寄ろうとしたが、イヴは、静かにバスケットをテーブルに置いて、ブルースの側に近づいた。そして、そっとその手を取った。ブルースは、じっとイヴを見つめ、声を絞り出すように言った。

「やっと、その日が来たようだよ」

ジュエルにも、その意味は分かった。驚きに目を見張りながら、静かにブルースの元へ近づいた。ライアンが場所を空けてくれ、ジュエルは彼のもう一方の手を取った。

——二人には分かっていたのだ。

ブルースがいなくなることなどジュエルには考えられなかった。いや、考えたくなかったのかもしれない。今日まで二人の態度が気になっていたのに、何故か問いただすのが恐かったのだ。

ブルースは、じっとジュエルを見つめると微かに頷いて言った。

「短い間だったけれど……君に会えて良かったよ、ジュエル……君の成長を見るのは私の楽しみだった……これからの幸せを心から祈っているよ」

艶が無くなってしまった彼の顔には、いつものような優しい微笑みが浮かんでいた。

「君がレノヴァに来るのを、私もライアンも待っていたんだよ……それなのに……もう別れを言わなければならないのは残念だ……」

そしてイヴに目を移して言った。

「愛するイヴ、君との暮らしはとても楽しかったよ、君は私の自慢の子だ……実は君と出会った頃、私は人生にあきあきしていたんだよ、王であることにも……しかし君は、そんな私に光を与えてくれた……いつかお礼を言わなければならないと思っていたんだよ」

そして、ジュエルを見て、

「この子の、これからの困難に、力を貸してやってくれるね……」

イヴは、しっかりと頷いた。

そしてブルースは、イヴ、ライアン、ジュエルの三人に、一人づつ、ゆっくりと目を向けると、安心したように、優しく微笑んで——最後の息を吐いた。

彼のその全てを知っているかのような、深いブルーグレイの瞳は閉じられ、ブルースはそれ以上は何も語らずに逝ってしまった。

三人とも言葉にならず、暫くは涙に咽んでいた。

どのくらい経ったのだろうか……やがて、ライアンがブルースをベッドに運んだ。イヴは、彼の髪と美しかった髭を優しく整えると、その頬にそっと口付けをした。イヴの唇が、

——さようなら、大地の詩、ブルース
と動いた。

居間に戻ったライアンが、ミントティーを入れてくれた。暫くして、ライアンが言った。

「彼は、この日を知っていたんだね……」

「ジュエルから、彼の誘いを聞いた時、私もそんな気がしたの……」

ジュエルは、

「私……何も知らなかったわ、そんなこと、思いもしなかった」

ライアンが言った。

「彼の心臓は、もう限界だった……何度も癒しを受けたが、彼はもう、それも止めてしまった。それに最近は、内臓も弱っていたようだった……食事も控えめで、薬草茶で済ませることも多かったんだよ」

ジュエルは四日前、彼女の作ったパイを美味しそうに食べてくれたブルースを思い出して、また涙がこぼれた。

「彼はレノヴァの土に返るんだ、そしていつも私たちと共にいる。悲しまずに送ってあげよう」

ライアンが言うと、ジュエルは涙を拭い、小さく頷いた。


ブルースには、イヴを含め十二人の名付け子がいた。その内三人は、既にもう亡くなっていた。残りの八人には、ライアンが伝えると言うことで、葬儀は二日後になった。

暫く三人は外で、輝く星を眺めていた。夜空には満天の星が瞬き、仄かに光る満月は滲んで見えた。いつしか空が白み始めると。イヴはブルースのもとに残り、ライアンは葬儀の手配に、ジュエルはノアールの元へと帰って行った。

二日後、ブルースは〝囁きの森〟に埋葬された。彼も又、今までの人々と同じようにレノヴァの土に返っていくことだろう。

ブルースの家は、暫くこのままにして置くことになった。何れは彼の物を処分しなければならないだろうが、当分の間は誰も手をつける気にはならなかった。森の家はいつもと変わらずにここに有るのに、ジュエルには、ブルースがいないことが不思議だった。

ジュエルの石との対面は予定通りに行われることになった。ブルースもジュエルから対面のことを聞き、とても喜んでくれていたからだった。

三人でブルースのお墓に花を供え、そのことを報告した。その後イヴが、独り言のようにそっとつぶやいた。

「ここへ来れば、いつでも彼に会えるような気がするわ……」

「彼の死を悲しむのは止めて、思い出を大切にしよう」

ライアンが言った。


石との対面の日は早朝に家を出ることになっていた。そうすれば、ゆっくり行っても夕方までにはストーン・ビレッジに着くはずだった。対面の後には、皆が泊まれるようになっている宿があるので、そこに泊まれば良い。

ジュエルはルークも連れて行くことにした。ミスター・ヒギンスとシンシアは家で留守番だ。屋根の下の小さな出入り口からは、自由に外へ出ることができる。二羽はもう慣れたもので、

「フタリデ　テキトーニ　ヤッテルカラ　イッテラッシャイ　キヲツケテネ」

と言って、送り出してくれた。

今日のジュエルは、動きやすいパープルグレイのパンツスタイルで、短い丈の同じ色のキャミソールの上にローズピンクの上着を着ていた。それは、スラリとした彼女の体形にとても良く似合っていた。

イヴはいつものようにシンプルなワンピースドレスで、大好きなバラの花柄だった。並んで立つ二人は、開き始めたばかりの薔薇の蕾と大輪の薔薇のようだった。

迎えに来た紳士は、ゆったりとした白いシャツに濃紺の細身のパンツ、同じ色の小さなスカーフで長い金髪を一つに纏めていた。胸にはチェーンの付いたサファイアのピンが留められていた。早朝にもかかわらず、ライアンの身なりは完璧だった。

三人はローラーに乗り込んだ。ローラーは普通二人乗りなので、三人は無理だったが、ライアンのものは少し大きめにできていたので、ちょっと窮屈だったが細身の三人なら十分に座ることができた。

一週間前にライアンからプレゼントされたドレスも、しっかりとトランクに入れられた。彼は靴やアクセサリーまできちんと揃えてくれていた。そのドレスは、ジュエルの期待通りに美しく仕上がっていた。

「シュッパーツ！」

ルークが耳元で叫んだ。

〝風に舞う花びら〟ワルツの家は、エラル山から流れ、途中で二つに分かれるイーストリバー沿いの、周りを木で囲まれた小さな家だった。ここで彼女は〝緑の草原〟グラスと一緒に暮らしている。今日の昼食はワルツの提案で、ここで取ることになっていた。

その庭を一目見て、ジュエルにはイヴが造ったものだということが分かった。綺麗に刈り込まれた藤棚の下では、白と赤茶色の猫が二匹仲良く寝そべっている。それを見たルークは、慌ててジュエルの肩に止まり、彼女の頬にぴたりと身体を押し付けた。玄関ポーチの前にあった丸めた毛布のような物が突然立ち上がり、大きな身体をブルンと震わせて、挨拶代わりにワンと鳴いた。裏庭には、様々なハーブや野菜が見事に育っていた。イヴは家に入る前に、「ちょっと、力を使ってくるわ」と言って庭をぐるりと一周して来た。

イヴとライアンの共通の友人であるワルツは、小さい頃からジュエルをとても気に入ってくれていた。ジュエルも、ライアンと同じ位背の高い、行動的な美女である彼女が大好きだった。最近一緒に住み始めたという、彼女より少し背の低いグラスとは初対面だった。

「いらっしゃいジュエル！　貴女はここに来るのは初めてだったわね」

ワルツはいつものようにジュエルのおでこにキスをした。

「いよいよ今日は対面の日ね、私たちからも祝福させてちょうだい。グラスとは初めてでしょ。この人、透視ができるのよ」

「えっ、透視……」

思わずジュエルは胸に手を当てた。ワルツは笑いながら、

「大丈夫よ、透視は精神を集中しないとできないの。目つきが鋭くなるから、目を見れば直ぐに分かるわ。後ろからでも気が付くくらいよ」

「知ってたの」

グラスは顔を赤らめて言った。

「知ってたわよ、当たり前でしょ」

ワルツは彼の頬をそっとつねった。グラス以外の四人は爆笑した。

食事の後、席を立ったグラスは、ヴァイオリンを手にして戻ってきた。二、三回軽く音を出すと、いきなりジュエルの知らない曲を奏で始めた。彼の顎の下から、心に響くような低音が流れ出た。ワルツが優雅に立ち上がり、グラスの傍らに立つと、ジュエルに語りかけるように歌いだした。

ワルツの癒しの力は歌によるもので、聞く人に安らぎや希望を与えてくれる。いつもは四つの地の音楽堂をまわって、その歌声でレノヴァの人々を癒していたが、今日はジュエルのために歌ってくれた。いつも落ち着きの無いルークまでもが、うっとりとその歌声に聞きほれていた。


川沿いの道を行くローラーでの旅は快適だった。ローラーの開け放した窓から吹き込む風も、心地良かった。

目的地ストーンビレッジに着いた時は、太陽は斜めに輝いていた。対面の儀式は日没の頃と決められている。石と対面するために来た人たちが泊まる宿に入った三人は、対面の儀式で石に敬意を表するために着替えをした。

イヴは主役を引き立てるように、背中の開いたシンプルな黒いドレス。アクセサリーは、小さなサファイアが長く垂れ下がったピアスと、大きなサファイアがついた真珠のネックレスだった。ライアンは細身の黒のパンツに、金のレースのついたチャコールグレーのドレスシャツ、特別な時に着けるらしい変わった細工の金のペンダントをしている。黒いベルトには金の蔦の模様があった。

ジュエルは、エメラルドグリーンのロングドレスだった。細身の体に程よくフィットしたそれは、ノースリーブの肩に金の縁取りの蔦の葉が何枚か、左右アンバランスに付いていた。胸元は胸のふくらみに沿って緩やかにカーブしている。裾は歩きやすいように膝上から少しずつ広がり、途中から何本か深いスリットが入っていて、歩くたびにチラチラと形の良い脚が覗いた。アクセサリーは、金の蔦の葉が何枚か下がったイヤリングだけだった。——目立たないがライアンのベルトとお揃いだった——若いジュエルには、ごてごてとしたアクセサリーは必要無かった。それに彼女の瞳は、どんな宝石よりも輝いていた。

髪はイブがアップに結い上げてくれた。一束だけくるりとカールさせて首元にたらしてある。

「これがセクシーなのよ」

とイヴ。ドレスの色が瞳に映って、いつもより明るい色に見える。それは、まるで二粒のエメラルドのようだった。

ルークを肩に乗せて、しなやかに歩くジュエルはまさに〝宝石〟だった。彼女はライアンの教えもあり、初めてロングドレスを身に付けたとは思えないほど、上手く着こなしていた。ライアンにとっても、それは嬉しい驚きだった。ドレスを着た彼女は何処から見ても、ちゃんとしたレディーに見えた。

ライアンとジュエルが腕を組んで歩くと、二人のオーラが溶け合って、複雑にカットされたダイヤモンドのように光り輝いていた。


宿舎の前のアーチ型の門を通ると、もう、そこから石へと続く道は始まっている。門の入り口には、長いローブを着た年配の男女が立っていた。三人が会釈をすると、彼らも会釈を返し、ジュエルに向かって優しく微笑んだ。

林の中を白っぽい煉瓦が敷き詰められた、ゆるやかにカーブした道が続いていた。三人はライアンを真ん中にして、腕を組んでゆっくりと進んで行った。暫くすると、急に周りの木々が無くなり辺りが開けた。

まるで火山の火口のような巨大なクレーターの真ん中に〝石〟は有った。いや、それは石というより岩といった方が良いような大きさだった。高さは三メートルほどあり、周りは大人三人が手を広げて、やっと届く位だった。

三人はクレーターの縁に立っていた。そこからは同じ煉瓦の緩やかな階段になっている。ちょうど日が沈もうとしている。クレーターの周りには石の灯篭が立ち並び、何人かの人が火を入れて廻っていた。

「何度来ても不思議な所ね」

囁くようにイヴが言った。ライアンは何か考え事をしているらしく、ただ頷いただけだった。

ジュエルは石から目が離せなかった。一歩踏み出す度に色が変わっているように思われた。そして、日が完全に沈んだ時、石が発光していることがはっきりと分かった。ぼんやりとした光が石を包み、光の色は絶えず変化しているようだ。まるでオーラのようだとジュエルは思った。

石まであと十歩ほどの所で階段は終わった。二人はそこに留まり、ジュエルを促した。ルークはライアンの肩に移った。

ジュエルはゆっくりと石に近づき、そっと手を触れた。言われた通りに、両の手のひらを石にぴたりと付けた。

――自分を見つめる、穏やかな視線のようなものを感じた……

ほんのりと暖かいようにも感じられたが、予想していたようなパワーやショックのようなものはなかった。逆に穏やかな安らぎにも似た気持ちになった。自分も石と同化して一緒に光っているような、そんな気がした。

暫くして手を離すと、静かに振り向いた。イヴが頷いたので、ジュエルはほっとして、二人の所に戻った。階段を上りながらライアンが尋ねた。

「どうだった?」

ジュエルは感じた通りを答えた。ライアンは、

「人によって感じ方は違うようだからね」

と言った。

――ライアンの時は、どういう感じだったのだろうか……聞いてみたかったが、三人はそれ以上喋らずに歩いて行った。三人共ここの雰囲気に圧倒されていた。普段はおしゃべりなルークでさえ静かだった。

ジュエルにとっては、何だかあっけなく終わってしまったように思えた。石との〝対面〟とはいっても、もっと複雑な儀式があるものと思っていたが、本当に、ただ石と対面するだけ、石に触れるだけだとは思わなかった。しかし、石の存在感は大きく、ジュエルには〝石〟に生命があるように思えてしかたなかった。

イヴとライアンは、ジュエルが石に触れた途端に、彼女のオーラが変わったことが分かった。ジュエルは石と同化したように、七色に輝いていた。そんな光景を見たのは、二人とも初めてのことだった。


ゆっくりと五分ほどローラーを走らせると、そこには煉瓦造りの大きな建物があった。幾つもあるアーチ型の窓からは、眩しいほどの光と美しいワルツの調べが漏れていた。いよいよジュエルの知りたかった、大人の社交場へのデビューだった。

パレスの中に入るとすぐに、中央の美しい彫刻が目に入った。それは大きな池の中心にそびえ、周りを小さな噴水が囲んでいた。雪花石膏を削ったように見えるそれは、半裸の美しい女性が岩の上で片手を上げ、空を見上げている姿だった。

ジュエルは、暫くそれに見とれていたので、人々の視線に気が付かなかった。三人はとても目立っていた。美しさも際立っていたが、ジュエルのオーラは〝石〟そのものだった。大理石の床を歩いてテーブルに着く頃には、パレス中の人々が三人のことを話題にしていた。

注文を済ませると、ライアンやイヴの知り合いが集まって来た。皆がジュエルを紹介して欲しがった。彼女の珍しいオーラのことを皆が話題にして、皆ジュエルの能力を聞きたがった。三人は、にこやかに応対して、質問は上手くはぐらかし、まだはっきりとは分からないというように答えた。

最後にテーブルに来たのは、北の王〝大空を舞う鷹〟ホークだった。彼はライアンに勧められるまま、空いている椅子に座ると、臆面も無くじっとジュエルを見つめた。

「ライアンの名づけ子が、こんなに美しい女性だとは知らなかったな」

と驚き、目を見張って言った。ライアンは、二ヶ月に一度の定例会で何度も彼に会っているが、含むところもあって、ジュエルのことは殆ど話題にしたことがなかったのだ。

ホークは濃い茶色の髪と、紺に近いブルーの瞳で、年齢はライアンよりかなり上に見えた。彼のオーラはライアンと同じ金色だが、並ぶとホークの方が少し白っぽく見える。

――王になる人は皆、金のオーラって本当なんだわ……

ジュエルは改めて思った。

ホークは、話している間も殆どジュエルから目を離さなかった。

「北の地を見て回るなら、絶対に自分の家に寄るように」

とライアンに約束させると、テーブルを離れた。イヴとライアンは、困った顔で目を合わせた。

彼は明らかにジュエルが目的だと思われた。しかし、北の王の誘いを無碍《むげ》に断る訳にもいかなかった。

ジュエルは二人の心配も知らず、ルークに、運ばれて来たパンとスープを分けてあげていた。レノヴァではノアールを連れて歩く人も多く、ここでも、あちこちに止まり木が用意されてあった。

三人は、久しぶりに揃っての食事を、ゆっくりと楽しんだ。ジュエルにとっては始めての正式な晩餐会の席だった。食事を終えると、それを待っていたかのように、何人かがジュエルにダンスを申し込みに来た。ここでは優雅な曲が演奏されていて、中央の噴水の周りでは、食事を終えた人たちがダンスを踊れるようになっていた。

ジュエルは、チラリとイヴを見たが、彼女が頷いて、「楽しんでいらっしゃい」と言ってくれたので、嬉しそうに微笑むと、最初に手を取った幸運な男性と踊り始めた。ジュエルのライアン仕込みのダンスは、美しい彼女を更に引き立て、皆がいつしか彼女を目で追っていた。

ライアンとて例外ではなかった。イヴはそんな彼を見て、彼にもやっと本気で愛せる相手が見つかったことを喜んだが、ジュエルの無邪気さを見るにつけ、ちょっと先は長いかも知れないと思った。

今のライアンの複雑な心境を察して、イヴはちょっと彼のことが可哀相になったが、今までの、もて過ぎたライアンには良い薬かも知れないと思えた。この恋の行方を見守るのが、楽しくなっている自分に気づき、イヴは、ちょっとライアンに後ろめたさを感じて、「ライアン、私たちも踊らない？」と声をかけた。我に返ったライアンは、イヴに微笑み掛けると、ちょっと気取って、「お願いできますか？　僕のダンスの先生」と言って、イヴに手を差し出した。どうやらライアンのダンスは、イヴに仕込まれたもののようだ。イヴはきっとブルースに教わったに違いない。彼女は優しくその手を取り、笑いながら頷いた。

ジュエルは念願だった、大人しか来れないストーン・ビレッジの夜を心行くまで楽しみ、三人は、夜も大分更けてから、それぞれの思いを抱いて宿に戻った。

ジュエルに強く心を引かれたのは、ホークだけではなかった……

西の王〝森の木漏れ日〟サンは、テレポートで自宅に戻り考えていた。彼女があれほど美しく成長するとは思ってもみなかった。これは急がねばならない。改めて、何としてでも彼女が欲しくなった。

四年前のある日、イヴの所に泊まりに行っていたジュエルが、ルークと散歩していたところを偶然通りかかったサンは、ちょっと変わったオーラを見てローラーを止めた。その時、ライアンと同じオーラを持ち、暖かい日差しのような微笑みを浮かべた美しい男性に、ジュエルは警戒心も無く立ち話をした。サンはジュエルに興味を覚え、ジュエルの額に軽く手のひらを当てると〝能力〟を使って彼女の隠れた力を診た。直ぐにジュエルが身を引いてしまったので、少しの間だったが、それでもサンには分かった。ジュエルの隠されている能力が、どういうものなのかが。

サンは、この少女の成長を密かに見守ることにした。少女がライアンの名付け子だということは、調べたら直ぐに分かった。ライアンが少女の能力を知っているとは思えなかった。

――これは表に現れるような力では無い。これを見抜けるのは、それを分析する能力を持った自分しかいないだろう――

そう確信した。

しかし、あの小さな少女が大人になるには、まだ何年もかかるだろうと思っていた。定例会でライアンに、「近々、私の名づけ子が石と対面するんだ」と聞いた時には少し驚いた。

――本当にあの小さかった女の子なのだろうか？　彼女が成人するには、少なくとも後二、三年はかかりそうだったが――

何気なく日取りを聞き出し、テレポートで来てみると、目を見張る美女がライアンの隣にいた。サンは考えを巡らせ、密かに準備をした……。

ローラーをおりた三人の訪問者は、段重ねのバースデーケーキのような建物を見上げた。

北の王ホークの家は、まさに城だった。北の地は平地は少なく、殆どをエラル山がしめている。人々は山の斜面に、コテージ風の家を建てて住んでいた。

ホークの家は斜面を上手く使い、何層にもなったお伽の国の城のようだった。しかしそれは、エラル山の採石場で採れた石でできているので、周囲の山に調和して、まるで山の一部のように、しっくりと落ち着いて見えた。

大歓迎してくれたホークに、すぐに帰るとも言えず、三人は結局一泊することになった。ジュエルは大喜びでホークに案内されて、あちこち見て回っていた。ホークは礼儀正しくジュエルに接し、一人前のレディーとして彼女を扱っていたので、ジュエルは有頂天だった。

その夜、食事の後にジュエルをテラスに誘い出したホークは、ズバリと切り出した。

「ここで君と一緒に暮らせたら、どんなに素晴らしいかと思っているんだが、考えて見てはくれないだろうか？」

一瞬ジュエルには意味が分からなかった。三回ほど瞬きした後、自分が手を握られていることが分かり、慌てて手を引いた。彼をそういう対象で見ていなかったジュエルは、初めてまじまじと相手を見た。レノヴァの人たちは余り年齢を気にしないようだった。しかしジュエルには年が離れ過ぎているように思われた。ホークは、ライルの基準では四十代位に見える。何気なく年齢を聞くと三一一歳だということだった。がっしりとした筋肉質の体は、まだ十分に若さを保ってはいたが、ジュエルの好みではなかった。

これまで何人かとデートもしたし、軽いキスくらいは経験しているが、ライアン以外の男性と一緒に暮らすことなど思ってもみなかった。レノヴァでは結婚という繋がりが無いせいもあるのだろう、男女が一緒に暮らすということを、ジュエルが考えているよりもずっと軽く考えているようだった。

暫くどう答えるべきか考えていたジュエルは、やがてイヴの教えを思い出し、答えた。

「私……私、まだ十七歳なの、後二ヶ月で十八歳になるけど、まだ仕事も決めていないし見習いにさえついてない、そんなこと考えられないわ。それに、こんなに重大なことを簡単には決められないわ……私にとって一緒に暮らすということは、その人を心から愛しているということなの。貴方には昨日会ったばかりじゃないの、貴方の癖や好きな色さえも知らないのよ」

ホークは内心驚いた。若いとは思ったが、二十歳にはなっていると思っていた。ドレスを着た彼女はとても大人びて見えた。物腰も、とても十代とは思えないほどに優雅だった。

少しひるんだが、でも諦めきれなかった。ジュエルのオーラに魅せられていたし、彼女の美しさにも魅せられていた。それに彼女と話すうちに、無邪気さに隠れた、そのしっかりとした考え方にも惹かれていた。

「仕事は、ここに来てからゆっくり探せばいいさ。君がその気になってくれるまで、何年でも待つよ。私はこう見えても、けっこう気が長いんだ」

ホークは、女性を口説く時の、とっておきの笑顔を見せて言った。ジュエルは焦った。年齢を聞けば相手は諦めると思っていたのだ。助けを求めるように部屋の中のライアンとイヴを見ると、それに気付いた二人が、何気なさを装ってテラスにやって来た。

ホークはポケットから、ジュエルの瞳と同じ色の大きなエメラルドの指輪を取り出すと、そっとジュエルの手のひらに載せた。

「これは私が見つけた中で一番美しい石だ、受け取って欲しい」

ジュエルが返す間も無く、彼は三人に軽く会釈すると立ち去ってしまった。ジュエルがびっくりして指輪を見つめていると、イヴが、

「彼には鉱脈を探す〝能力〟があるのよ」

と教えてくれた。ジュエルの手の中で煌《きら》めく宝石を見たライアンが、目を眇《すが》めて聞いた。

「いったい彼に何を言われたんだ？」

「ここで、一緒に暮らさないかって」

ジュエルが答えると、イヴは訳あり顔で頷いたが、ライアンは憮然としていた。

「で、なんて答えたの？」

イヴが聞いた。ジュエルが先程の会話を説明すると、イヴは了解したように頷いた。とりあえず、指輪は明日返すことにして、三人はそれぞれの部屋に入った。

ジュエルは中々寝付かれないでいた。それは無理も無いことだろう。いくらしっかりしているとはいえ、やっと十八歳になるという少女にとって、初めてのプロポーズのような言葉に動揺しない訳はなかった。ライアンも眠れないようで、隣の部屋のドアが開き、階段を下りて行く音がジュエルの耳に微かに聞こえた。


翌朝、ジュエルが指輪を返そうとすると、ホークは、

「君が受け取ってくれなければ、バザールへ持って行くことになるよ。君のために有るような石が、枯れ枝のような指に治まるのを見るのはつらいな……」

と言って、受け取らない。宝石は、めったにバザールに出ない。殆どが注文を受けてから加工するのだ。これも、一昨日ジュエルを見てからホークが王の権限で、ストックされていたエメラ

ルドの中で一番良い物を選び、急遽作らせたものだった。

「そういうことなら、頂いておきなさいよ。何も特別な意味は無さそうだし」

と、チラリとホークを見ながらイヴが言ったので、ジュエルは喜んで、ホークにお礼を言うと指にはめてみた。そのエメラルドは華奢な彼女の手には少し大き過ぎるように思われた――何しろ、ジュエルの瞳と同じ位の大きさがあったのだ――それは彼女の中指にちょうどぴったりだった。

昨日の夜、ライアンとホークは何か話し合ったらしく、ホークはライアンに軽く目くばせすると、昨夜のことはもう何も言わなかった。


朝食の後、三人はあわただしく出発した。

ジュエルがうっとりと指輪を見つめて言った。

「こんな綺麗な石の採れる所を見てみたいわ、どんな所で採れるのかしら？」

「東側の斜面にある採石場よ、ここからならそう遠くないわ」

特に予定を組んでいる訳ではなかった三人は、採石場に行ってみることにした。

「ホークとは何を話したの？」

ローラーの中でジュエルがライアンに聞いた。

「ちょっと、男同士の話さ」

ライアンは意味ありげに言っただけで、詳しく説明しようとはしなかった。

――やはり昨晩ライアンは、ホークと話しに行ったのだ。きっと、彼が納得するような上手い断り方をしてくれたに違いない。

ジュエルは自分の頬が緩んでくるのを、頬の内側を噛んで堪えた。ライアンが自分のために一肌脱いでくれたことが嬉しかった。

イヴは窓の外を眺めていたが、ジュエルが質問した時、彼女の耳がピクリと動いたのが分かった。ジュエルはライアンが言った〝男同士の話〟が気になってしかたがなかったが、それ以上深く聞こうとはしなかった。


ジュエルには後でわかったことだが、ホークはあの素敵な〝お城〟に二人の女性と一緒に暮らしており、何とジュエルを三人目にと目論んでいたらしい。中を案内してくれた時も、夕食にも彼女たちの姿は見えなかったのだが――きっとホークが、上手く彼女たちを遠ざけていたに違いなかった。


エラル山の東側の斜面の中腹に、採石場は在った。見晴らしのいい場所で、尾の長い美しい鳥が飛んでいた。

ルークは早速、その鳥の後を追うように飛び立った。ジュエルは微笑んで送り出した。

「遠くへ行っちゃダメよ、迷子になるから」

「ワカッタ　スグニカエルヨ」

ルークは旋回しながらそう答えると、嬉しそうに飛んで行った。

採石場では、七、八人の人たちが働いているのが見えた。トンネルも掘られているようで、幾つかの横穴の入り口が見えた。変わった色合いの大きな岩を囲んで、何やら話している人たちもいる。その中の一人がイヴとライアンの知り合いらしく、三人で話しが弾んでいた。

ジュエルは海の見える見晴らしのいい斜面に立ち、霧の向こうに目を凝らした。もしかしたら、あの霧の向こうに自分が生まれた島が見えるかもしれない。そう思って木の枝に手を掛け身を乗り出した。その時――

――斜面の下には、サンがいた。テレポートでジュエルを追って来たサンは、この幸運を逃さなかった。咄嗟にジュエルの足元の石を動かした。彼は人の〝能力〟を見ることとテレポートの他に、小さな物なら動かせる能力も持っていたのだ。

「アアッ！」ジュエルが足を滑らせ、小さな悲鳴とともに滑り落ちて来た瞬間、落下地点にテレポートしたサンはジュエルを抱え上げると……

ジュエルの視界がぼやけた。彼女は自分の身体から力が抜けていくのが分かった……。

そこは小さな小屋の中だった。サンはジュエルをベッドの上に降ろすと、肩で息をしていた。やはり二人でテレポートするのは疲れる。それに今日は頻繁に行ったため、もう限界だった。

ジュエルには訳が分からなかった。自分が何故この場所に居るのかも。だが、足を滑らせて斜面を転げ落ちたことは分かる。

「貴方が助けてくれたのね、ありがとう」

ジュエルがお礼を言うと、サンは咄嗟にジュエルの誤解を利用することにした。

「危なかったね、大丈夫だった？　怪我は無い？」

ジュエルの手と足には、何箇所か微かに血の跡があったが、浅い擦り傷で殆ど治りかかっていた。

サンはそれを見て考えた。思った通りだ。やはりジュエルの力は、自分の身を正常に保つことのようだ。ということは、母親としての機能も正常に働くということになる。それまでサンは自分の能力には自信があったが、解釈の仕方を間違えているかも知れないという不安もあった。しかし、今はもう確信していた。

「ここは何処なの……私、もしかして気を失っていたのかしら、よく覚えてないんだけれど」

ジュエルが尋ねた。

「ああ、ここは採石場の近くの小屋だよ、イヴとライアンは癒しの力を持った者を呼びに行っている。君は暫くここで休んでいるといい」

サンは、咄嗟に嘘をついた。

イヴとライアンの名を聞いて、ジュエルはほっとした。

――二人を知っているなら信用しても大丈夫だろう。

ジュエルはベッドの上のクッションに身を預けると、安心して目を瞑《つむ》った。昨夜は興奮してあまり眠れなかったのと、事故の衝撃もあり、ジュエルはうとうとしてきた。初めてのテレポーションのせいもあるのだが、ジュエルが知るはずもなかった。

――こんなことをするつもりは無かった。

サンは自分のしたことに驚愕していた。ただジュエルが一人になるのを待って、声を掛けてみようと思っていたのだが……自分でも訳が分からず、あんなことをしてしまった。

ジュエルを抱きとめた時、足場が悪く、咄嗟にここへテレポートしてしまった……この小屋は、彼にとって隠れ家のような場所だった。ジュエルが自分の気持ちを受け入れてくれてから、誰にも邪魔されずに二人きりで過ごしたい時に使おうと思っていた。簡単な家具以外は何も無い、殺風景な小屋だった。暇を見て、女性に気に入ってもらえるように美しく手入れしておこうとは思っていたのだが、こんなに早く使うことになるとは予定外のことだった。


ここは北の地。エラル山の北側の森の中だ。この森には強力な磁場が有り、道に迷ってしまうので誰もここへは近づかない。鳥や獣さえも――レノヴァの人々はこの森を〝迷いの森〟と呼んでいた。

ここは昔、まだサンが王になる大分前、自分の力に有頂天になっていた頃に、テレポートであちこち巡っていた時、偶然見つけた小屋だった。誰が建てたのかは分からなかったが、一人になりたい時に何度か来たことがあった。

成長したジュエルを見たあの日、この小屋を思い出し密かに準備を整えた。しかし、こんなかたちで使おうと思っていた訳ではなかった。ただ、誰にも邪魔されない二人きりになれる場所が欲しかっただけだ。

――咄嗟のこととはいえ、大変なことをしてしまった……

サンは音の無いこの迷いの森で、自らの心も磁力に狂わされてしまったのを感じた。普段は皆の信頼が厚い彼が、ジュエルが欲しいと思った時から、前後の見境が無くなってしまっていた。彼は、子孫を残すという男の本能に目覚めてしまったのかもしれない。

名付け子は何人か育てたことはあるが、「自分の子供を持てるかも知れない」と思い始めた時から、サンの期待は抑えきれないほどに膨らんでしまったようだった。

サンは椅子に腰掛け、テーブルの上の陶器のビンに入ったピンク色の酒をグラスに注ぎ、一口だけ口に含んだ。もう一つのグラスに半分ほど入れると、ジュエルにも勧めた。

ジュエルは気分が落ち着くかもしれないと思い、少し啜った。甘くて口当たりは良かったが、何度か飲んだことがあるワインとは全然違う味がした。喉が渇いていたジュエルは、殆ど飲み干してしまった。

「まだ、貴方の名前を聞いていなかったわ」

ジュエルが聞くと、彼が答えた。

「私は、西の王〝森の木漏れ日〟サンだ」

その時になって、初めてジュエルは彼のオーラが金色であることに気が付いた。何処かで会ったことがあるような気がしたが、今は思い出せなかった。

「何故、西の王がここへ？」

「偶然、通りかかったんだ。君のことはライアンから色々と聞いているよ」

自分でも不思議な位、スラスラと嘘が出てくる。

「もう対面の儀式を済ませたのなら、そろそろ見習いの仕事を始めてもいいんじゃないかな、君にぴったりの仕事があるんだ。西の地へ来る気はないかい?」

ジュエルは、まだイヴとライアンの元を離れる気は無かったので、

「私、東で仕事を見つけようと思っているの。当分、今の所を離れる気は無いわ」

と、きっぱりと答えた。

ジュエルの答えに失望したサンは、作戦を変えて率直に言ってみることにした。サンは、その名の通り、〝森の木漏れ日〟のようなとっておきの笑顔を作って言った。

「実は、美しい宝石のような君を一目見た時から、好きになってしまったみたいなんだ。君を助けたのも偶然じゃない、ずっと君を見ていたんだ――私は王という立場上、西の地を離れる訳にはいかない、君が私の所へ来てくれると嬉しいんだが――どうだろう、考えてみてはくれないだろうか?」

普通なら、相手はここで顔を赤らめ恥らうはずだった。まして相手は未だ十代の若い女の子だ。しかしジュエルの反応は意外なものだった。

――昨日、北の王に誘われ、今日は西の王ですって!

彼女は、たじろいだ。自分に何が起こっているのか訳が分からなかった。

「そんなこと、突然言われても……」

「君に私のことをもっと知って欲しい、是非来て欲しいんだ」

サンは焦っていた。いつもなら、もっと女性を喜ばせるような気の利いた台詞も言えたのだが、ジュエルの真っ直ぐな目に見つめられると、世慣れたサンでさえ調子が狂ってしまっていた。

ジュエルはサンの強引さが恐くなってきた。今までイヴやライアンと楽しく暮らしていたのに……周りは小さい時から知っている人たちばかりだった。それが突然、男たちの目がギラギラしてきたように思われて恐くなった。

誰かに助けを求めたかった。「ライアン、ライアン助けて！」心の中で叫んだ。


ジュエルはベッドから降りると、ドアへ向かった。サンが慌てて止めようとしたが、振り切ってドアを開けた。

——そこは森の中だった。

まだ午前中のはずなのに鬱蒼とした木々に覆われ、太陽の光は殆ど届いていない。全く知らない場所だった。

「……ここは何処なの」

入り口で呆然と立ちすくんだジュエルの身体が、小刻みに震えていた。サンが肩に触れると、身体がピクリと反応した。

「この森には強力な磁場があり、道に迷ってしまうので誰も近づかない、一人で外へ出ては危険だ」

ジュエルは何が何だか分からずに、うろたえていた。

「何故こんな所へ連れて来たの、いったいどうやって！　私を帰して！」

ジュエルは怒りに震える目でサンを見た。

今までサンは、人から羨望の目で見られることはあったが、こんなに激しく拒絶されたことは無かった。彼女に受け入れられなかった彼の心には、絶望と理不尽な怒りがこみ上げてきた。

その時、ジュエルの身に、ワインに似たライル産の強いリキュールが効いてきたようだった。レノヴァではごく軽いワイン以外の酒は造られていないし、飲む人もいない。〝能力〟が妨げられたり、人によって差は有るが、身体にも様々な悪影響が出てしまうためだった。突然ジュエルは、サンの腕の中へ倒れ込んだ。

サンは抱きとめると抱え上げ、そっとベッドの上に降ろした。サンは、自分がとても卑怯な手を使っていることは分かっていた。しかし、ここへ連れて来てしまった以上は、こうするしかなかった。

今までは、ゆっくりと時間を掛けてジュエルを手に入れれば良いと思っていたが、ライアンと連れ立って歩く彼女を目にした時、自分が後れを取ってしまったことに気づいた。しかも、ホークまでもが彼女を狙っていた。

二人とも、ジュエルの隠された能力のことまでは知らないとは思うが――この先も、美しい彼女には、きっと色々な男が言い寄ってくるだろう。

彼女をここへ連れて来てしまったことは予定外だったのだが、とりあえず何年も前に偶然手に入れたライルの強い酒でジュエルを眠らせてから、テレポートで西の地へ連れて行くはずだった

——が、彼女の反応を見て予定を変えざるをえなかった。追い詰められたサンは心を決めた。自分の服を脱ぎ捨てると、ジュエルの上に覆いかぶさるように横になった。

ジュエルは声も無く叫んでいた。体の自由が利かなかった。手足に力が入らない。

サンはジュエルの項《うなじ》にそっと口づけると、胸のボタンを外した。既成事実を作ってしまえば、後は何とかして上手く言い含められると思っていた。若い女の子をその気にさせることくらい、自分の経験が有れば簡単だと高をくくっていた。しかし、そのためにもできるだけ優しくするつもりではいた。

唇や項に口づけながら、薄いキャミソールを引き上げ胸をあらわにすると、唇を胸に這わせた。片方の手が胸から脇腹へと下がって行く。その手がスラックスのボタンを外すと、下着に手が掛かった。唇が乳首を捉え、下着の中に指が滑り込んだ。その時、ジュエルの指先が微かに動いた。

サンの震える指先が少しためらいながら動き始めた時……

ジュエルは突然、体を自由に動かせることが分かった。やっと〝能力〟が働いたのだ。ジュエルは、おもいきりサンを跳ね除けた。咄嗟のことでサンが怯んだ隙に、彼女は転がるようにサンの下からすり抜けた。

サンが驚愕しながらも、ジュエルを捕らえようと足を踏み出したその時！　ジュエルの声のトーンが変わった。

「やめて！　動かないで！　それ以上近づいちゃダメ」

ジュエルがそう言うと、本当に彼は動かなかった。いや、動けなかった。身体を動かそうと必死の努力を試みているようだったが、手も足も動かせない。ジュエルにもそれが分かった。サンは全裸の無様な姿で立っている。

「暫く、そのままでいなさい」

ジュエルはサンにそう言い残すと、素早く服を整えて小屋を出た。

ドアを閉めたとたんに走り出す。心臓がバクバクしていた。「ライアン、ライアン助けて！」心の中で叫びながら走った。その時、頭の中で声がした。

「ジュエル！　何処にいるんだ！」

「ライアンなの、助けて！　私はここよ！」

それきり、声は聞こえなかった。ジュエルは走り続けた。涙が頬を伝っていた。そして走りながら考えていた。先ほど意識せずに思わず使った力のことを……確かに自分は〝能力〟を使った。あれは、きっと石と対面した後に引き出された力に違いない——人の動きを止められるのかしら……それとも、もしかしたら思い通りに動かせるのかしら……。

いきなり現れた力に、能力を使った自分自身も戸惑っていた。だが、あの時は何故か、〝できる〟と確信していた。

ジュエルは甘く考えていた。いくら磁力が有るといっても、真っ直ぐに走っていれば、いつかは森を抜けられるだろうと——しかし結局迷ってしまった。

周りの景色に見覚えがあるような気がして、ふと足を止めた。少し前に通ったような気がしたのだ。しかし、いったん立ち止まってしまうと、どちらに進めば良いか見当もつかなかった。息も切れていたので少し休むことにして、苔の生えた大きな石の上に腰を下ろした。

すると先程の出来事が頭に浮かんできた。恥ずかしさとサンへの怒りと共に、ライアンの顔がちらついた。なんとなく夢見ていた――最初の相手はライアンであって欲しかった。今は、それが「ライアンでなくちゃイヤ！」に変わっていた。彼以外の男性に触れられることなど考えられなかった。今になって、堪えていた涙が溢れてきた。

――ライアンが恋しい……

彼の胸に顔を埋めて、おもいきり泣きたかった。

サンは、暫くして身体の自由が利くことに気が付いた。素早く服を身に着けると、小屋を出てジュエルの後を追った。しかし物音ひとつ聞こえない。早く彼女を探さなければ、自分の立場さえ危うくなってしまうと彼は焦っていた。だが、夜になってもジュエルは見つからなかった。

――彼女にもしものことがあったら、きっと自分を許せないだろう……

しかし、月の光も入らない真っ暗な森の中では探しようもなかった。サンは仕方なく、いったん西の地の自分の家へ戻ることにした。

その時彼は気づいていなかった。自分のオーラが、どす黒く変わってしまっていることを……

ジュエルは暗くなる前に小さな洞窟を見つけたので、そこに木の葉を集めて横になると、よほど疲れていたのか直ぐに眠ってしまった。ここには磁場があるためか、獣がいないのがあり難かった。

外が仄かに明るくなっていたので、夜が明けたのだろうと思った。目を覚ましたジュエルは、あてもなく暫く彷徨っていると、岩の間から染み出る湧き水を見つけた。ジュエルはそれを見た途端、自分が酷く喉が渇いていることに気づいた。サンにワインのようなものを飲まされてから、何も口にしてはいなかったのだ。岩に直接口を近づけると恐る恐る飲み始めたが、いつしか夢中になって飲んでいた。唇を離して大きく息をつくと、目の前に見慣れない木の実が落ちていた。見上げるとひょろりと伸びた細い枝に、小さなプラムに似た実が疎《まば》らに付いていた。手を伸ばして一つ取ったジュエルは、小さな叫び声をあげると直ぐにそれを捨てた。中にいた虫がもぞもぞと這い出てくるのが見えた。気を取り直して慎重にもう一つもぎ取ると、ポケットのハンカチで丁寧に磨いてそれを口に入れた。

――虫が食べていたのだからきっと食べられるだろう。いざとなったら自分の能力が助けてくれるに違いないわ。

甘酸っぱくて、思っていたよりも美味しかった。幾つか食べた後、上着のポケットに入るだけ詰め込んで、また歩き出した。辺りの空気はかび臭く、足元はジメジメとして一歩踏み出す度に嫌な音をたてた。腐った木の枝や堆積した木の葉に足をとられて何度も転びそうになっては、苔むした木の枝に掴まって耐えた。普通の人なら、足を捻ってしまっては、森を抜け出すことは不可能になってしまうことだろう。今日ほど自分の能力を心強く思ったことは無かった。たちこめた靄《もや》を通して僅かに光は射しているが、太陽はまるで見えなかった。自分がどの方向に向かっているのかさえ分からない。

——永遠に抜け出ることができないのではないか、このままこの森の中で、誰にも見つけられることもなく朽ち果ててしまうのだろうか……

一瞬、「小屋へ戻ろうか」とも考えたが、そんなことをする位なら死んだ方がましだと思い直した。それに、戻ろうにも今となっては方角さえ分からない。むしろ気付かずに小屋に近づいてしまうことの方が恐かった。その夜は、大きな木の根元にうずくまって眠った。

同じ森だとは思えないほどに、この森は囁きの森とは違っていた。森にあるはずの、生き生きとした生命力がまるで感じられないのだ。えたいの知れない茸《きのこ》の他には、ポケットの中の木の実しか食べられそうな物は無かった。風は無く、空気も淀んでいるように思われた。囁きの森のあの草原が懐かしく、思い出すと涙がこぼれた。

——ライアンと並んで見上げたあの空がもう一度見たかった……

ジュエルには、自分が居る場所を誰かに知らせる術もなかった。着ている服は汚れ、あちこちかぎ裂きもできていた。どのくらい歩いたのだろうか、暫くすると足下にしっかりとした感覚があり、乾いた地面が覗いているのが見えた。期待を込めて前方を見ると、僅《わず》かに明るさが増しているように思われた。

三日間森を彷徨った挙句、四日目の朝に、ジュエルはやっと森を抜けることができた。

暖かい太陽の光が射す草地に出た時は、ほっとして涙が溢れた。暫くして立ち直ったジュエルが辺りに目を凝らすと、遠くにポツンと家の屋根らしき物があるのが目に入った。考えもせずに足がその方向に向かう。なけなしの気力を振り絞って、一歩ずつ歩を進めて行く——何時間歩いたのだろうか、自分でも分からなかった。やっと道らしきものに行き当たった時、前方に家が見えた。

洒落た造りの可愛らしい家だった。窓には優しい色合いの花柄のカーテンが架かっていた。ジュエルはホッと胸を撫で下ろした。

——良かった、きっと女の人の家に違いない。

そう確信すると、そっと近づき中を窺ったが、人の気配は無い。暫くどうしようかと迷っていると、家の裏手から、花や木の実を入れた手提げ籠を持った年配の女性が現れた。その人は、彼女がレノヴァへ来てから出会った人たちの中でも、かなり年齢が上のように思われた。おそらく五百歳は越えているに違いない。しかし、背筋はシャンと伸びているし、美しさも残っていた。

彼女の肩には黄色い嘴のノアール鳥が乗っている。それも、ジュエルを安心させたことの一つだった。ノアールを友達にしているのなら、きっと悪い人では無いと思った。

――ノアールは自分の意思を持った、とても利口な鳥よ。変な人と一緒に暮らしている訳ないわ……

彼女はジュエルを見つけると、驚いて目を見張った。そして、ジュエルの姿が余りにも惨めに思われたのだろう「あなた、大丈夫？」と聞いてくれた。

ジュエルが恥ずかしそうに、

「道に迷ってしまって」

と答えると、

「中へ、お入りなさい」

と促した。

ジュエルは自分が酷く汚れて、みっともない姿になっているのが恥ずかしかったが、ほっとして中に入った。

彼女は〝そよ風の歌〟メロディーと名乗った。ジュエルは少し躊躇ってから名前を告げた。酷いショックを受けたせいで、ライアンとイヴ以外は信用できなくなっていたのだが、彼女のオーラは暖かいオレンジ色に、薄紫が混じった柔らかい色だった。それに何故か一目見た時から、彼女は信用できるような気がしていた。

メロディーは、余り詮索せずに名前だけ聞くと、ジュエルを座らせ、暖かい飲み物を勧めてくれた。大きなマグカップに入った、ミントの香のする美味しいミルクティーだった。そしてせっせと風呂の準備をすると、ジュエルを呼んだ。

「酷い格好よ、とにかく綺麗にして、今日はここに泊まっていきなさい」

窓の外を見ると、空は茜色に染まっていた。ジュエルがお礼を言ってバスルームに入ると、着替えも用意されていた。何日ぶりかで髪を洗い、サンに触れられた身体も丁寧に洗うと、惨めな気持ちも治まり、気持ちが落ち着いてくるのが分かった。

　風呂から上がると、ダイニングテーブルの上には温かい食事が並べられていた。ジュエルは三日ぶりの本物の食事の匂いをかいだだけで眩暈がしそうだった。

　まるで〝石〟から生まれ出たような美しいオーラを持つ彼女が、食べ物をせっせとお腹の中に詰め込むのを、メロディーは嬉しそうに見ていた。

　その夜ジュエルは、屋根の下の柔らかいベッドで眠れる喜びをかみしめた。


　次の朝、目覚めた時、外は雨だった。

「もう一日泊まって行きなさいな」

　しっとりと濡れそぼった窓の外の木々を見ながら、メロディーが言った。雨ではローラーを動かすのも大変なので、ジュエルはメロディーの言葉に甘えることにした。

　ジュエルは内心ホッとしていた。何も詮索しないで自然に客として扱ってくれる彼女に、母のような安らぎを覚えていたのだ。そして、ジュエルの気持ちを知っているかのように、次の日も雨が降った。レノヴァでは二日も続けて雨が降るのは珍しいことだった。二日間、居心地良く過ごしたジュエルは、自分がここから離れたくなくなっているのを感じていた。そんな彼女の気持ちを知っているかのように、メロディーが何気ない調子で言った。

「暫く、ここに居てもいいのよ」

石との対面の後の様々な出来事に、酷いショックを受けていたジュエルは、余り人に会いたくはなかった。自分の心の整理ができるまでは、男性と会話するのも恐かったのだ。——やはり私はレノヴァに来てはいけなかったのではないか——とも思い始めていた。

ジュエルはメロディーの誘いを喜んで受けることにした。


メロディーが教えてくれた話では、ここは西の地でもいちばん北の外れにあるということだった。イヴの待つ家に帰るには当然、西の町へ行きローラーを借りるしかない。それもジュエルが帰るのを躊躇っている理由の一つだった。西の王、サンがいるであろう町へ入ることが恐かったのだ。それに、知り合ったばかりのメロディーに、遠い東の地まで送ってもらうほど甘える訳にもいかなかった。


メロディーは夜、暖炉に火をともす。それほど寒くは無かったが、火は人の心を癒してくれる。火を見ていると心が穏やかになると彼女は言った。しかし男性には逆の作用があるらしかった。ジュエルもここ何日かで、それを実感していた。

いつものようにすっかり日が沈んでから、メロディーが小枝に火を点けると、暫くして薪が手拍子を打ち始め、火の踊りが始まる。つられて影も踊りだす。何も考えずに、静かにそれを見つめているだけで、穏やかな気持ちになっていくのが分かった。

メロディーは香りを楽しむために、時々乾燥させたラベンダーの小枝を投げ入れる。小枝は日によってローズマリーの時もあった。

「貴女も火の踊りが気に入ったみたいね」

穏やかな笑みを浮かべて、メロディーが言った。

「私も将来、自分の家を持てるようになったら、絶対に暖炉を作るわ」

じっと暖炉の火を見つめながら、ジュエルが答えた。

メロディーのノアール鳥はサリーという名前で、彼女が言うには、

「もう歳なので、余り遠くまでは飛べないのよ。前は町まで飛んで友達に伝言を伝えてくれたんだけど……貴女のことも心配している人がいると思うから、伝言を頼めたら良いんだけれど……」

もともとノアール鳥は、飛ぶことが余り得意ではない。それに、見るからに歳を取っていそうなサリーは、ウトウトしていることも多かった。今までは、一人暮らしのメロディーの良い話し相手だったに違いない。サリーを見ていると、どうしてもルークを思い出してしまう。

——ルークは今頃はどうしているのかしら、ライアンに作ってもらった、お気に入りの止まり木にとまって、うんちくをたれているのかしら、それとも庭で大好きな水浴びをしてるのかしら……

ジュエルは、気持ちが穏やかになるにつれて、今までの生活を懐かしく思い出していることに気が付いた。近くにいた時は思いもしなかったことだが、ライアンに対する自分の気持ちの変化に気付いて、戸惑ってもいた。

メロディーに甘えて居心地良く過ごしてしまっていたジュエルは、帰るきっかけを掴めずにい

た。このまま世間との関わりを絶って、ぼんやりとした生活を続けていたら、大好きだったライアンの香りさえ忘れてしまいそうだった——一緒に住んでいた頃、時々笑いながらギュッと抱き締めてくれる彼の香りが大好きだった。

「私も同じコロンが欲しい」

と言うとライアンは、

「君にぴったりの香りを見つけてあげる」

と約束してくれた——十四歳の誕生日のプレゼントはコロンだっだ。それを最初に付けた時はワクワクして、「恋人にキスされるのってこんな感じかしら」と思った。フローラル系のバラの蕾のような、ちょっぴり甘く、春風が通り過ぎたような香だった。ジュエルはその香りがとても気に入って、お風呂の後に毎日付けていたら、いつの間にか自分の香りになっていた。そして、無くなりそうになるといつも、隣に新しいビンがそっと置かれていた……

今はライアンの香りがとても懐かしい。あの、深く大きな森に抱かれているような香りが……彼に、まだ小さかった頃のように、ギュッと抱き締めてもらいたかった。

——そうすればきっと安心できるのに……

「もうずいぶん昔のことだけど、服飾工房にいたことがあるのよ」

メロディーはそう言って、自分の服を少し手直ししてジュエルに着せてくれた。

彼女は絵を描いていて、月に一度それを町のバザールへ持って行き、代わりに必要な物を貰ってくるということだった。メロディーの絵は色使いが優しく、その人柄も表れた、見ているだけで癒されるような絵だった。その絵自体が、威張って自己主張していないのだ。どこの家の居間や寝室に掛けられても、きっとしっくりと馴染み、見つめる人の心を癒してくれるに違いない。絵心の無いジュエルが見ても、そんなふうに思える絵だった。自分で調合した手作りの絵の具とパステルを使って描かれた、不思議な色合いのその絵は、バザールへ持って行ったらきっと、直ぐに引き取り手が決まってしまうことだろう。

メロディーは、自分の描いた絵を余り手元に残しては置かなかったが、各部屋に一枚ずつ気に入った物が掛けてあった。ジュエルがしばしば、それを眺めているのに気づいたメロディーが、

「あなたも描いてみない？」

とジュエルを誘った。

「私、絵なんて描いたことないから……」

「大丈夫よ、絵にはルールなんて無いの、上手く描こうなんて思わなくていいのよ、素直に思ったままを、この小さな窓に映してあげればいいの」

「私にも描けるかしら？」

「ええ、その気になれば誰にでも描けるのよ、今の貴女はきっと良い絵が描けるわ、そんな気がするの」

どこか懐かしいようで心引かれる、自然で美しい色合いの絵の具を眺めながらジュエルは思った。

——メロディーがそう言うなら私にも描けるかも知れない——お世辞なんか言えるような人じ

ゃないもの。

「それに、絵を描いている時は、無心になれるの――どう、描いてみる？」

「ええ、教えてくれる？」

「教えないわ。絵は教えるものじゃないの」

その日からジュエルは、メロディーに貰ったキャンバス・ボードに向かい、絵筆を走らせた。最初はほんの暇つぶしのつもりで描き始めたが、いつしかボードの中の世界に引き込まれていった。

三日間で絵は完成した。メロディーの言葉に嘘は無かった。ジュエルの絵は、初めてとは思えないほど、のびのびと描かれていた。メロディーのそれとは色使いも違うが、若さゆえの力強さと、恋をしている乙女の輝きも加わって、生命力に溢れた生き生きとした絵だった。それはライアンと過ごした、楽しかった〝囁きの森〟のイメージだった。メロディーはそれを見て、満足そうに微笑んで、もう彼女を帰しても大丈夫だと確信していた。そしてひと言、呟いた。

「いい絵だわ……」

あれこれ批評はしない。彼女らしいなと、ジュエルは思った。

口数の少ないメロディーが、少しだけ自分のことを話してくれたところによると、どうやら彼女は、人の心が読めるらしい。そういえば、ジュエルにも思い当たることがいくつかあった。

人里離れた所に、一人で住んでいる訳が分かったような気がした。時には〝能力〟が邪魔になることもある。ということを、ジュエルは悟った。

メロディーとの暮らしは、穏やかでのんびりとしたものだった。しかし、心が落ち着いてくるに連れて、ジュエルは日増しにライアンが恋しくなっていることに気が付いていた。ふと気が付くと、ライアンのことを考えていることが多くなっていた。そして皆がどんなに心配しているかと思うと、こうしてノンビリしていることが後ろめたくもあった。

そんな時メロディーが、優しく微笑みながら言った。

「あなた、恋をしているのね」

ジュエルは戸惑った。恋、これは〝恋〟なのかしら？　メロディーに指摘されるまで、あえてそう思うことを避けていたのかも知れない。どぎまぎして顔が火照るのが分かった。

意識し始めてからは、ライアンが頭を離れなかった。心の中にライアンがいっぱいになると、胸が苦しくて涙がこぼれそうになる。頭の中で、ライアンの名を何度も口ずさんでいた。離れているといっそう恋心は募る。


穏やかな生活は、そろそろ一ヶ月になろうとしていた。その夜、メロディーがいつものように暖炉に火を灯すと、言った。

「明日、久しぶりに町へ絵を持って行こうと思うの。貴女も一緒に行ってみる？　誰かに伝言を頼んでもいいし、そのまま帰っても良いのよ」

火を見つめながらジュエルが答えた。

「ええ、そうするわ」

島じゅうの雲が昨夜の風に吹き払われてしまったような、爽やかな朝だった。身支度を整え、サリーに〝さよなら〟を言って、ジュエルがメロディーのローラーに乗り込もうとした時、上空でけたたましい叫び声が響いた。遠くでそれに答えるような、微かな声もする。見上げると、ノアール鳥が急降下で近づいてくるのが見えた。

——ルークだ！

ルークはジュエルの差し出した腕に止まると、喜びのあまり支離滅裂な言葉をまくし立てた。鳥が泣けるなら、きっと号泣していたに違いない。それが可笑しくて、ジュエルはここへ来てから始めて声を出して笑った。が、顔はくしゃくしゃで涙がこぼれていた。そこへ、ミスター・ヒギンスとシンシアが次々と舞い降りた。三羽でけたたましく喋り始める。ジュエルが落ち着くように皆をなだめると、三羽は大人しく口を閉じた。ジュエルはルークに頬擦りすると、緑の嘴にキスをした。

メロディーが、三羽のノアール鳥を見て口元をほころばせながら誘ってくれた。

「小さなお客様たちを、家にご招待したいんだけど、どうかしら？」

皆で家に入ると、まるで先ほどの騒々しさが嘘のように、サリーとルークたちは礼儀正しく挨拶をした。その後ミスター・ヒギンスが話し始めた——西の王が白状した後、北の森で迷子になったジュエルを探すため、毎日森の周りを回っていたこと——迷いの森は磁力があるため、ノアール鳥でも入れないこと——そして、もう諦めようかと思っていた時、ルークが偶然発見したのだと。

三羽はメロディーがジュエルを助けてくれたことを知り、口々にお礼を言いだした。まるでジュエルの保護者のようだった。笑いを堪えながらもメロディーは、まるでジュエルの家族と話すように丁寧に応対してくれた。

暫く落ち着いて話しをしていた三羽は、急に何かを思い出したかのようにまた騒ぎ出した。

「ハヤク　ライアント　イヴニ　シラセナクチャ」

と羽ばたきながら喚いた。

ジュエルは皆がどれほど心配してくれていたかを改めて思い知り、自分がのんびりとした生活を送っていたことに後ろめたさを覚えた。

三羽と二人で相談した結果、少し休息を取ってから、ミスター・ヒギンスとシンシアがライアンに知らせに行き、ルークはジュエルの元に残ることになった。ルークは彼女を見つけてからずっと、ジュエルの肩から離れようとはしなかった。

「ボクハ　ココニノコル　モウ　ゼッタイ　ハナレナイヨ！」

固く決心しているようだった。ジュエルは、ノアールたちに心配をさせたことと、大変な想いをして見つけてくれたことに心からのお礼を言って、ミスター・ヒギンスとシンシアをライアンの元へと送り出した。

「余り慌てないでね、気をつけて休みながら行くのよ」

彼女が最後まで言い終えないうちに、二羽は太陽に向かって飛び立って行った。

ライアンとイヴが採石場で何かが滑るような物音を聞いた時、振り返ったライアンはジュエルの姿が見えないことに気が付いた。咄嗟に走り出したライアンは、ジュエルのいた辺りを探し、木の枝が折れているのを見つけた。下を見ると、斜面の下にはっきりと人が滑り落ちたような跡がある。ライアンは顔色を変えて、追いついたイヴと採石場の人たちと共に、ジュエルの名を呼びながら辺りを探し回った。地面に付いた跡は斜面の途中で止まっており、その下をいくら探してもジュエルの姿は無かった。辺りに夕闇が迫る頃、イヴとライアンは一旦捜索を諦め麓に戻った。

次の日から、知らせを聞いたホークも大勢の仲間と共に捜索に加わり、三日間探し回ったが何の手掛かりも得られなかった――ジュエルは消えてしまった……

ライアンは彼女以外のことは何も考えられなくなっていたが、王としての仕事もあるので、いったん東の地へ戻ることにした――一週間後には定例会もある――その時にはここへ戻ってこられるので、その時こそ何としても、探し出すつもりだった。

ライアンとイヴは毎夜イヴの家で話し合い、ジュエルが消えてしまった原因は、もしかしたら、石が関係しているのかも知れないと思いあたった。彼女がいなくなる前日に石と対面していたのだ。その影響が次の日に出てもおかしくはない。それに、ジュエルのオーラが変わったことも気になっていた。もしや、ジュエルの能力が関係しているのではないか――とも思ったが、それがどういう形でなのか全く分からなかった。他には何の考えも思いつかなかった。ライアンもイヴも、ジュエルの無事を心から願っていた。しかし、何処を探したら良いのか、見当もつかなかった。ただ、ひょっこりとジュエルが戻ってくるかもしれないと、いつも家のカギだけは開けたままにして眠った。

一週間後の定例会にサンは現れなかった。何でも、オーラの色が変わってしまったということだった。話し合いの結果、サンの後任は人々に信望もある、以前は銀色だったオーラが二年前から金のオーラに変わったと言う〝川面に映る月〟シルバーに決まった。ライアンは、いぶかしんだ。

――あんなに幾つもの能力にも恵まれ、そして若くして金のオーラを手に入れ、王の座に就いたサンが……

突然に彼のオーラが色を失ってしまったということが不可解だった。しかも、噂によれば彼のオーラは闇の色になってしまったようだった。それは普通では考えられないことだ。何かとんでもないことをしでかしたに違いない。そうでなければ金のオーラが突然、闇の色に変わるなどということがあるだろうか……

――サンかもしれない！　彼が何処かでジュエルを見たとしたら……

他にも〝能力〟を見分けることができる者は何人かいたが、ジュエルのような内に隠れた能力を見つけることができるのは彼しかいないと思った。サンがジュエルの能力を知ってしまったとしたら、何とかして彼女を手に入れようと思うのも頷ける。そしてジュエルが急に姿を消したのも、彼がテレポートで連れて行ったとしたら……全て辻褄が合う――ライアンは怒りに身体が震えた。

王たちとの別れの挨拶も早々に、彼はローラーを飛ばした――西の地へと――だが案の定サンは姿をくらましていた。

西の地へ帰り、皆の視線と自分のオーラの変化に驚愕したサンは、二日間ほど森の中をジュエルを探し回った後、誰にも行き先を告げずに、以前住んだことがある南の地の海辺の家に隠れるように移り住んでいた。

そんなことをまったく知らないライアンは、サンの行きそうな場所に手当たり次第、ローラーをとばして行ってみたが、何処にも彼の姿を見付けることはできなかった。

サンを探し始めて一週間が経とうとしていた。この頃、ライアンは、ジュエルを見つける手掛かりはサンしかいないと確信していた。ライアンは身もだえする思いをいだきつつ、王の務めとジュエルの捜索を続けた。

最後に、彼がごく若い頃に短期間だが住んでいたことがあるという、海辺の家へ行ってみることにした。住人は何度も変わったようだが、今は空き家になっているということだった。

――そこに賭けるしかない……

そこに居なければ、公開捜査に踏み切らなければならないと思っていた。はっきりとした証拠は無いが、自分の独断でサンを指名手配するつもりでいた。もしも自分の考えが間違っていた時は、王を引退するつもりだった。

夕闇が迫る頃、海辺の家に着いた。――果たしてサンはそこにいた。

ライアンが問いただすと、彼は淡々と全てを打ち明けた。

「じゃあ、あそこにジュエルを置き去りにしてきたのか、あの森に」

ライアンの瞳が矢をつがえたときのように狭まった。

「しかたなかった……必死で探したが見つからなかったんだ」

怒りに逆上したライアンが、思わずサンを三発ほど殴ってしまったことは、許される範囲内だろう。

北の地へ取って返したライアンは、ホークの協力を得て磁場の森を捜索した。小屋は見つけたがジュエルの姿は無かった。

人を探す能力を持った者はいたが、もう高齢で殆ど自分の家から出られない状態だった。彼女が住む南の地から、この北の磁場の森へはとうてい来られないだろう。それに彼女の力は年齢と共に弱まってしまっていた。彼女以外に同じ能力を持った者は、レノヴァには現れてはいなかった。

二日後、ノアール鳥も捜索に加わった。ルークはミスター・ヒギンスとシンシアと共に森の周りを捜索することにした、磁場の影響があるため、鳥たちは森に入れないのだ。イヴは、もしかしたらジュエルが戻ってくるかもしれないと、家に残っていた。森の中をくまなく探したが、遂に彼女を発見することはできなかった。五日間で捜索は打ち切られたが、ルークたちノアール鳥とライアンだけは諦め切れなかった。ライアンは王の義務を果たすため一時、東の地へ戻ったが、三羽のノアール鳥は、手分けして森の周りを毎日ぐるぐると飛び回っていた。

――そんな時、遂にルークが見つけたのだ！

ミスター・ヒギンスの知らせを聞いたライアンは、喜びの余り涙を流した。世界中のあらゆる物に感謝した。心労の余り寝込んでしまっていたイヴを残し、慌ててローラーに乗り込むと、ミスター・ヒギンスの案内でジュエルの元へと向かった。シンシアはイヴの元に残った。気持ちが焦ったライアンは、殆ど休みも取らずにローラーをとばした。夜になると帆を張り、風の力で進んだ。

次の日の午後、ミスター・ヒギンスが突然ローラーの窓から飛び出すと、先にたって飛んで行った。彼は目的地が近いことを知った。無意識に風が吹き抜け、ローラーのスピードが上がっていた。

ジュエルは、その日は朝から落ち着きが無かった。メロディーに何回も窘《たしな》められ、笑われもした。食器を取り落とし、お茶をこぼし、問いかけにも上の空だった。窓の外を見つめ、ため息をついた。

微かにローラーの音が聞こえた時、ジュエルは家を飛び出して走り出していた。近づいてくるジュエルを見つけたライアンは、ローラーを止めてジュエルをしっかりと抱きとめた。

――どの位の時間が経ったのだろうか、二人には分からなかった。ジュエルは懐かしい彼の香りに包まれて、自分の居場所はここなのだとわかった。無防備になって安らげるのはライアンの腕の中しか考えられなかった。ただそうしているだけで、全身が喜びに震えた。

ライアンは、もうこれ以上待つ気は無かった。〝誓い〟なんてクソクラエだと思っていた。暫くしてライアンが手を緩め、二人は互いを見つめ合った。ジュエルの顔は涙でくしゃくしゃで、ライアンの目にも涙が光っていた。二人の唇が惹かれあい、そっと重なった。ライアンにはもう躊躇いはなかった。永遠に失ってしまったかもしれない、大切な者を取り戻したのだ。二度と離すつもりはなかった。

「結婚しよう」

唇を離すとライアンは言った。

「この先もきっと、私より深く君を愛せる者はいないと思うよ。もう二度と君を離したくないんだ」

ジュエルは嬉しさの余り声も出せずに、頷くことしかできなかった。ライアンの胸に顔を埋めると、頭の中で彼の名を何回も繰り返していた。

窓から二人の様子を見ていたメロディーは、静かに窓辺を離れるとお茶の用意を始めた。ルークでさえ二人の邪魔をせず、近くの木の枝に止まり、静かに見守っていた。二人の周りで止まっていた時間がようやく動き出したのは、暫くたってからだった。

家に入った二人は片時も離れず、ルークが口を挟む隙も無いほど、お互いが離れていた間の出来事を語り合った。眠る時ももちろん、ジュエルはライアンの腕の中だった。


次の朝早く、二人はメロディーに心からのお礼を言うと、ミスター・ヒギンスとルークを連れて出発した。勿論ジュエルの描いた絵も一緒だった。

メロディーとの別れは辛かったが、ジュエルの心の中はライアンでいっぱいだった。そしてライアンの心も、来る時と違って満ち足りていた。ジュエルは彼に寄り添い、二人はお互いを確かめるように時々見つめ合い微笑み合いながら、イヴの待つ家へと帰って行った。

ルークはジュエルの膝に乗り、つぶらな瞳でじっとジュエルを見つめていた。その瞳は彼女を祝福するようにキラキラと輝いていた。何だか離れていた間に、ルークも少し大人になったような気がした。

月明かりの中に、ジュエルにとって懐かしい家が見えた。たった一ヶ月前に石と対面するために旅立った家だったが、ジュエルにはもう何年も経ったようにも思われた。イヴが寝込んでいるせいか、美しかった庭の花々も何だか元気が無いように見える。夜遅くに家に着いた二人は、そっとドアを開けた——イヴは起きていた。ジュエルを見たイヴは声も出せず、ただ涙を流してジュエルをきつく抱き締めた。ライアンは帰ろうとはせず、その夜はソファーで眠った。


次の朝ジュエルの作った朝食を食べながら、二人が結婚の約束を打ち明けると、イヴはとても喜び、二人を祝福してくれた。そして、

「式はいつ挙げるの？」

と目を輝かせて聞いた。ライアンが、

「なるべく早く、できれば二週間後の彼女の誕生日に」

と答えると、イヴは目を丸くして言った。

「何ですって！　花嫁には色々と準備があるのよ、ドレスだって頼まなきゃならないし、ああ、どうしよう。ブーケに使う花も育てなくちゃ。で、式の場所は何処にするの？　それに招待状だ

って出さなくちゃ、ああ、忙しくなるわね！」

前日まで寝込んでいたとは思えないほど、イヴはその日から張り切って準備を始めた。勿論、今までレノヴァでは結婚も結婚式の習慣も無かったので、それを聞いた皆は大騒ぎだった。しかも東の王が結婚するということで皆が式に参列したがり、結局会場は南の地に程近い〝星降る丘〟の上に決まった。東の地には会場となるような大きな建物は無かったのだ。ジュエルは囁きの森も考えたが、そこにはそれほど大勢の人が集えるような開けた場所も無かった。それに囁きの森は、そっとして置きたかった――そこはブルースが眠る地でもあったのだから……。

この島には宗教というものはなかった。当然神父もいない。誰か式を執り行う者を頼まねばならなかった。

ライアンは南の王〝海を渡る風〟ウィンドに頼むつもりでいた。やはり王に頼んだ方が良いと思ったが、北や西の王に頼むつもりは無かった。ウィンドは親友だったし、彼以外には考えられなかったのだ。きっと彼なら、快く引き受けてくれるに違いない。ライアンとジュエルは、二人でウィンドに頼みに行くことにした。

ジュエルはウィンドを紹介された時、あまりの驚きに目を見張った。彼が父親にとても良く似ていたのだ。ジュエルと同じく黒髪に緑の瞳の彼は、満面に笑みをたたえ温かく二人を祝福し、喜んで立会人を引き受けてくれた。

夕食の席でジュエルはウィンドに、大好きだった父親との思い出を話した。そして思い切って彼に尋ねた。

「貴方は驚くほど父にそっくりなの、父の大叔父にあたるダンという人が、百三十年ほど前にレノヴァの門を潜っているんだけど、もしかしたら……」

彼は驚き、まじまじとジュエルを見つめた。

「驚いたな、それは間違いなく私だろう。君の父親が、弟のケビンのひ孫という訳か――私がここに来た時は、ケビンはまだ三歳だったんだよ」

二人の話は弾み、彼はジュエルの手を取って嬉しそうに言った。

「ここで身内に会えるとは思わなかったよ、君たちが私の所に結婚の介添え役を頼みに来たのも何かの縁だろう。これからは何でも相談にのるから、私を父親だと思っていつでもおいで、私も娘ができたみたいで嬉しいよ」

そう言って、ジュエルを父親のように逞しい腕の中に包んだ。ジュエルは嬉しさの余り気が遠くなりそうだった。このレノヴァの地で身内に会えたことも嬉しかったが、それ以上に、大好きだった父親が結婚式で二人を祝福してくれるような、思いがけない喜びに涙ぐんでいた。


ライアンが式を急ぐのには訳があった。ジュエルがはっきりとライアンのものであると分かれば、彼女に手を出そうとする者はいないだろう。ジュエルの安全を願ってのことでもあったのだ。二度とあのようなことは起きて欲しくなかった。そして自分を安心させるためでもあった。ジュエルを失ってしまったかもしれないという、あんな思いはもう二度とゴメンだった。彼女が、他の男の腕の中にいることなど、考えたくも無かったのだ。

勿論、自分より深くジュエルを愛せる者はいない、という確信もあった。ずっと側にいて、彼女のことを守っていきたかったが、それには確かな形をとる必要があったのだ。そして何より、もしも子供を授かったなら、父親と母親をはっきりさせて置かなければならないとも思った。二人の子供には、自分がそうであったように、温かい家庭で育って欲しかったのだ。

ジュエルは、イヴとライアンが思っていたよりも、ずっと大人だった。そして、嫌な思い出の傷も大分癒されているように思われた。彼女が帰ってから、ぽつりぽつりと語ってくれたことによれば、——サンのことは余り話したがらなかったが——助けてくれたメロディーの人柄と、彼女の家での暮らしぶりを聞くにつれ、ライアンとイヴは、彼女がメロディーに助けられたことを、とても幸運だったと心から思った。ジュエルをこれほど穏やかな気持ちにさせることができたのは、メロディーのおかげだったに違いない。二人は、ジュエルが無事なことを、もう少し早く知らせてくれたらと思ったこともあったが、彼女の家で過ごした一ヶ月余りは、ジュエルにとって必要な時間だったようだ。二人は改めてメロディーに感謝し、そしてジュエルの運の強さと心の成長に驚いた。


ライアンとジュエルは、ブルースの所へ結婚の報告に行くことにした。ジュエルにとっては久しぶりの、囁きの森だった。ブルースのお墓に花を供え、結婚の報告をした後、二人は懐かしい彼の家に寄ることにした。

家の中は、ブルースが亡くなってから慌ただしく色々な出来事があったため、片付けられずに、そのままにされていた。もうブルースはいないと分かってはいたが、家に入ったとたん二人には彼が、いつもの優しい笑顔で暖かく迎えてくれているような気がして微笑み合った。

ジュエルは何気なく、テーブルの上の本を手に取った。どことなく見覚えのあるその本は、以前ルークと見た薬草の本だった。表紙を開くと、そこには手紙が挟んであった。何故か宛名にはライアンとジュエルの名が書かれていた――ジュエルは、ライアンと一緒にその手紙を開いた。


結婚おめでとう。

ライアンそしてジュエル。

二人を心から祝福するよ。

二人が愛し合っているのは私には分かっていたよ。

ただ、お互いの気持ちを確かめ合うのに少し手間取っただけさ。

かえってそのお陰で愛も深まったんじゃないかな。

二人の輝く前途を祝福しよう。

そして、レノヴァの宝物、君たちの聡明で可愛い子供たちの幸せも心から願っているよ。

どうしてもお祝いを言いたくてこの手紙を書いてしまった。

私の決めたルールに反するんだが、まあこれくらいは許される範囲内だろう。

大地の詩　ブルース

読み終わった後、暫くの間二人は何も言えずにいた。そしてブルースからの、思い掛けない祝福の言葉に喜び、微笑み合った。そして、――涙した。

結婚式の当日の朝はスコールがあり、二人の前途を祝福するかのような美しい虹が架かった。人々はあわただしく星降る丘へ向かい、あれこれと皆で協力して、式の準備をしてくれているようだった。

ジュエルは遅い昼食を済ませると、イヴに手伝ってもらいながら仕度を始めた。ウエディングドレスはイヴとあれこれ意見を出し合って、やっと決まったものだった。それは、光沢のある羽のように軽いシルクでできており、その大胆に肩を出したデザインは、ジュエルの真っ直ぐに伸びた背中と美しい胸の曲線を、いっそう引き立てて見せていた。スカートの後ろ側は大きく襞が取ってあり、裾が長く伸びていた。胸からウエストの下辺りまでは、美しく織られたレース地が使われ、沢山の真珠が縫い止めてあった。シンプルだが品の良い、美しいドレスだった。ジュエルは首にライアンから贈られた真珠のネックレスをつけた。

ベールは、やはりレース地で肩の下まで下がっており、イヴの手作りのジャスミンの花冠が載っていた。ブーケはイヴが白い花ばかりを集めて、長く垂れ下がる素敵な物を作ってくれた。それは、真っ白なシルクのリボンで纏められていた。イヴは、ほれぼれとジュエルを見て、「カンペキだわ！」と言うと、にっこり微笑んだ。

イヴのドレスは瞳と同じ濃いブルーで、同じ生地で作ったつばの広い帽子には、長い羽根と白いカトレアの花が付いていた。深くカットされた胸元には、彼女の瞳の色のサファイアのペンダントが輝いていた。鏡の前に立ったイヴが小さな声で言った。

「花嫁を引き立たせるために控えめにしたの」

しかし今日もイヴは十分に目立っていた。

ライアンは一足先に行っていたので、二人は三羽のノアール鳥と共にローラーに乗ると、丘へと向かった。今日はノアールたちまでオメカシしていた。三羽は紅いリボンを首に掛け、真ん中には小さなエメラルドが止めつけてあった。それは、ノアールの黒い羽にいっそう引き立ち、ルークの頭の緑の冠羽は得意げにピンと立っていた。

結婚式は人々の記憶にいつまでも残る素晴らしいものだった。丘の上は、いたるところポールに盛った花が飾られ、中央には花のアーチができていた。周りを囲むようにテーブルと椅子が置かれ、飲み物や沢山のご馳走がテーブルいっぱいに盛られていた。花のアーチの周りには、さまざまな楽器を持った人たちが集まり、美しいゆったりとした曲を奏でていた。

ジュエルが会場に到着すると、星降る丘に歓声が上がった。皆がその美しさを褒め称え、彼女の頬がピンク色に染まった。ジュエルの、動く度に微かに色が変わるように見える美しいオーラが白いドレスに映え、本当に、この日のジュエルは女神のように光り輝いていた。人々は目を見張り、そして、うっとりと彼女を見つめた。

歓声を聞いたライアンが迎えに出て来てくれた。今日の彼は上下お揃いの薄いグレイで、シルクのドレスシャツの胸には、イヴが挿してくれたジュエルのブーケと同じ白い花が飾られていた。今日初めて彼女のウェディングドレス姿を見たライアンは、その美しさに感動さえ覚えていた。そしてあらためて彼女を幸せにすると心に誓った。

ライアンとジュエルは皆の歓声の中、ゆっくりと丘を登って行った。二人がアーチの下に立った時、後ろには夕陽がかかり、美しいシルエットを作り出していた。

ウィンドに促され、それぞれ思い思いの言葉で誓いを述べた後、口付けを交わすと、丘の上は人々の拍手とお祝いの言葉で埋まった。そこには、余り人の集まる所へは出かけて行かないと言っていたメロディーの姿もあった。二人の結婚のことは、ミスター・ヒギンスが知らせに行ってくれていたのだ。きっと彼女は、ジュエルのために、無理をして来てくれたに違いなかった。

ワルツとグラスの姿もあった。癒しの歌姫であるワルツは、人々に促されてライアンとジュエルのために祝福の歌を歌ってくれた。集まった人々は、よりいっそう温かい気持ちになった。そして祝福の涙がこぼれた。

その後はお祭のような騒ぎだった。日が沈み始めた丘の中央には薪が組み上げられ、火が点けられた。周りのあちこちにランプが灯され、丘は夕空に浮かび上がった。いつの間にか音楽は華やかで楽しいものに変わり、飲み物が配られると、あちこちで乾杯が始まった。ライアンとジュエルが皆に促され最初に踊り出すと、皆、次々とそれに加わった。

二人は一緒に住んでいた頃、夕食の後にダンスの練習をしたことを踊りながら思い出し、顔を見合わせ微笑みあった。ライアンは昔みたいに、ジュエルの足が地面に付かない位持ち上げて踊りだした。

次のスローなテンポの曲を一緒に踊った後、ライアンはイヴと、ジュエルはウィンドと踊った。そしてジュエルは順番を待ちきれないでいたストーンと踊った後、少しワインを飲んで食べ物を口にしたが、直ぐに皆にもみくちゃにされてしまった。

ライアンとは最初に数曲ダンスを踊ってから逸れてしまっていた。ジュエルがライアンを探そうと中央を見ると、ウィンドとイヴが、じっと見つめ合いながら寄り添って楽しげに踊っていた。まるで恋人同士のようだった。さっきから、もう二曲も一緒に踊っている。イヴの瞳を見て、ジュエルは、彼女もやっとお眼鏡に叶う相手を見つけたことを悟った。それに、ちらりとジュエルを見たイヴの眉は、今回はピクリとも動いていなかった。

この後何日も、この結婚式のことは人々の話題に上った。勿論この後レノヴァでは、結婚式が流行ったことは言うまでもない。

いつの間にか太陽は沈み、空には星がちりばめられ、その名の通り星降る丘となっていた。丘の周りは闇に沈み、ここだけが夜空に浮かぶ黄金郷のように輝いていた。

ジュエルは誰かに肘を掴まれるのを感じて振り返った。ライアンだった。彼はそっとジュエルの腕を取ると、人々を上手くかわしながら歩き出した。周りに人がいなくなると、だんだん早足になった。ジュエルはドレスの裾をたくし上げた。そのうち走り始め、ローラーまでたどり着くと二人は息を切らしていた。ライアンは、素早くジュエルをローラーに乗せると車を進めた。ローラーには、もう既に帆が張ってあった。今は丁度良い風も吹いている。暫くは風の力を借りてスムーズに走れるだろう。

ライアンは少し黙って走らせてから、ウィンクして言った。

「あのまま居ると朝まで捕まってしまう、皆、夜中まで騒いでいるつもりだよ」

「何処へ行くの？」

「僕が王になるずっと前、初めて持った自分の家が有るんだ。最近は殆ど行っていなかったけど、手放さずに置いてある。一週間休みをもらったから、そこで過ごそう」

ジュエルは、その家のことは全く知らなかった。ライアンが何故今まで、その家のことを話してくれなかったのか気になった。

「他にも私の知らないことが、まだ沢山有りそうね……」

「沢山なんてないさ、でも、これからは君に全部話すよ」

ローラーのスピードが上がった、月が明るく光っているので危なくはないだろう。それにしても、ローラーに乗ってからずっと都合の良い風が吹いている。風でローラーを操るのは難しいのに、ライアンは殆どハンドルを動かしてもいない。

ジュエルが思わず口に出した。

「風が運んでくれているみたい……」

「ああ、僕は風を操れるんだ」

当然のことのように彼が言った。

ジュエルは驚いた。特に聞いたことも無かったが、彼の能力は予知だけだと思っていたのだ。

「時々使っていたんだけど、気が付いてなかったみたいだね。どうやら僕は空気の流れを変えられるらしい、風によって雲を集め雨を降らせることも可能だよ」

ライアンが又ウィンクをした。ジュエルはふと思い当たった。

「今朝の虹も、貴方の仕業ね」

ジュエルが呆れ顔で聞くと、ライアンは笑いながら答えた。

「ちょっとしたプレゼントだよ」

「他には、どんな時に使ったの？」

「花に水をやる暇が無かった時は時々ね、それからメロディーの所に君を迎えに行った時は、殆ど飛んでいたな」

ジュエルは思わず吹き出した。

「まだ秘密がある？」

「秘密なんかもうないと思うけど、思い出したら必ず話すよ」

ジュエルは、結婚式の準備などで慌ただしく、言う機会を逃していた自分の新しく現れた能力のことを言おうかと思ったが、ちょっと意地悪をして当分秘密にしておくことに決めた。

ローラーが林の中の道に入って行くと、ライアンはぐっとスピードを落とした。ジュエルが彼の肩にそっと頭を乗せると、彼は優しく髪を撫でた。

前方に月明かりに光る小さな湖が見え、その畔に湖に浮かぶように、ぼんやりと家が見えた。どうやら風は、そこに向かって吹いているようだった。ローラーは湖畔の家の前で止まった。ライアンはジュエルがドレスを汚さないように抱え上げて運ぶと、ドアを開けた。

家の中にはランプが一つ灯っていた。ライアンが頼んだのか、家の中は、きちんと手入れされて、新しいカーテンも架かっていた。テーブルの上には、飲み物や簡単な食事の用意までされていた。部屋のあちこちに美しい花が飾られている。そして、何とそこには暖炉があった。

――ジュエルの足が床に着かないうちに、ライアンの唇がジュエルと重なった……


ライアンが暖炉に火を入れると、家の中は暖かい光に満たされた。部屋の趣が変わり、家具までもが重厚さを増したように思われた。北側の壁には森をイメージして織られた大きなタペストリーが架かっており、暖炉の灯りで見ると、それはまるで本当に森の中にいるような気分にさせてくれた。そしてジュエルは、今日一日の興奮を宥《なだ》めるため、火の踊りを見つめた。

二人はテーブルに着き、ライアンがグラスにルビー色のお酒を注ぐと、ふたりはグラスを合わせて見つめ合った。

言葉はいらなかった。二人は唯、そうしているだけで満ち足りていた。手と手が触れ合うだけで全身がわななくのを感じた。

ライアンとジュエルは結婚式での楽しい出来事を語り合いながら、ゆっくりと食事を終え、グラスを持って暖炉の前のクッションに腰を下ろした。

開け放してある窓から微かに梟《ふくろう》の鳴き声が聞こえた時、ジュエルはここに来て初めてルークのことを思い出した。ルークは置いてけぼりにされて、きっと怒っているに違いない。ちょっと気が咎めたが、きっとミスター・ヒギンスとシンシアが上手く宥めてくれているはずだ。ライアンは、ウィンドとイヴには抜け出すことを話して来たと言っていたので、イヴが連れて帰ってくれるだろう。

暫くしてライアンは、二人のグラスを床に置くとジュエルを引き寄せた。

そして優しく愛を囁くと、ジュエルをベッドに運んだ。


寝室には殆ど部屋の半分を占めるほどの大きなベッドが有った。ベッドの周りには沢山の花が飾られていた。シーツの上にまで花びらが撒かれている。

ジュエルは、一人で寝るには大きすぎるそのベッドを見て、ライアンが本当にここに一人で暮らしていたのか、ちょっと不安になったが、緊張が頂点に達していたので、そんなことを聞く余裕は無かった。

ライアンが耳たぶに口付けしながら、ドレスのボタンを外していく。ジュエルはこれから始まることに期待と恐れを抱きながらも、ライアンに身を任せた。下着だけになったジュエルは、シーツにくるまってライアンを見つめていた。

ライアンは痩せているように見えるが、実際は結構筋肉質で引き締まっていた。ジュエルは今まで、男性の身体がこんなに美しいと思っていなかったので、もっと見ていたいと思ったが……彼は、ちょっとおどけながら服を脱ぎ捨てると、ジュエルの横に滑り込んだ。そして、いきなりジュエルの脇腹をくすぐった。ジュエルは身体をひねってライアンの手を逃れながら、声をたてて笑った。

——緊張が一気に取れていく——

彼はジュエルの上になると、優しく口づけて彼女の下着を外した。彼の指が優しく頬をなで、項から胸へと下りていく。彼の唇は暖かく、ときどき舌先で彼女をくすぐった。彼の指は優しくて、そして少し強引だった。

ジュエルは、時々厚かましい指に抵抗を試みたが、やがて降伏すると、彼女は自分が声を上げていることに気づき頬を染めた。暫くするとライアンはジュエルの足の間に身体を滑り込ませた。いつの間にか二人のオーラが一つに溶け合って、眩しいほどに輝いていることに、二人は気づくはずもなかった。ジュエルはライアンと一つの身体を共有するような不思議な感覚に震え、そして彼の、じっと何かを堪えているような顔が可愛く思えて、ライアンを引き寄せ口づけた。

二人の唇から同時にため息が漏れた……ジュエルはライアンの鼓動と身体の重みを感じ、幸福で胸がいっぱいだった。たった今知った喜びが、余りにも素晴らしかったので、ライアンの耳元にそっと囁いた。

「ねえ……もう一度お願いできる?」

ライアンは笑いながら答えた。

「今日は、もうムリだな、君も僕もへとへとだ、明日の朝にしよう。まだ先は長いんだ、ゆっくり楽しもう」

ジュエルが恥ずかしそうに頷いて、「約束よ」と言うと、ライアンは笑いながら、おでこにキスをした。彼の本心は、ジュエルに賛成したかったが、初めての彼女を壊してしまいそうで心配だったのだ。

次の朝、ジュエルが目覚める前に、彼が約束を果たしにかかったことは言うまでもない。


その日二人は、何となくグズグズとベッドから離れられずにいた。お腹が空いてきた二人が、やっとベッドから離れる決心をした時は、もう日は高く昇っていた。

家の中には、当分の間必要な物は全部揃っていた。食料はたっぷりと有ったし、ライアンはジュエルの服もちゃんと揃えて置いてくれていた。それらには、彼の好みが強く繁栄されてはいたが——ライアンがジュエルのためにこれらの服を選んでいるところを想像して、彼女は微笑んだ。

彼が彼女のために選んだ服の一枚を手に取り、鏡の前で着てみた。サイズはピッタリだった。それはペパーミントグリーンのスリップドレスで、ジュエルの緑の瞳にとても良く似合っていた。

彼女はその上に生成《きな》り色の麻糸で編んだストールを羽織った。ライアンは満足げに微笑んでいる。

遅い朝食を終えた二人は、湖畔に散歩に出かけ、これからのことを語り合いながら、ゆったりとした時間を過ごした。何年か前に二人で暮らしていた頃のように、釣りをしたり、のんびりと散歩を楽しんだりした二人は、離れていた時間を埋めるように色々と語り合った。

ジュエルは、前から彼に相談したかった、自分に合った見習いの仕事選びについての助言を求めた。それには新しい能力のことも話しておいた方が良いと思い、思い出したくなかった迷いの森の小屋でのことをうちあけた。彼は黙って聞いていたが、それは既にサンを問い詰めた時に聞いていたことだった。彼女が話し終えると、ライアンはジュエルを引き寄せしっかりと抱き締めた。そして彼女がまだ子供だった頃に勉強を教えていた時のような、穏やかな口調で言った。

「良く話してくれたね、──サンが言っていたのはやはり本当のことだったんだ──でも、もういやなことは忘れてしまっていいんだよ」

そしてジュエルの額にそっと口付けた。

「それにしても、凄い能力が現れたね、驚いたな、その力がどれほどのものか見てみたいんだけど……できる？」

ジュエルには分からなかった。あれ以来、使ったことが無かったのだ。どうすれば、それができるかすら分からなかった。


家に帰ったライアンは、サンダルの紐を外し裸足になった。そして、テーブルの上のグラスを手に取り、突然それを自分の足元に落とした。

グラスが砕け散り、ライアンの周りに鋭いかけらが散らばった。彼がその上に足を踏み出そうとした、その時……慌ててジュエルが言った。

「動かないで！　ダメよライアン。そのままでいて」

ジュエルの声のトーンが変わっていた──ライアンは荒療治をしたのだ。ライアンは自分が動けなくなったことに驚き、次に上手くいった喜びに頬がゆるんだ。

——どうしよう、このままライアンが動けなかったら困るわ……

ジュエルは急いでテーブルクロスを取り、それでグラスの欠片を寄せ集めると、大きく深呼吸してから、

「もう動いてもいいわよ」

と、神妙な顔で言ってみた。

ライアンは、クックッと笑いながら足を動かした。ジュエルは本気で怒っていた。

「笑い事じゃないわ！　どうしてこんなことしたのよ、危ないじゃないの！　もし上手く行かなかったら怪我をしていたのよ！」

「でも、上手く行ったじゃないか」

それは本当だった。確かに上手く行った。ジュエルの能力は証明されたのだ。

「しかし、これだけじゃよく分からないな、動きを止めるだけなのか、それとも相手をその人の意思に反して動かせるのか、もう少し試してみないと……」

「どうやって？　危ないのはダメよ」

その後二人は、あれこれと試してみたが、声のトーンを変えるだけでは駄目だった。結局この力は、今のところ切羽詰った時にしか出てこないようだった。しかし、練習すれば何とかなるかもしれない、声にもっと力がこもれば上手く行きそうだ、という結論に達した。でもジュエルは、この力を余り使いたくはなかった。嫌な思い出があるせいかも知れない。そして、もう一つ、彼

女には気になることがあった。

「ねえライアン、貴方、私がいなくなった時、私の名前を呼んだ?」

「もちろん何回も呼んだよ——心の中では何万回もね」

「私、……森を彷徨っていた時、確かに貴方が呼ぶ声を聴いたわ……ここで」

ジュエルは、おでこを指差した。

ライアンは、唖然とした。そして、急に顔をほころばせた。

「君はテレパシーも使えるのかな?」

彼は突然ジュエルの肩をつかみ、じっとその瞳を見つめた。ジュエルの頬が急に真っ赤になった。ライアンは笑い出した。ジュエルを椅子に座らせると、彼は説明してくれた。

「今のは、テレパシーだよ」

実は、彼はちょっと口に出しては言えないようなことを言ったのだ。それに彼女が反応したのを見て、彼女が彼のテレパシーを受け取ったことを知った。

彼にも、余り強い力ではないがテレパシー能力があった。しかしそれは、相手もその能力を持ち、なおかつ相手の目を見なければ伝わらないほどの小さな力でしかなかった。従って、今まで殆どその力は使ったことがなかったというわけだった。

「ということは、私にもその能力があるってことなのかしら……」

「そうだろうね、二人だけの秘密の話がある時は便利だね」

そう言うとライアンは悪戯っぽくウィンクをした。それから二人で少し練習をして、その能力を確かめ合った。

新婚の二人の隠れ家では、二人にとって驚くべき発見が幾つもあった。そこで過ごした一週間は、ライアンとジュエルには短すぎるように思われた。

「でも……あの時は何で、遠くにいても聞こえたのかしら？」

ジュエルが不思議そうに尋ねた。

「さあ……それは僕にも分からないな」

と、ライアンは答えたが、見つめ合った二人には何となく分かるような気がしていた。その後ライアンが、何気ない風を装いながら、

「さっきテレパシーで言ったことを実行しに行かない？」

と言ってきた。ジュエルは頬を紅く染めながら、小さく頷いた。


二人のプライベートな一週間は、あっという間に過ぎ、とうとう帰る日になってしまった。その朝いつものように指を絡ませて二人で湖畔をそぞろ歩き、ここでの最後の散歩を楽しんでいると、ライアンが年若い妻に聞いた。

「ウィンドの所に寄って、結婚式で色々と世話になったお礼を言いたいんだけど、どうかな？」

「ええ、賛成だわ！」

ジュエルは、ライアンが言ってくれなければ自分から言おうと思っていた。ウィンドのことは大好きだったし、彼は側にいるだけで安心できるような、温かい穏やかな性格の人だった。やは

り、父とダブってしまうのだろうか……しかしジュエルは、結婚してから初めて人に会うこともあって、何だか、少し恥ずかしいような気もしていた。

丁度、午後のお茶の時間に、二人は南の王ウィンドの家に着いた。案内されたお茶の席には、思い掛けない人が待っていた。何と、イヴがそこに居たのだ。

「まあ、こんな所で新婚さんに会えるなんて思わなかったわ!」

イヴは、にこやかに、二人それぞれを抱き締めてくれたが、ちょっとドギマギしているようにも見える。ジュエルとライアンは顔を見合わせた。そして、二人で練習して覚えたばかりのテレパシーを使ってみた。二人の意見は一致した。ウィンドとイヴは上手くいったのだ! ジュエルとライアンも、この組み合わせは大賛成だった。ウィンドは、もう十年近くも一人で暮らしていたのだ。イヴは、ジュエルと暮らしていた今の家を引き払って、こちらへ住むということだった。

窓の外で、聞き慣れた賑やかな声がしたかと思うと、開け放たれた窓からルークが飛び込んで来た。ミスター・ヒギンスとシンシアも続いて入ってくる。案の定ルークは、ジュエルに文句を言い始めた。

「ドウシテ　ボクモ　ツレテッテ　クレナカッタノ!」

興奮した彼はジュエルの周りを飛びながら、意味の分からない言葉を喚き始めた。

「イッショニ　イキタカッタヨ　サミシカッタ%・&$#!}+*#!」

ジュエルが腕を出すと、ルークはやっと口を閉じ、そこに止まった。

「ごめんねルーク、黙って置いていってしまって……良い子にしてた？」

そう言って彼女は、そっとルークの緑の嘴にキスをした。ルークは、それで満足したようにジュエルの肩に移ると、さっそく羽繕いを始めた。


ルークを連れたジュエルは、ライアンと共に、再び二人で住むことになったあの懐かしいパーゴラの有る家へと向かった。ジュエルの荷物は、式の前に既に運んであった。

「私は、あと二、三日ゆっくりしてから帰るから、二人で先に帰っていて頂戴」

そう言ってイヴは、ウィンドと腕を組んで仲良く見送ってくれた。二人が愛し合っていることは傍目にも明らかだった。

ジュエルは一週間も離れていた間、聞いてあげられなかったルークのお喋りを、時々相槌を打ちながら、ローラーの中で辛抱強く聞いていた。無邪気なルークの可愛いお喋りと、イヴとウィンドについての鳥ならではの鋭い観察力に、何回かは、ライアンと二人で大笑いしてしまった。

「ルークには気をつけなくちゃならないわね、私たちのことも、どこかでペラペラと喋られたらたまらないわ」

ジュエルが唇に指を当てて目配せをすると、ライアンは笑いながら頷いた。

ラークの町に入ると、二人の乗ったローラーを見つけた人たちが手を振って、これから始まるライアンとジュエルの新しい生活を祝福してくれた。

一週間湖畔の家で過ごす間に二人で話し合った結果、なるべく長く——できれば永遠に——ふたり一緒にいたいため、余りお互いを干渉せず、互いの自由を認め合い、そして何か大事なことを決める時には必ず相談しよう、ということにした。しかし、勿論当分の間は寝室は一緒。ジュエルは、一週間ライアンの腕の中で眠ったことで、もうその心地よさを手離したくはなかったのだ。

ライアンの勧めで暫くは、ジュエルは図書館の仕事を手伝うことになった。今年は東の地へ来た子供たちが多く、——何と十二人もいたので、図書館はてんてこ舞いだった。それは、東の地が今一番安定しているせいかも知れなかった。明日からジュエルは、通いなれた道を通うことになる。

庭は月明かりに照らされ、美しい花々が二人を祝福するように出迎えてくれた。

ライアンは約束通り、ジュエルを抱え上げて家に入った。以前と何も変わっていないように見える居間には、メロディーがお祝いにくれた彼女の描いた絵が飾られていた。

そしてジュエルはその夜も、森の香りのするライアンの腕の中で安心して眠った。

——一ヵ月後、ジュエルは子供を授かったことを知ることになる。

ライアンは、その子が女の子であることを予知していた——その子は〝夜明けの星〟ノヴァと名付けられる。ライアンの黄金の髪と、ジュエルの深い緑の瞳を受け継いだ彼女の物語は、もうジュエルのお腹の中で既に始まっていた。

穏やかな朝の光が、森の木々の間から朝靄の中を通って大地を目覚めさせていた。木々の鼓動が聞こえてくるような、生命力に溢れた森の中で、その家は完成に近づいていた。

〝黄金の獅子〟ライアンは、早朝に時々、ジョギングがてら工事の進み具合を見に来ていた。彼は滅多に王の特権を使うことはなかったが、今回は特別に無理を言って、この家の増築を割り込ませてもらっていた。荒削りだが、どっしりとした檜造りの趣のある家は、同じ素材を使って、家族の集う光に満ちた風通しの良い家に生まれ変わりつつあった。

ここは、以前〝大地の詩〟ブルースが住んでいた囁きの森の家——今それを増改築してもらっているところだった。

以前寝室だった部屋はライアンの書斎にして、勿論、居間にはジュエルの希望通り暖炉も付けた。居間の隣の殆ど使われていなかった部屋は、キッチンにあまり広いスペースが無かったため、ダイニングルームとして使うことにした。

そして二人の寝室とバスルーム、ロフトが付いた広い子供部屋、二階には客間を二部屋増築した。単身か二人で住むことがほとんどのレノヴァの中では、かなり大きな家になってしまっていた。しかし森の中では、この大きな木造の家はそれほど目立たず、辺りの風景にしっくりと溶け込んでいるように見えた。

普通レノヴァでは家を建てる場合、七、八人の職人が三〜四ヶ月かけてゆっくりと造っていくものだったが、増築ということもあり、ライアンは無理を聞いてもらい、二ヶ月弱で仕上げてもらうことになっていた——実は、ライアンが工事を急がせるのには訳があった。

——ライアンの妻、〝夜明けの宝石〟ジュエルが体調の変化に気づいたのは二ヶ月ほど前だった。結婚式の後、湖畔の家から帰って来て一ヶ月と少し経ち、二人の生活もようやく落ち着いてきた頃だった。食べ物の好みが変わり、匂いに敏感になったジュエルは、もしかしたら……と思い毎日手伝いに通っている図書館で調べて見ることにした。ここレノヴァでは、周りに経験者はいないので誰かに聞く訳にもいかなかったのだ。調べた結果は、やはり妊娠の兆候のようだったが、お腹が大きくなるまでは、ジュエルにも確信は持てなかった。ジュエルは喜びよりも不安の方が大きかったが、ライアンは自分が全て上手く計らうので安心して出産するようにと彼女に伝えた。

ライアンは生まれてくる子供やジュエルのことを考えると、とても今発表する気にはなれなかった。ただ、いつまでも隠しておけるとは思っていなかったし、イヴやウィンド、メロディーなど、親しい人たちには近々知らせるつもりでいた。何れは彼らにも協力してもらわなければならないだろうと思っていた。

ここでは小さい子供は目立ち過ぎるし、余りレノヴァの人々を刺激したくはなかったので、考えたすえに、ブルースの建てた森の家で育てることにしたのだ。ブルースの隠れ家とも言える森の中の家ならば、あまり騒がれることもなく、当分は静かに暮らせるだろう。できれば人の噂などで徐々に、なるべく自然に自分たち家族を受け入れてもらえるようにしたかった。

ライアンはレノヴァの人々の反応が不安ではあったが、自分が大らかに振舞っていなければジュエルが心配すると思い、あえて大したことではないように装っていた。しかし家族を守るためにできるだけのことをしておくつもりでいた。森の家もその一つだった。この森でなら人々の好奇の目からも逃れ、落ち着いて子育てができるだろう。この地で眠るブルースも、きっと見守っていてくれるに違いない。

そっと目を閉じると、『安心してここへおいで』という、小鳥たちや古木の囁きが聞こえるようだった。

囁きの森の新しい家は、いよいよ来週完成する予定だった。


ジュエルは最近はなるべくゆったりとした服を着るようにしていたので、まだ殆どお腹の膨らみは目立たなかったが、そろそろ妊娠の五ヶ月目に入る頃だった。

ちょうど今、以前世話になった西の地の外れでひっそりと暮らしている〝そよ風の歌〟メロディーへの手紙を書き終えたところで、それを小さなノアール鳥用の首かけバックの中に、クルクルとまるめて入れた。

「ルーク、お願いね、この手紙をメロディーの所に届けて頂戴。メロディーの家は覚えているでしょ、ゆっくりでいいから気を付けて行ってきてね」

ルークは張り切って羽を膨らませた。

「ワカッタ　サリーノ　トコロダネ」

「寄り道しちゃダメよ」

「ピーピピピ　ピピ」

「こら、鳥の真似なんかしないで真面目に聞いて頂戴」

「ボクハ　トリダョ！　ダイジョウブ　チャント　トドケルヨ　シンパイシナイデ」

囁きの森の家に引っ越して来て一週間、やっと家の中も片付いて、落ち着いてきたところだった。

ジュエルの手紙を託されたルークは、元気良く窓から飛び立って行った。いつもはピンと立っている緑の冠羽を綺麗にたたんで、家を守るように枝を広げた木々の間を起用に飛んで行く黒い鳥を、彼女は頼もしげに見送っていた。以前、行方の分からなかったジュエルのことを、何日もずっと空の上から探し続けてくれたルークは、今では彼女の頼もしいパートナーだった。

ジュエルは最近の癖になってしまっていた、まだ殆ど膨らみの目立たない自分のお腹を、そっとさすった。出産の時はできれば、母のように慕っているメロディーに側にいて欲しかった。初めての出産に向かって少しナーバスになっていた彼女は、穏やかで、いつも落ち着いているメロディーが側に居てくれれば心強く、何故か安心できるような気がしていた。しかし、人の考えが読めるという能力を持つため、人と関わることを避けている彼女が来てくれる見込みは薄かった。

今朝から、もう何度目だろうか……彼女はまた一つ大きな溜息をついた。

今までは周りに人がいることが多かったジュエルは、ライアンが仕事に出ている間は森の中の家で、一人で寂しい思いをしていた。勿論ルークは側にいて――彼は昨日の夕方に、メロディーからの返事を携えて戻ってきていた――それで少しは気もまぎれてはいたが、家の中が一通り片付いてしまうと、年若い彼女は今までの生活が恋しくなっていた。

それに暫くは友達と会う訳にもいかなかった。ジュエルのことを良く知っている彼らの中には、彼女の変化に気が付く者もいるかもしれない。ライアンもジュエルも、妊娠中の今は余り騒がれたくはなかったのだ。

「何かここでもできることを探さなくちゃ、また絵でも描いてみようかしら……」

バザールで見つけた絵の道具を庭のテーブルに並べて、良いロケーションを探してはみたけど、その気のないジュエルは今日の午前中を無駄にしてしまった。

ミスター・ヒギンスとシンシアがやって来たのは、そんな日の午後のことだった。ジュエルが午後のお茶の仕度をしているところへ、居間の開け放たれた窓から黒光りする二羽のノアール鳥が飛び込んで来た。

「コンニチワ　ジュエル」

「ヤア　ルーク　ゲンキダッタカイ」

「オリコウニ　シテタ？　ルーク」

ルークは部屋の中をぐるぐると回って喜びを表していた。ルークもジュエルと同じく退屈していたようだ。

「いらっしゃいミスター・ヒギンス、シンシア。イヴが来るのね！　もう着くのかしら？」

「スグニ　クルヨ」

ジュエルは鼻歌交じりで、イヴの好きな枯葉色のティーカップを二つ食器棚から出して、彼女がやって来るのを待った。

「今日はラズベリーのパイを焼いておいて良かったわ、お茶は何を入れようかしら！」

お腹の膨らみが目立つ前に図書館の仕事を断ってしまったので、今ジュエルは家事に専念していた。最近は手の込んだ料理を作ったり、お菓子作りなどをして一日を過ごしていたのだ。しかし、元々行動的で年若い彼女には、もうそれも限界に近かった。

木々の間から吹き抜ける気持ちの良い風にのって、イヴのローラーの音が微かに聞こえてきた。ジュエルは顔を輝かせて、イヴを迎えるために玄関のドアに向かった。彼女の美しい七色のオーラも輝きを増したようだった。

〝湖に沈む夕陽〟イヴは、予想していたとはいえ、現実にライアンとジュエルとの間に子供が生まれるということに、やはり驚きを隠せないようだった。

「良かった。元気そうで安心したわ、なにしろレノヴァでは前例のないことですもの……ウィンドから聞いたの。もう心配で、いてもたってもいられずに飛んで来ちゃったわ。彼は、先日の王たちの定例会でライアンからうちあけられたのよ。彼に様子を見に行くように頼まれたんだけど……彼に言われなくても、こんなこと聞いて私が家でじっとしていられるわけないじゃない」

イヴは、元気そうな新米妊婦を見て、ほっとしたようにジュエルを抱き寄せると、頬にキスをして言った。

「おめでとう、やったわね！　こんなに早くできるなんて思ってなかったから驚いちゃったわよ」

そして、まだ殆ど平らなジュエルのお腹をまじまじと見た。

「でも、ここに住むなんて上手く考えたわね。素敵な家になったじゃないの！　……でも暫くは、こもることになりそうね……私も一週間ほど泊まって、もっとこの家を居心地良くする手伝いをしてあげるわ」

「ありがとう。来てくれて嬉しいわ！　私、一人でどうしていいか分からなくて……それに凄く退屈してたの！」

イヴは来る途中で色々と考えて計画してくれていたようで、一週間の滞在中に、玄関前にミモザの木を育て、薄紫の花を集めた美しい庭を造ってくれた。家の周りには、様々な種類の野菜畑やハーブ園までも見事に育てあげ、芳しい香を放っていた。そして家へと続く森の道は、木を上手く茂らせて、入り口を目立たなくしてくれていた。おそらく、ここに家が有ることを知らない人は、そのまま通り過ぎてしまうことだろう。迷路のような木々の間を抜けると、家へと続く細い道へと出られるようになっていた。その道はローラー一台がどうにか通れる位だったので、毎日通うライアンは、きっと苦労するに違いなかったが……。

イヴは一旦、南の地のウィンドの元に帰って、暫く滞在するために必要な物を持って、また来てくれることになった。

「ライアンが仕事に出ている間、貴女を一人にしておくのが心配だわ。ウィンドとはこの先もずっと一緒に暮らしていくつもりなの、だから何ヶ月か離れて暮らすのもまた新鮮だわ。来月の定例会の後には彼にここに寄ってもらってもいいし――貴女には今、誰かが側に付いていないと何だか危なっかしくって」

そう言われてジュエルはちょっと心外だったが、イヴが来てくれるのは大歓迎だった。イヴは、

「ああ、それにしても待ち遠しいわね。早く赤ちゃんが見たいわ、私もすごく楽しみにしてるの。一緒に頑張りましょうね」

そう言って、南の地へと帰って行った。

ジュエルは心強い味方ができて、何だかホッとして肩の力が抜けたようだった。


先日ルークが持ち帰ったメロディーからの返事には、とても元気づけられることが書いてあった。それは、ジュエルのお腹の子が八ヶ月目に入る頃には、こちらに来てくれるという内容だった。彼女はライルにいた頃に、母親の手伝いで何度かお産に立ち会ったことがあるらしい。彼女の母親は、ライルの北の大陸の、わりと大きな町で産婆をしていたということだった。そこでメロディーは十二歳から、レノヴァに来るまでの半年間ほど、学校の休みの日には母親の助手として、お産の手伝いをしていたと書かれてあった。手紙の終わりには、「もう大昔のことなので、ちゃんと覚えているか心配だけど、何とか思い出して手伝えるといいんだけど」と書いてあった。

ジュエルとライアンには願ってもないことだった。ライアンが出産についての本を何冊か図書館で探し出して来て、かなり専門的なことまで二人で勉強してはいたが、その本はかなり以前にライルで書かれたもので、実際にお産に立ち会ったことのあるメロディーが来てくれるのはとて

も心強く、二人は手を取り合って喜んだ。

メロディーが来てくれるまではイヴがついていてくれる。二人にとっては、こんなに嬉しいことはなかった。


七ヶ月目に入っても、初産のジュエルのお腹の膨らみはそれほど目立たなかった。今日のジュエルは、イヴがバザールで見つけてきてくれた、ゆったりとしたレモン色のスモックのブラウスに、ウェストの楽な濃紺のパジャマパンツというでたちだった。ちょっとエスニックな感じで体形も隠せるし、流石にイヴが選んだだけあって、なかなかお洒落なものだった。

そして最近の毎日の散歩の時は、男物の作業用のつなぎ服に、つばの付いた帽子というスタイルがジュエルのお気に入りだった。森の中では滅多に人に会うことはなかったが、もし会ったとしても、これなら上手く誤魔化せそうだった。きっと、よほど熱心に見られない限り、お腹の膨らみに気づかれることはないだろう。

そろそろ町へ出かけたイヴがバザールから戻る頃だった。、外出しても、いつも彼女は一人で留守番のジュエルに気を使って、午後のお茶の時間には間に合うように帰って来てくれる。イヴは週に二、三回は、三人では食べきれないほど採れる野菜やハーブを、ローラーに詰め込んでバザールへ持って行っていた。今回はジュエルが頼んだおしめ用の布も持って来てくれるはずだった。

ジュエルは針仕事は得意ではなかったが、おしめ位は何とかなりそうだった。ライアンも縫い物までは教えてくれなかったし、イヴはライアン以上に苦手なようだった。いつも彼女の服はバザールで調達するか、服飾工房に頼むかどちらかに決まっていた。

そして今日は、先月イヴが服飾工房に頼んでおいてくれた、ちょうど新生児サイズの〝お人形用の服〟も何枚かできているはずで、帰りに工房に寄ってもらってきてくれることになっていた。

こうしてレノヴァでは前例のない出産の準備は、静かな森の中の家で着々と整っていった。


そろそろ妊娠も八ヶ月に入ると思われる、風も無く穏やかな日の午後、いつもより早くライアンのローラーが帰って来た。後ろにはもう一台のローラーが静かに止まった。

「お客様かしら……彼がこんなに早く帰ってくるなんて珍しいわね」

ジュエルとイヴが顔を見合わせて窓から外を覗くと、後ろのローラーから待ち焦がれた人が現れた。ジュエルは思わず走り出して、玄関のドアを開けた。

「メロディー！　いらっしゃい、良く来てくださったわ。ありがとう……」

ジュエルは声が詰まってそれ以上言葉が続かなかった。

「まあ、走ったりして、駄目じゃないの――久しぶりねジュエル」

メロディーは、変わらない穏やかな微笑みをたたえてジュエルをながめると、彼女のお腹に目を留めた。

「だいぶ膨らんできたわね。貴女が赤ちゃんを産むなんて信じられなかったけど、どうやらそのお腹は本物みたいねぇ……」

ライアンは笑いながら、

「僕はメロディーの荷物を運んでくるから、中でゆっくり話すといいよ」

と言って、気を利かせて女性同士で話ができるようにしてくれた。

ノアール鳥のサリーはメロディーの肩に大人しくとまっていた。メロディーは、

「真っ直ぐに来ようと思ったんだけど、森で迷ってしまうといけないから、ライアンの所に寄って案内してもらうことにしたの」

とサリーを止まり木に移しながら言った。それは良い選択だったようだ。イヴの造った迷路のような道は、ライアンの案内なしでは迷ってしまったに違いなかった。

そしてメロディーは、

「レノヴァで赤ちゃんが生まれるなんて信じられないわ」

と言って涙ぐんだ。差し出された彼女の手をとってジュエルが言った。

「何だか前に会った時よりも若返ったんじゃないかしら、生き生きとして見えるわ！」

大好きな彼女にはできるだけ長生きをしてもらいたかったジュエルには、それがとても嬉しかった。

確かに最近、ジュエルのおかげで度々人前に出るようになっていたメロディーは、服装も前より華やかになり、皆の目にも随分と若返って見えた。それは今日の彼女の服装にも表れていた。彼女は桜の花びらのような、優しいピンク色のワンピースを着ていたのだ。

頼りになるメロディーが来てくれたことに安心したイヴは、次の日になると、久しぶりに会える南の王〝海を渡る風〟ウィンドの元へといそいそと帰って行った。

メロディーとジュエルは午前中に家事をこなし、午後からは森で絵を描くのが二人の生活パターンになった。夕食の後にはメロディーが、生まれてくる赤ちゃんのために可愛いベビー服を縫ってくれた。ジュエルもメロディーに教わりながら、もう何枚か仕上げていた。イヴがお人形の服ということにして頼んでくれたベビードレスも何着かあったので、準備は万端だった。

「こんなに沢山の服があれば、一度に二、三人産まれても平気なんじゃないかしら？」

とジュエルが笑いながら言うと、メロディーは、

「子供は直ぐに汚すものなのよ、それに成長も速いから、あっというまに着られなくなってしまうわ、これでも足りない位よ、もう少し大きいサイズの物も作っておきましょう」

と、まるで自分の孫が産まれてくるかのように張り切っていた。少し前にライアンが、産まれてくる子は女の子だと教えてくれていたので、二人は小さなワンピースやスカートも何枚か作っておくことにした。

名前は、〝夜明けの星〟ノヴァと、ライアンと二人で決めていた。ライアンとジュエルがお腹に手を当てて話かけると、ノヴァはまるでそれに答えるかのように動いたりノックを返したりした。

「この子はきっと、テレパシー能力があるに違いないよ」

ライアンが言うとメロディーは微笑みながら、

「貴方の見解だと、赤ちゃんは皆テレパシーが使えるということになっちゃうわよ。きっと貴方たちの子には素晴らしい能力があると思うけれど、今は余り色々と期待をしないで、ノヴァが無

事に元気に産まれてくれることを祈りましょう」

と言って、またせっせと小さなペチコート付きのスカートを縫いはじめた。

ライアンは休日には森の木を使って、可愛いベビーベッドや木馬、小さいテーブルや椅子などをせっせと作っていた。彼も父親になることを大いに楽しんでいるようだった。彼は少年の頃から既に金のオーラがあったため、いずれは王になることは確実だった。そのため、ブルースもイヴもライアンにできるだけ沢山の職業を経験してから王になることを勧めたので、彼は八年間ほど建築工房にいたことがあったのだ。それは彼の気に入った仕事の一つだったので、十四余りの工房や事務所で経験した職業の中では、一番長く続けたものだった。今その経験が思わぬ所で役に立っていた。しかし、実は彼は建築に携わるよりも、設計の方が得意だったのだが……


その日ジュエルは、朝から何故かそわそわと落ち着きがなかった。そして昼食を終えた頃には、いよいよ皆が待ちに待った出産の兆候が表れた。

ジュエルはメロディーに頼んで暖炉に火を入れてもらった。今日はとても暖かい午後で、暖炉の火は必要なかったのだが、自分の不安な気持ちを静めるためにも、火の踊りが見たかったのだ。そして暖炉の前でライアンに短い手紙を書き、ルークに届けてもらうことにした。伝言を頼んでも良かったが、声の大きいお喋りなルークに事務所の皆の前で、「ウマレル！」などと叫んで欲しくはなかったのだ。

ルークの前では、なるべくお腹の子のことは話題にしないようにしていたので、彼は、ジュエルの体形が幾分変わったことには気づいていたが、彼女が子供を産むなどとは思ってもいないようだった。おそらく彼は、人間も卵で生まれると思っているはずだ。

ジュエルは、まだ今のところ間隔の空いている陣痛の合間に何気なく、

「ルーク、ライアンにこの手紙を届けてちょうだい。皆の前では、お喋りをしないで静かにしているのよ、お仕事の邪魔になるから」

と言って送り出した。何も知らないルークは、小さな円筒形のバッグを首にかけると、

「ワカッタ　イッテクルヨ　ダイジョウブ　オシャベリモシナイ　ヨリミチモシナイヨ　ボクニマカセテ」

と言って、元気良く飛び立って行った。風の無い穏やかな午後だった。

ルークの友達の小鳥たちが驚いて飛び立つほどの一陣の風が、木の葉を撒き散らせながら吹き渡った後、ライアンが帰って来た。

ジュエルは丁度、メロディーに支えられてベッドへ向かおうとしている時だった。ライアンに抱かれてベッドに落ち着くと、メロディーが背中に幾つもクッションを入れて居心地良くしてくれた。そして、

「今カモミールティーを入れてあげるわ、リラックスできるから」

と言ってキッチンに向かった。

ライアンは心配そうにジュエルの手を取って、引き攣《つ》った笑みをうかべている。流石にライア

ンでも緊張は隠せないらしく、その顔は強張って蒼白《あおじろ》くなっていた。

ジュエルはそれを見て、かえって緊張がほぐれ、思わず笑い出してしまった。

「ライアン大丈夫よ心配しないで、二人で勉強したことを思い出してメロディーを手伝ってちょうだい。私は何とか頑張れると思うわ」

ライアンは微笑を返した——この時ほどジュエルが頼もしく思えたことはなかった。こういう時には女性の方が冷静になれるようだった。彼よりもかなり年下のジュエルだったが、今は彼女の方がずっと年長のように感じられた。今までの無邪気なジュエルを見ていたライアンは、母親になるということは、こんなにも女性を強くするものなのだと知って、あらためてジュエルに対する尊敬と賛美の気持ちを強くした。そして随分久しぶりに、何故か自分を産んでくれた母のことも思い出していた。

彼はジュエルの唇にそっと口付けると、いつもの大らかな微笑みを浮かべ、おどけて、

「王妃様の仰せのままに、何かして欲しいことはありますでしょうか?」

と聞いた。

ジュエルは笑いながら、

「そうね、もう一度キスして頂戴」

と言った。

日が落ちる頃に〝夜明けの星〟ノヴァは産まれた。

お産はとても軽く、初産にしてはかなり短時間で終わった。これもジュエルの能力のおかげだろう。メロディーに綺麗に洗ってもらったノヴァは、ジュエルの隣のベビーベッドですやすやと眠っていた。ライアンは飽きることなく、自分に似た小さな天使を眺めては、メロディーに笑われていた。


ジュエルはその能力のお陰で、三日もすると殆ど元の体形に戻っていた。三日前には、釣り上げられた河豚《ふぐ》のように膨らんでいたお腹は平らになって、元のスラリとした十八歳の美しいスタイルで、颯爽と動き回っていた。それは、彼女の能力を知っているライアンやメロディーでさえ驚くことだった。

当の若い母親は町へ出かけたくてうずうずしていた。

――明日はノヴァをメロディーに頼んで町へ行ってみようかしら、きっと私が子供を産んだなんて誰も気づきもしないでしょうね……

それはまるで、カーテンの陰に隠れた子供がドキドキしながら見つけてもらうのを待つような気持ちだった。


レノヴァで誕生した記念すべき最初の天使は、まだ殆どの時間を眠って過ごしていた。よく眠り、あまり泣かない手のかからない子だった。夜中に一度起きても、母乳を飲ませてあげるだけで、夜はぐっすりと眠ってくれた。

ノヴァの髪はライアンと同じ濃い金髪で、瞳の色はジュエルよりも少し明るい緑色だった。未だ何の陰りも無い透明感のあるその瞳は、朝露に濡れた春の若葉のようにキラキラと輝いていた。

ジュエルはノヴァを見つめながら、彼女をこの世に送り出したのが自分であるということが、未だに信じられないような気持ちでいた。そしてノヴァの誕生によって、ライアンとの繋がりがいっそう深くなったようで、愛おしさでいっぱいだった。

メロディーの手作りのベビードレスは、どれもノヴァにとても良く似合っていたし、イヴの頼んでくれたお人形の服もサイズがぴったりで、それを着たノヴァはとても可愛らしかった。ジュエルはノヴァを連れて皆に自慢して歩きたかったが、当分の間は、とてもできそうになかった。

ライアンが思っていた通り、ノヴァにもジュエルの能力が受け継がれたらしく、彼女のお臍は生まれて二日目には綺麗に乾いて整っていた。それはノヴァにも子供が産めるということを意味していた。彼はそれが嬉しかったが、それ以上に、ノヴァが成長して彼女が相応しい相手を見つけるまでの間、しっかりと守っていかねばならないことを思うと、ぐっと肩の荷が重くなったように感じた。彼はバスルームの鏡に映った自分の姿に向かって、「もっと鍛えなくちゃダメだな」と言って苦笑いをした。

ノヴァを初めて見た時ルークは、

「ソノ　チイサイコハ　ダレ？　ドウシタノ？　ドコカラキタノ？」

と質問攻めだった。ルークが驚くのも無理はなかった。彼は人間の赤ちゃんを見たことがなかったのだ。それに、お喋りなルークを警戒して、ジュエルのお腹の子のことは彼に話してなかったのもいけなかったようだ。ノヴァを見たルークはパニック寸前だった。ジュエルはルークにも分かるように、時間をかけてきちんと説明することにした——半時間もかかって、やっとルークにも納得できたようで、彼はジュエルのお乳を飲むノヴァを不思議そうに見つめながらも、「ジュエルトライアンノ　アカチャン　ボクモ　カワイガルヨ　メンドウミテアゲルヨ」

と約束してくれた。「まるで、自分がお兄ちゃんになったみたいだわ」そう思うとジュエルは可笑しくて、笑いながら頷いた。

「期待してるわよルーク、お願いね」

そう言って彼の緑の嘴に優しくキスをした。

ノヴァはライルの赤ちゃんと変わりなく、すくすくと育っていた。ジュエルは内心、とても不安だったのだが……レノヴァで産まれた赤ちゃんは、どういう風に石の影響があるのか、全く分からなかったからだ。もしかしたら成長が遅いのではないかと思っていたが、日々目に見えてしっかりしてくるノヴァを見ると、その心配は無さそうだった。可愛らしいノヴァを見ていると、ゆっくりと大きくなってくれてもいいかな、と思うこともあったが……

ライアンは、

「ノヴァは君の能力を受け継いでいるんだ。きっと君と同じで、成長が止まるまでは普通に育つと思うな。この子が君の力をもらって本当に良かったと思うよ」

と、ノヴァに頬擦りしながら嬉しそうに言った。そして、

「君も、普通ならここへ来て二、三年で石の影響を受けて、成長が徐々にゆっくりになるはずだったのに、十八歳までは何も変わりなく成長していたようだ。きっと君の、自身を正常に保つ能力は、君にとってプラスとなる成長は妨げずに、マイナスとなる老化は石の影響を受けた方が良いと判断したんじゃないかな」

と自信ありげに言った。

「でも私は、これから貴方と同じように、ゆっくりと歳を取るとは限らないわ……」

ジュエルは今までずっと、心の片隅で不安に思っていたことを口にした。しかしライアンは、何故かそれを確信しているようだった。

「実は、ブルースが亡くなる前に彼と少し話したんだ。君の成長が早くて、僕も少し不安だったからね。彼は君の長寿を確信していたよ。その訳は聞かなかったけど——たぶん彼は、何か君に関わることを予知していたんだと思うな。彼も君の成長と老化については、僕と全く同じ考えだった。ブルースを信じよう」

そう言うとライアンはジュエルを引き寄せ、安心させるようにしっかりと抱き締めた。

自分だけライアンより先に歳を取ってしまうことを想像しただけで、ゾッとする思いだったジュエルは、ブルースの言葉とライアンの見解を聞いてホッと胸を撫で下ろした。自分の能力のお陰でライアンとの歳の差も幾らか縮められたようで、しかもこんなに可愛らしいノヴァも授かった。今ジュエルは、この素晴らしい能力に心から感謝したかった。

二週間もすると、ノヴァは声に反応して、にっこりと笑うようになった。メロディーはそんな

ノヴァと離れがたい様子だったが、

「家のことも心配なので、そろそろ帰らなくちゃと思っているんだけど……貴女の身体も大丈夫なようだし、ノヴァの成長も順調みたいだから……」

と、お茶を飲みながらつぶやいた。ジュエルは、メロディーにずっと一緒にいて欲しかったが、そういう訳にもいかなかった。メロディーには彼女の生活がある。メロディーがいなくなるのが少し心細かったジュエルは、涙を浮かべながら言った。

「今まで居て下さって本当にありがとう。貴女のお陰で、無事にノヴァを産むことができたわ。何から何までお世話になっちゃって……とても感謝しているわ。もし私にできることがあったら何でも言ってね、直ぐに飛んで行くから……」

ジュエルは思わずメロディーに抱きついて、子供のように涙を流していた。メロディーはジュエルを優しく抱き締め、元気付けるように背中を叩きながら言った。

「明後日の朝、帰ることにするわ……時々ノヴァに会いに来ても良いかしら?」

「もちろん、大歓迎よ!」

ジュエルは、もう一度メロディーに抱きついた。今ではノヴァを自分の孫のように思っているメロディーは、ノヴァがもう少し大きく、歩くようになってから着る服も何着か作っておいてくれていた。可愛い花柄のワンピースが三着と、赤いロンパスと緑のオーバーオールだった。

次の日、三ヶ月近くも一緒にいたメロディーが帰ってしまうということで、ふさいでいたジュエルの元へ、まるで彼女と入れ替わるかのようにイヴがウィンドと共にやってきた。

イヴは、迎えに出たジュエルの平たくなったお腹を見て目を見張った。

「まあ！　じゃあ生まれたのね！　赤ちゃんは何処にいるの？　早く会いたいわ！」

そして子供の頃のように、ジュエルを引き寄せ、ぎゅっと抱き締めた。

「おめでとうジュエル、良く頑張ったわね」

そう言って大きな花束を差し出した。

何度会っても、ジュエルには父親とだぶって見えてしまうウィンドは、大きな包みを床に置くと、ジュエルにお祝いを言う順番を微笑みながら待っていた。床に置かれた大きな包みは、ノヴァへのプレゼントだった。それは彼の手作りの、子供が足で漕いで乗る小さなローラーで、トランクには沢山の積み木が入れられ、小さな運転席には可愛いクマとウサギの縫いぐるみがちょこんと座っていた。

メロディーの入れてくれたアップルティーを飲みながら、イヴが言った。

「もっと早く来たかったんだけど、ずっと我慢してたのよ。あまり頻繁に出入りすると目立ってしまうんじゃないかと思って。この前私が見た時は、お腹がそれほど大きくなかったから、もうそろそろかしらと思って来てみたんだけれど、もう産まれてるとは思わなかったわ……」

その時居間のドアが開いて、ノヴァを抱いたメロディーが顔を覗かせた。イヴの顔が急に輝いた。ノヴァを見ると、誰もが大好きなデザートを前にしたような顔になってしまう。

「まあ！　なんて可愛いの……赤ちゃんてこんなに小さかったのね……見るのは随分久しぶりだ

わ」

ウィンドも覗き込んで、

「この子は二人の良いところをもらったみたいじゃないか、きっと凄い美人になるぞ」

と言って、そっとノヴァの頬をつついた。ノヴァはそれに答えるかのように、にっこりと笑ったように見えた。

「名前はなんて付けたの？」

イヴが目を細めて、ノヴァをメロディーから受け取ると聞いた。

「〝夜明けの星〟ノヴァよ」

二人は、かわるがわるノヴァを抱いては微笑み合っていた。ノヴァは、その大きな緑の瞳で二人を見つめながら、ずっと機嫌良くしていた。四人で和やかにお茶を楽しんでいるところに、ライアンが帰って来た。最近の彼の帰りは、以前よりだいぶ早くなり、毎日、日が沈む頃には可愛いお姫様にただいまのキスをしていた。ノヴァに会いたくて、仕事を早くきりあげているようだった。

その夜の夕食は、久しぶりのホームパーティーになり、華やかなイヴのお陰でとても賑やかだった。しかしそれは、メロディーのお別れのパーティーでもあった。

次の日の早朝、慌ただしく朝食を済ませると、メロディーがサリーと共に帰って行った。彼女の家は西の地の外れにあるので、こんなに早く出ても、着くのはきっと夜になってしまうことだろう。

二日後にライアンはウィンドと共に、ストーンビレッジで行われる定例会へと旅立った。ウィンドは、定例会の後は真っ直ぐに南の地へ帰るということだったが、イヴはノヴァと離れがたいようで、メロディーの代わりに暫く滞在していくと言ってくれた。彼女は愛らしいノヴァの魅力に、すっかり参ってしまっているようだった。

ミスター・ヒギンスとシンシアは今回は連れて来ていなかった。イヴは、もう何十年も一緒にいる利口なノアール鳥たちをすっかり信頼していたので、彼らに留守番をさせても余り心配していないようだった。

〝夜明けの星〟ノヴァは小さな女王様のように、いつも話題の中心だった。イヴは可愛いノヴァを見るにつけ、ちょっぴりジュエルに嫉妬している自分に気が付いていた。自分は決して子供を産むことができないだろう——それができるジュエルが羨ましかった。きっと女性なら誰でもそう思うだろう。ライアンもジュエルも、これからは男性だけではなく、女性からの羨望と嫉妬にも気を付けなければならないだろう。ブルースが言ったように、彼女はこれからとても困難な道を歩かねばならなくなりそうだ。ジュエルのことを守るとブルースに約束したイヴは、最後までジュエルのことを心配していたブルースの気持ちが分かるような気がした。

ノヴァもまた、ジュエルと同じ道を歩かねばならないのだろう。イヴはそれを思うと、嫉妬よりも、レノヴァで子供を産めるという、この素晴らしい能力によって、彼女たちが引き寄せてしまう様々な困難を思って深い溜息が漏れた。ライアンにも忠告しておかなければならないだろう。

イヴはノヴァを守るために、家の周りにコニファーの生垣を造ることにした。森で見つけた一本のコニファーに手を加え、沢山の種を採ると、それを家の周りに等間隔に蒔いた。そして彼女の能力で一気に成長させると、丁度彼女の腰の高さ位で綺麗に刈り込んで行く。

それは意外と大変な仕事で、イヴは手に豆を幾つも作りながら丸々四日間もかかってしまった。コニファーは隙間無く密生した枝を付けているので、小さい子供でも生垣から外へは抜け出られないはずだ。これで、ノヴァが歩くようになっても、彼女が一人で森へ行ってしまうことはないだろう。丁度ローラーが通れるほどの入り口には、ライアンに頼んで門扉を付けてもらうつもりでいた。

レノヴァでは家の周りを囲うという習慣が無いので、余り違和感を与えないように、なるべく低く刈り込んでおいたので、ちょっとしたお遊びに見てもらえるだろう。

イヴはその仕事を終えると、そろそろウィンドやノアールたちのことが恋しくなってきたようで、ノヴァに何度もキスをして、南の地へと帰って行った。

今回の定例会で、ライアンは王たちにノヴァの誕生を報告していた。ウィンドと話し合った結果、それが何れ人々に知られることになった時に混乱を招かないためにも、王たちには予め知らせておいた方が良いと思われたからだった。しかし生まれたばかりのノヴァのことを余り騒がれたくはなかったライアンは、当分の間は他の人たちには話さないようにと口止めしておくことは忘れなかった。

彼らの驚きは大きくて、ライアンは質問攻めにあい、定例会が終わったのは結局深夜になってしまった。

ノヴァは、そのジュエルから受け継いだ能力のお陰で、病気一つせずにすくすくと育っていった。一歳の誕生日を迎える頃には、もうヨチヨチと歩いていて、お祝いにやって来てくれたメロディーやイヴを驚かせていた。イヴが造っておいてくれたコニファーの生垣は、とても役に立っていた。

メロディーは、ノヴァの誕生日のお祝いに、暇を見つけてはこつこつと作りためた服をプレゼントしてくれた。今までの服は、ぐんぐん成長していくノヴァには、あっという間に小さくなってしまうので、何とかしなければと思っていたジュエルにはとてもありがたかった。

そしてイヴは、ノヴァの遊び相手を連れて来てくれた。その子はクッキーという名の、ミルクティー色のフワフワとした毛なみの子犬で、まだ生後五ヶ月にも関わらず、きちんと躾けられた利口そうな犬だった。足が太くてしっかりしているので、きっと大きくなるのだろう。まだ子犬だということだが、もう体重はノヴァよりも重そうだった。

興味津々で家の中を探検して廻っているクッキーを見ながら、イヴが言った。

「クッキーは、以前西の地で一緒に暮らしていたウルフが躾けた犬なの。今彼は、動物とコンタクトがとれるというその能力を生かして、犬のトレーナーの仕事をしているのよ」

イヴがジュエルに微笑みかけた。

「え、あの〝夜明けの森を駆ける青い狼〟ウルフのこと？」

「ええ、そうよ。今彼とは仲の良い友達として付き合っているの、クッキーはウルフに譲ってもらったのよ」

皆で和やかに話をしていた時、ノヴァの今後のことが話題になった。今までは殆ど家の中で過ごしていたノヴァだったが、歩くようになったら、いつまでも隠しておけるはずもなかった。色々な理由で森へ来る人もかなりいることだし、何れは目に付いてしまうだろう。今まで誰にも知られなかったことのほうが、奇跡に等しかった。ノヴァをどういうふうにレノヴァの人々に紹介するかを話し合ったが、結局、意見はまとまらず、暫くはこのままで様子を見ようということになった。

森での子育ては、まるでブルースの胸に抱かれているかのように、静かでゆったりとした穏やかなものだった。ジュエルとノヴァの日々は、美しく咲いた花に話しかけたり、小鳥に挨拶したり、綺麗な夕陽に見とれたりして過ぎて行った。森での生活にもだいぶ慣れたジュエルは、庭でノヴァを遊ばせながら、森で採ってきた藤蔓やアケビの蔓などを使って、色々な形の籠を編むことを楽しんでいた。以前メロディーに教えてもらった編み方を思い出して、それを自分なりにアレンジしてはユニークな形の物を幾つも作っていた。大小様々な籠には、家の周りで採れる木の実や果物を入れたり、中にグラスを入れて花を飾ったりしていた。屋外では、その中に鉢植えの花を入れて、窓辺やテラスに吊るしたり、プランター代わりにも使っていた。

ライアンの隣で大好きなクレマチスの花を籠に活けながら、ジュエルが呟いた。

「私の編む籠は、どうしても形が歪んだりアンバランスになってしまうわ」

「それがまた芸術的で、とても個性的じゃないか。僕は凄く気に入ってるよ。事務所でも凄く評判がいいよ」

「そんなに褒めてくれるなら、試しに籠をバザールへ持って行ってみようかしら……」

ライアンが休みの日には、ジュエルはいつもノヴァを彼に預けてバザールへ出かけていた。今日はいつもの野菜やハーブと木の実の他に、手作りの籠も幾つかローラーに詰め込んだ。


ジュエルが持って来た物をバザールに並べ終えて、代わりに貰って行く物をあれこれ選んでいる内に、籠はもう無くなってしまっていた。籠の代わりに、麻布で作られた、朝顔のようなスカートの白いワンピースを選んで持って行くことにした。

ジュエルは嬉しくなって、当分これを自分の仕事にしようと決めた。これならノヴァの面倒を見ながら家で作れるので、今の自分にはうってつけだった。あっという間に貰い手が現れたことにも自信がわいた。家でもできる仕事を探していたジュエルは、三人の生活に必要な物をローラーに詰め込むと、自分の仕事が決まったことにうきうきしながら森の家に向かった。

帰り道では、目が合った人たちだけでなく、ローラーの前を横切る犬にさえ微笑みかけていた。

ノヴァは歩き始めるのも早かったが、喋るのもとても早かった。一歳半を過ぎると、もう殆ど、かたことで自分の意思を伝えられるまでになった。

ライアンは、そろそろノヴァをレノヴァの人々に紹介する潮時ではないかと思うようになっていた。——これ以上ぐずぐずと引き伸ばしている訳にもいかない。もう誰かの目に触れるのは時間の問題だろう——今まで変な噂がたたなかったことの方が不思議だった。余り人に干渉しないここの人たちの考え方のお陰なのだろう。騒がれる前に、きちんと紹介した方が良さそうだった。

このままではノヴァのためにも、ジュエルにとっても良くないことだと感じていたライアンは、思い切って、まず親しい人たちにノヴァのお披露目をすることに決めた。ジュエルと相談して、取り敢えず事務所の人たちを次の休日に森の家に招待することにした。十五人ほどなので、様子を見るには丁度良い人数だった。

ライアンの森の家への招待は、事務所の人々にとって話題の的となった。何しろ噂きの森へ引っ越して行ったライアンは、今まで皆の訪問を一切断っていたのだ。ジュエルのことさえ余り話題にしたがらなかった。事務所の皆の間では冗談半分で、彼はきっとジュエルを独り占めにしておきたいのだろう、という噂になっていた。引っ越して暫くはジュエルの姿を見かけなかったので、彼は見かけによらず相当嫉妬深く、そしてよほど彼女を愛しているのだろうという噂にもなっていた。それが突然の彼からの招待である。皆は彼の心境の変化に興味津々だった。

最近は時々町でジュエルの姿を見かけることもあったが、皆ライアンに遠慮して、余り親しくすることは避けていたのだった。二人の家を訪ねることには皆とても興味があり、はたして本当に彼の招待を受けて良いものなのだろうかと相談し合っていたが、結局、二人の生活を覗いて見たいという誘惑に逆らえず、皆、ある種の不安を抱えながらも招待を受けることにした。

囁きの森の家でのホームパーティーの当日は、ライアンとジュエルにとっても、招待された人たちにとっても緊張する日だった。

主役のノヴァは、メロディー手作りの、緑色の膝丈の可愛いワンピースを着せられていた。同じ生地で作った小さなリボンが、ようやく肩まで伸びた柔らかくウェーブのかかった金髪の前髪に留められていた。ピンクのふっくらとした頬の彼女は、まるで動くお人形のように可愛らしかった。ジュエルとライアンからパーティーの説明を受けたノヴァは、お客様を迎えることを、小さいながらも理解しているようだった。

ライアンはジャスミンとナスタチウムの咲き誇る庭で、バーベキューの準備に忙しかった。招待客は、毎日会っている気心の知れた仲間だったので、バーベキューパーティーにしたのだ。ブルースが住んでいた頃から有った大きなテーブルと椅子の横に、庭の隅に置かれていたライアン手作りの木のベンチも二つ並べてあった。

大きなテーブルの上には、裏庭で採れた新鮮な野菜サラダを入れた木のボールや、家の周りで採れた様々な木の実や果物が入った籠も置かれていた。そしてデザートには、ジュエルが焼いた木苺とブルーベリーと林檎の三種類のパイが並ぶ予定だった。ジュエルの編んだ籠の中には、ワインも何本か入れられていた。レノヴァでは能力が妨《さまた》げられるせいもあって、アルコールと名の付く物はワインしか無かった。それもたいていは、北の森の泉からわく炭酸水などで薄めて飲まれていた。

隙を見ては上手く掠め取ろうと狙っている犬のクッキーに、ライアンは何度も、

「テーブルに近づかないように」

と、指示を与えなければならなかった。クッキーはここへ来てからぐんぐん成長して、ジュエルの肩に手を掛けて立ち上がると、背の高さはもう殆ど彼女と変わらないほどだった。ふざけてライアンが背中にノヴァを乗せると、クッキーは緊張した様子で、慎重に彼女を乗せて歩き回っていた。ライアンは、

「鞍が必要だな」

と言って、ジュエルを笑わせた。

クッキーはとても利口な犬で、庭で遊ぶノヴァの面倒を良くみてくれた。ノヴァがジュエルから離れそうになると、彼女の行く手を遮り、寄り添うようにジュエルの近くへ誘導して来てくれる。ルークも、空からノヴァの様子を見ていてくれるので、ジュエルは庭で仕事をしていても、手を休めることもなくとても助かっていた。

昼近くになると、ノヴァはお客様の到着が待ちきれなくて居間のソファーで眠ってしまった。ジュエルは彼女の足元にそっと布を掛けると、鏡に向かって身なりを整えた。そろそろお客様がみえる頃だった。

今日のジュエルの服は、最近レノヴァで流行っている、ショートパンツの上に薄手の前開きのスカートを重ねたものだった。色はモスグリーンで、オフホワイトのノースリーブのブラウスと合わせていた。

ライアンは、少し前まで作業服を着ていたが、今は淡いピンクのシャツとグレイのパンツに着替えていた。

迷路のような森の道の入り口には、皆が迷わないように、前もってライアンが案内の立て札を立てて置いてあった。お客様を迎える準備は整っていた。——心配なのは彼らの反応だけだった。


何処かで待ち合わせて来たのだろうか、招待客は連れ立って、ローラーを連ねてやって来た。皆、手にはワインや手作りのケーキやお菓子、炭酸水などを持って、白とオレンジ色の花が咲き誇る庭に集まった。

賑やかにバーベキューが始まると、物音で目覚めたのだろう、ノヴァが熊の縫いぐるみを抱えて目を擦りながら庭へとやって来た。人々のお喋りが徐々に静かになり、やがて皆の一回り大きくなってしまった目が、小さな女の子に集中した。

ノヴァは、今まで見たこともなかった大勢の人に驚いた様子だったが、泣きもせずに、出迎えたクッキーと共に真っ直ぐにジュエルの元に歩いて来た。ジュエルがノヴァを抱き上げると、緊張した笑みをうかべたライアンが彼女の隣にやって来て、ノヴァをみんなに紹介した。

「私たちの娘を紹介しよう。名前は〝夜明けの星〟ノヴァ、一年半前にここで生まれた子だよ」

ノヴァはくしゃくしゃの髪とリボンをジュエルに直してもらうと、練習した通りに、にっこり笑って皆に手を振って見せた。

しんと静まっていた場に、徐々に囁《ささや》き声が聞こえ始めると、誰かが拍手をした。それに誘われるように一人、また一人と拍手が加わり、驚きの声と共に静かな森に響き渡った。ノヴァも一緒になって拍手に加わっていた。それが又とても可愛らしくて、皆の笑いを誘い、場が和やかになった。

ライアンの腕に移ったノヴァは、順番に皆を回って、小さな手で握手をしたり、片言で話をしたりした。ライアンはできるだけ皆の質問に答えていたが、ジュエルが子供を産めた訳や、ノヴァにその能力が受け継がれたことは上手くはぐらかして言わなかった。

「じゃあ貴方がジュエルを隠していたのは、こういう訳だったのか！」

「全然気が付かなかったわ——本当にジュエルが産んだの？」

「可愛いわあ、お人形さんみたい」

「何で今まで話してくれなかったんですか？　僕たちには打ち明けてくれても良かったのに」

「こういうこととは知らなかったから、変な噂が流れていたのよ」

「抱っこさせてもらえるかしら？」

ライアンとジュエルの心配とは裏腹に、ノヴァのお披露目・バーベキューパーティーは和やかな雰囲気で進んで行った。

まだ小さいノヴァは、皆の間をちょこちょこと歩き回り、抱き上げられたり頬ずりされたりしても人見知りもせずに、にこにこと機嫌良くしていた。あどけないノヴァは、ライアンやジュエルが思っていたよりもスンナリと、皆に受け入れられたようだった。

初めてのノヴァのお披露目が上手く行ってホッとしたライアンとジュエルは、これから徐々に、ジュエルやライアンの友人たちもわが家に招待していくつもりでいた。ノヴァがラークの町へ出かけるのも、そう遠いことではなさそうだった。それからは毎週のように、ジュエルの仲の良かった友人や、ライアンの親しい人たちを午後のお茶に招いたりして忙しく過ごした。

最初に招かれたのは〝光る石〟ストーンと〝白い花〟フランだった。〝真っ直ぐな矢〟アローは今はフランと離れ、北の地に住んでいるということで来なかった。

ストーンは今、バザールの片隅で小さなスタンドバーを開いていて、ライルの町で大人気だった。そこで彼は、能力を使ってお茶やフルーツジュースを冷たく冷やして出していた。時には頼まれて、ワインを冷やすための小さな氷の塊を作ることもあった。しかし力がそれほど強くないストーンが氷を作ることはめったにない——温暖な気候のレノヴァでは、冷やした飲み物はとても喜ばれて、今では噂を聞いて遠くからやって来る人たちもいた。

ストーンは、ジュエルの入れたお茶を冷たく冷やして二人に振舞ってくれた。一緒に遊んでいた頃に、誰もこの便利な使い方に気が付かなかったのは驚きだった。ノヴァには林檎ジュースをほどよく冷やしてあげて、おまけに小さな氷の塊を彼女の小さな小さな手のひらに乗せた。ノヴァは冷たい透明な石に大喜びで、それがいつのまにか無くなってしまうと、ストーンにせがんでは、彼を困らせていた。

そこへ思い掛けない人が訪ねて来た。たまたまラークの町を訪れていた〝夜明けの森を駆ける青い狼〟ウルフが、クッキーの様子を見に立ち寄ってくれたのだった。彼は、尻尾を振りながらすり寄って行ったクッキーには目もくれずに、目を丸くしてノヴァを見つめていた。

ノヴァのことは、かなり人々の噂になっていたが、どうやらウルフの耳には届いていなかったらしい。彼はノヴァを紹介されると、ジュエルとノヴァをかわるがわる見比べて、納得したように頷いた。そして思い出したように、クッキーにお土産の大きな骨を差し出して、能力を使って、暫くクッキーと話をしていた。その後ウルフはお茶の席に加わると、笑いながらジュエルに言った。

「クッキーは、君とライアンのどっちがボスかと聞いていたよ」

「まあ！　それでなんて答えたの？」

「それはクッキーと僕の秘密さ」

「意地悪ね！」

「それと、もっと度々耳の後ろを掻いてくれってさ」

「分かったわ」

ジュエルはクッキーを見て、笑いながら目配せをした。二人のやり取りを聞いていたフランは、ウルフと彼の能力に興味を持ったようで、彼に質問をしたり、自分が今就いている動物の癒しの仕事の相談などをして話が弾んだ。

ノヴァにすっかり気に入られてしまった優しいストーンは、小さなプリンセスの相手で忙しかった。彼は、また氷を作りにくるとノヴァに約束させられていた。

パーティーから一ヶ月過ぎた頃には、ジュエルはバザールにノヴァを一緒に連れて行くようになっていた。ラークの町では、もうノヴァのことを知らない人はいないようだった。バザールでは珍しそうに見られることも多かったが、二人の心配をよそに、ノヴァは皆のアイドルという地位がすっかり気に入ってしまったようだった。

元々レノヴァの人々は平和を愛するので、皆ノヴァが生まれたことを不可解に思ってはいたが、ちょこちょこと歩く可愛い天使を暖かく迎え入れてくれた。ノヴァも人見知りすることも無く、愛らしい笑顔やしぐさで、いつも愛想をふりまいていた。


ノヴァがそろそろ二歳の誕生日を迎える頃、ジュエルは二人目の子供を授かったことに気づいた。ライアンはそれを気遣って、森の家への訪問はライアンの許可を得てから、ということにした。ノヴァの誕生日には、イヴやメロディーが来てくれることになっていたので、ライアンとジュエルは、その時にまた彼女たちに協力を頼むつもりでいた。いくら二度目とは言っても、二人の協力無しでは、この大仕事は成し遂げられそうになかったからだ。

——二人目の天使は、ブルースのことを思い出させるような美しい満月の夜に産まれた……小さな天使は〝金の月〟ムーンと名付けられた。


四季のはっきりしないレノヴァでも、それなりに季節はめぐり、母と子もたくましく成長していった。

今朝も、森の家の周辺では風が吹き荒れていた。満開の林檎の花びらが風に舞い、ライアンが造った子供たちの遊び場のブランコが大きく揺れて、シーソーがカタカタ鳴った。

ジュエルはノヴァを抱き上げて彼女が落ち着くのを待った。このところノヴァの機嫌が悪いことが多いせいで、時々突風が巻き起こる。ノヴァはライアンの能力も受け継いだようで、感情が乱れると風を呼んでしまうのだった。

――レノヴァで生まれた彼女は、もう能力に目覚めていた。

今朝の突風も、ジュエルがノヴァの妹の世話で忙しく構ってあげられない間に、一人で森へ散歩に出かけようとして叱られたことが原因だった。まだ四歳のノヴァは、その力を上手くコントロールできなかった。今ライアンは、彼女に風の扱い方を教えようと努力している最中だった。しかし四歳の子供にそれを教えるのは、とても大変な仕事だった。

妹の〝金の月〟ムーンも、ノヴァと同様にジュエルの能力を受け継ぎ、病気もせず、転んで小さな擦り傷を作っても直ぐに治ってしまった。ジュエルはノヴァの様子を見て、その他の能力はなるべく遅くに目覚めて欲しいと願っていた。

ムーンはジュエルに似て艶のある黒髪で、その瞳は光の加減によって青とも緑とも見える不思議な色をしていた。まるで見る時間によって色を変える森の泉のようだった。

ノヴァの前例もあるので、ムーンは生後三ヶ月ほどで皆にお披露目することができた。今では週に何度か、ジュエルは二人の子供たちを連れて町へ出かけていた。小さな姉妹がいる所には、自然に人が集まり、その愛らしさに皆の頬も緩んで笑いが絶えなかった。バザールには小さな二人のためのコーナーができたほどで、そこには、彼女たちの服や遊び道具、小物等が置かれていた。ジュエルは、バザールに行く度にそこに立ち寄って、品物があればそっくり頂いて帰った。子供たちもそれをとても楽しみにしていた。

ムーンがどうにか走れるようになると、姉妹は二人で外で遊ぶことが多くなった。遊び相手ができたノヴァは、余り母親にまとわりつくことも無くなり、突風が起こることも少なくなった。姉妹はとても仲が良く、犬のクッキーも交えて、いつも一緒に行動するようになっていった。レノヴァには同じ年頃の子供がいないので可哀相ではあったが、姉妹ができたことは大きな救いだった。ジュエルとライアンは、二人がもう少し大きくなったら、門をくぐってくる子供たちと一緒に勉強させるつもりでいた。ノヴァは少し前からライアンと〝夜のお勉強会〟を始めていて、もう字は何とか読めるようになっていた。ライアンの教え方はとてもユニークで楽しいものだったので、彼女は綿のように吸収して、どんどん呑み込んでいった。

そして驚くべきことに、側で見ていたムーンもいつの間にか覚えてしまったようだった。ジュエルの手作りの絵本を指を添えながら、たどたどしく読んでいるのを見た時、ジュエルはびっくりして自分の目を疑ったほどだった。その時ムーンは、やっと二歳になったばかりだったのだ。

その日の夜からは、ムーンとルークまで参加して、ライアンの小さな学校は毎日、子供たちが眠くなるまで続けられた。上手くいけばルークは、字の読める最初の鳥になることだろう。

ある日〝白い花〟フランが二冊の絵本を持ってやって来た。

「ムーンが字を読めるようになったって聞いたから、絵本を作って来たわよ」

そう言うと、彼女は子供たちに一冊ずつ絵本を手渡した。フランは仕事が無い日は、よく森の家を訪れて子供たちの面倒をみてくれていた。

「ライルではね、妹が一人と弟が三人もいたのよ。子供の世話は慣れているのよ」

そう言って、懐かしむように子供たちを見た。

「小さい頃読んだ絵本を思い出して描いてみたのよ、今度は私のオリジナルも作ってくるわ。絵本作りって凄く楽しいわね！　バザールに出してみようかしら」

「バザールに出しても、どっちみちここに来ることになるわよ」

「それもそうね」

二人は声をあげて笑い合った。

〝白い花〟フランは今、ジュエルの家で偶然知り合いになった、かつてのイヴの恋人ウルフと一緒に、それぞれの能力を生かして、動物たちのための病院とトレーニング機能を併せ持った施設を建てているところだった。それは二人のいる東の地と西の地の丁度境界辺りに建つ予定だった。

二人は紹介された時からとても気が合っていたようだったが、その時はこんなふうに話が進んでいくとは、ジュエルは思ってもいなかった。フランは、アローが北へ行ってしまってからずっと一人で暮らしていた。二人のことを良く知っているジュエルは、大人しくて優しいフランと、男らしく、そして少し子供っぽいところもあるウルフとは、きっと上手くいくに違いないと思った。確かウルフはイヴより少し年下だと聞いていたので、百歳を少し超えているはずだったが、二人はレノヴァではごく普通のカップルに見える。見た目は二十五歳と十八歳なのだからそれは当然のことだったが。

〝ウンディーネ〟が森の家にやって来たのは、子供たちが昼寝をしている間の、ジュエルにとっては束の間の静かなティータイムのことだった。アカシアの木陰に置かれたガーデンテーブルの上に、一羽のノアールが舞い降りた。

「コンニチハ　ワタシ　ウンディーネ　キョウカラ　ココニ　スマワセテ　イタダキマス　ヨロシク　オネガイシマス」

緑色の嘴を持ったそのノアール鳥は、どうやら雌のようで、ルークのような緑の冠羽は無かったが、キラキラ光る可愛らしい黒い目の上が、まるでアイシャドーを塗ったようにそこだけ緑色だった。

「それはどう言うこと？」

意味が分からずにジュエルが尋ねた。

その時、ルークが彼女の隣に舞い降りた。ガーデンテーブルの上を、カシャカシャと音をたてながら落ち着きなく歩き回っている。その瞳はウンディーネとジュエルの間を彷徨っていた。それを見てジュエルは思わず吹き出してしまった。まるで浮気の現場を見つかった男性のようだった。

「ルーク、これはどういうことなの、このお嬢さんはあなたのお友達なのね？」

ルークは嘴をパクパクさせていた。お喋りなルークでも言葉に詰まることがあるらしい。ジュエルは助け舟を出してあげることにした。

「可愛いお友達ね、いつ知り合ったの？」

「サッキ……」

やっとルークは立ち止まり、覚悟を決めたようにジュエルに向き直った。

「サッキ　モリデアッタンダ　スコシアソンデ　ハナシヲシタ」

そこでウンディーネが待ちきれないように喋り出した。

「ヨロシケレバ　ワタシカラ　オハナシシマス」

彼女はとても礼儀正しく、その話し方は鳥というよりも正に人間そのものだった。

「ワタシハ　ルークト　ツガイニナリタイト　オモッテイマス　シバラクココニオイテクダサイ」

ウンディーネがそう言うと、ルークは又テーブルの上を回り始めた。

「ツガイって……まあ！　そういうことだったの……」

「ハイ　ワタシハ　ソウキボウシテイマス」

その後ウンディーネは延々と喋り続けた。流石に緑の嘴のノアールだけあって、話しはとても纏《まと》まっていて分かりやすかった。時々口を挟むジュエルの質問にも、きちんとした答えが返ってきた。

彼女が言うには、二ヶ月ほど前、彼女が九歳になった時に〝人間の親〟であるレッドの許しを得て、つがいになるための花婿探しの旅に出たということだった。どうやらウンディーネは、レッドが連れて来た花婿候補を気に入らなかったらしい。彼はウンディーネに、相手が見つかったら必ず家に連れてくるように、と約束させて送り出してくれたということだった。

ウンディーネは、暫くの間ルークと一緒に暮らしてみたいということだったが、ジュエルにはもう殆ど彼女の気持ちは決まっているように思えた。後はルーク次第のようだった。

ノアール鳥は七、八歳になればもう卵を産めるのだ。ウンディーネは九歳ということなので、お相手を探したくなるのも尤もだった。ルークは十歳なので相手には丁度良いだろう。

――ルークもそんな年齢になっていたんだわ……

ジュエルはルークを子ども扱いしていて、相手探しなど考えてもいなかったので、突然のことに少し戸惑っていた。ノアールは一度つがいになると生涯共に過ごすと言われているので、相手は慎重に決めなければならない。

「それで、ルークはどうしたいの？」

やっと順番が回ってきたルークが口を開いた。

「ボクハ　モウスコシカンガエル　ウンディーネハ　カワイイコダヨ」

「そうね、ウンディーネは暫くここにいてもいいわ。大事なことだから、ふたりでよく考えて決めてちょうだい」

「アリガトウ　ゴザイマス」

ウンディーネはルークに寄り添うと、直ぐに彼の羽繕いを始めた。昼寝から目を覚ました子供たちも〝ルークのお友達〟の可愛いウンディーネに大喜びで、庭で摘んだ花や木の実をプレゼントして彼女を歓迎した。

二羽はとても仲が良く、いつも一緒で、何日かすると誰が見てもお似合いのつがいのノアールに見えた。

ルークとウンディーネが、レッドに会いに行くために南の地へと旅立った時、ジュエルは快く二羽を送り出した。帰りにはミスターヒギンスとシンシアの所にも寄って、つがいになった報告をしてくると言って、二羽のノアール鳥は仲良く飛び立って行った。

いつも一緒にいたルークがいなくなると、ジュエルは心にぽっかりと穴が開いたような寂しさを感じた。ウンディーネはよく子供たちを見ていてくれたので、とても助かってもいた。レッドとの話し合いによって、二羽がどこで暮らすことになるのか分からなかったが、ルークとウンディーネが森の家に戻ってきてくれることをジュエルは心から願っていた。

ルークとウンディーネは五日後に帰ってきた。二羽の話しによると、ミスター・ヒギンスとシンシアは卵を温めていたそうだ。一週間後にはルークの次の雛が孵《かえ》るらしい。ルークも自分に弟か妹ができるのを楽しみにしているようだった。ミスター・ヒギンスとシンシアはルークの前に三羽の雛を孵していたが、皆シンシアと同じ黄緑色の嘴で、緑の嘴はルークだけだった。

頭が良いという、緑の嘴のノアールは数が少ないといわれていた。ルークとウンディーネは両方とも緑の嘴なので、どちらに似ても緑の嘴の子が産まれる可能性が高いだろう。石の影響を受けるノアール鳥は、余り頻繁には卵を産まないようで、シンシアもルークを産んでからもう十年が経っていた。

嬉しい知らせはもう一つあった。ウンディーネとルークは森の家で暮らすことになった。レッドは、いつか彼女が卵を孵し、その雛が巣立つ時がきたら、その子を引き取りたいと申し出たようで、ルークもウンディーネも、自分たちの子供が良く知った人の所へ貰われて行くのは願ってもないことだったので、喜んで約束してきたようだ。それまではレッドの家を時々訪ねるという約束になっていた。

ミスター・ヒギンスとシンシアの卵を見たウンディーネは、自分も卵を産むのを楽しみにしていたが、ライアンの話によると、緑の嘴のノアールは、他の色より繁殖力が低くなるということなので、ジュエルはちょっと心配だった。

ジュエルが子供たちのおやつのために、ナッツ入りクッキーを焼いていると、ノヴァが目を擦りながらキッチンに入って来た。

「まあ、もう目が覚めちゃったの？　ムーンはまだ寝てる？」

「ムーンはいないの、ここにいると思ったのに……」

ジュエルは慌てて子供部屋へ向かった。その時窓から、ルークと一緒に森へ遊びに行っていたはずのウンディーネが、勢い良く飛び込んで来た。

「タイヘンヨ　ジュエル！　ムーンガ　ツレテイカレチャウ　ハヤクキテ！」

先にたって飛んで行くウンディーネを追いかけて走り出したジュエルは、振り返ってノヴァに、

「家の中にいてね、ついて来ちゃダメよ！　直ぐ戻るから」

と言うと、再びウンディーネを追いかけて走り出した。

ウンディーネは時々ジュエルを振り返り、彼女がついてくるのを確かめるとまた先を急いだ。

いくらも行かないうちに、大きな木の陰に一台のローラーが停まっているのが見えた。その側に、身をよじって腕から逃れようとするムーンを抱いた、黒っぽい服の女の姿が見えた。

女は、今まさにローラーに乗り込もうとしているところだった。ルークは何か喚きながら女の頭をつついたり、視界を遮ろうと目の前で羽ばたいたりして、懸命にその邪魔をしていた。

黒い服の女は、もがくムーンを抱いているので両手がふさがっていて、ルークの妨害でローラーに乗り込めずにいた。近づくジュエルにも気が付かないようだった。

女のところまであと数歩という所で、ムーンが気付き、

「ジュエル！」

と叫んだので、女が振り返った。彼女のムーンを抱く手に力がこもった。

ジュエルは足を止めて息を落ち着かせると、

「その子を静かに下におろしなさい」

とゆっくりと言った。黒い服の女は、一瞬、自分に何が起こったか分からずに目を見開いたが、唇を歪めながらそれに従わざるをえなかった。ジュエルはすかさず、

「そのまま動かないで、そこにじっとしていなさい」

と言うと、駆け寄ってきたムーンを優しく抱き締めた。

「ああ良かった！　心臓が止まるかと思ったわ」

そしてムーンの頬にキスをすると、肩に止まったルークをねぎらった。

「ありがとうルーク、あなたとウンディーネのお陰で助かったわ！　怪我はない？」

ルークは、その小さな身体全体で息をしているようで、目を白黒させながら、やっと、「ダイジョウブ」と答えただけだった。ウンディーネの姿は見当たらなかった。

ムーンを抱き上げて落ち着かせると、ジュエルは黒い服の女の前に立った。

「どうして、こんなことをしたの？」

女は、何とか動こうと試みているようだったが、暫くすると諦めて話し出した。

「子供が欲しかったのよ、ライアンの子が」

この人はライアンを知っているのだろうか？　勿論、彼は東の王なのだから誰もが知っているだろうが——彼女の言い方は何か彼と繋がりがあるように聞こえた。それきり黙ってしまった彼女を見ていたジュエルが口を開きかけた時、遠くを見るような目をして、彼女が静かに話し始めた。

「私だって彼の子供が欲しかったわ、できるものなら産んでみたかった——でも、ここでは無理だって諦めていたの……それなのに何で貴女だけ！　どうしてなの！　何故貴女だけに許されるの？」

彼女の顔にかかった淡い金色の髪が風に払われて、美しい顔が現れた。水に映った青空のような綺麗な瞳をしていた。

「貴女には、もう一人子供がいるじゃない！　だから、その子を貰ってもいいんじゃないかって思ったのよ……」

ムーンをその腕に取り戻し、少し落ち着いてきていたジュエルは、彼女の言い分を聞いているうちに彼女を責める気持ちが和らぎ、何とも説明がつかないような、同情にも似た気持ちが芽生えていることを感じていた……どういう訳かサンのことが頭に浮かんできた。

二人の子供を授かり、幸せでいっぱいだったはずの心に、何かが芽生え始めているのが分かった。言いたいことを口にした彼女も落ち着いてきたようだった。その真っ赤なオーラは薄れて、やがて夕焼けの空のように、青紫から段々と青に近い色に変わっていった。

二人はじっとお互いを見つめていた。しっかりとムーンを抱き締めていたジュエルの、彼女を見る目は徐々に和らいでいった。

ジュエルは出産を経験したことで、命の尊さを知り、心も大きく成長していた。サンの時のようにうろたえることも逃げることもしたくはなかった。しっかりと彼女の前に立ち、問いかけるようにじっと見つめていた。

彼女はジュエルの柔らかな虹のように輝くオーラを眩しそうに見つめていたが、暫くすると目をそらして言った。

「ごめんなさい、こんなことをしてはいけないって分かっていたのに……町であなたたちを見かけた時、たまらなくなってしまって、自分の気持ちが抑えきれなかったの……」

彼女の両の目から涙が流れ落ちた。ジュエルにも彼女の気持ちは分かるような気がした。自分が逆の立場だったとしたらと思うと、切なくなってしまった。

「貴女の気持ちは理解できるような気がするわ……でも子供は渡さない。この子は私とライアンの子だけど、レノヴァの子でもあるの。私たち、門を通ってくる子供たちと同じように、その歳になったら子供たちを誰かに預けようと思っているの。それまでは大切に、沢山愛して育てて行くの――私たちや貴女の両親がそうしてくれたように……」

ジュエルの瞳からも涙が流れていた。

「もう子供たちに手を出さないって約束してくれる？」

「ええ……約束するわ……酷いことをしてしまって本当にごめんなさい」

それを聞いたジュエルは、彼女への戒めを解いた。突然のことに彼女は、くず折れるようにローラーにもたれかかった。

「約束してくれるなら行っていいわ」

ジュエルがそう言うと、彼女は驚いたように聞いた。

「許してくれるの？」

「ええ、でもムーンに謝って。この子が許せばそれでいいわ」

彼女は髪の乱れを直し、しっかりと立った。そして、ジュエルの腕の中に納まってすっかり落ち着きを取り戻した小さな女の子に向かって言った。

「ごめんなさいムーン、貴女を恐い目にあわせてしまって……私を許してくれる？」

じっと彼女とジュエルのやり取りを聞いていたムーンは、ジュエルに何か囁いた。ジュエルはその言葉に戸惑ってどうしようかと迷っていたが、結局ムーンの好きにさせることにした。そして、ムーンをしっかりと抱いたまま彼女に近づいていった。

ムーンはローラーの前に立つ彼女に小さな手を差し伸べた。ムーンは仲直りのキスをしたいと言ったのだ。彼女は驚いた様子だったが、ムーンがその涙に濡れた頬にキスをすると、微かに微笑んで言った。

「ありがとうムーン」

その時、木々がざわめき、突然、風が吹き渡った。ジュエルはライアンが来たことを直感した。

この人はきっと彼と顔を合わせたくないに違いない――そう思って彼女に言った。

「行っていいわ」

案の定ライアンが、ローラーを急停止させて慌てて降りてくる。彼女は哀れなほど情けない顔になってしまっていた。ジュエルが頷くと、慌ててローラーに乗り込んで、

「ありがとう、本当にごめんなさい」

と言いながらローラーを発進させた。引き止めようとしたライアンの腕を掴んで、ジュエルが言った。

「いいのよ、行かせてあげて」

「いいのかい？」

「ええ、もう終わったわ」

ウンディーネが飛んで来て言った。

「ムーン　ダイジョウブ？」

「大丈夫よ！　私たち、仲直りしたの」

と言って、天使のようににっこりと微笑んだ。

ジュエルは、頼りになる利口なノアール鳥に感謝の微笑みを向けて言った。

「ウンディーネ、貴女がライアンを呼びに行ってくれたのね。ありがとう、よく気が付いたわね、偉いわ」

訳が分からずに、去って行くローラーを見つめていたライアンが、ジュエルに尋ねた。

「今のはリリーだね。どういうことなんだ。彼女がムーンを連れ去ろうとしたの？」

「ええ、そうよ……リリーっていうのね。名前を聞くのを忘れていたわ！　……やっぱり彼女を知っているのね……でもムーンは無事に取り返したわ。ルークとウンディーネのお陰で間に合ったの。本当に良かった……」

今になってジュエルは、身体が小刻みに震えてくるのが分かった。

ライアンはジュエルとムーンをまとめて抱き締めると、ムーンをジュエルから受け取って聞いた。

「何故、彼女を帰してしまったんだい」

「彼女、凄く後悔していたわ……私たち、知らないうちに彼女を傷つけていたのかも知れない……私、貴方に聞きたいことがあるの」

「リリーのことだね……家に帰ってから話そう」

その時ジュエルは、家に一人で残してきたノヴァのことを思い出した。きっと心配しているだろう。二人は慌てて家に帰った。

ローラーから降りて三人が家に入ろうとすると、裏庭から大きな骨をくわえたクッキーがおずおずと現れた。ジュエルはそれを見て、思わず天を仰ぐと呆れ顔で言った。

「まあクッキー！　あなた賄賂を受け取ったのね」

ライアンとジュエルは顔を見合わせると、ライアンは困った顔で肩をすくめ、ジュエルは額に手を当てた。

ノヴァはキッチンのテーブルの前で、黒焦げのクッキーを何とかしようと悪戦苦闘していた。竈《かま》の中のクッキーのことをすっかり忘れていたジュエルは、また額に手を当てて言った。

「あー、今日のクッキーは、どっちもダメね！」

ジュエルは駄目になったクッキーの変わりに、子供たちに小さなホットケーキを焼き、それぞれのカップにミルクを注いだ。大活躍だったルークとウンディーネには、二羽の大好きなライ麦パンをちぎって、蜂蜜をたっぷり含ませてお皿に載せてあげた。

「はいどうぞ、これは今日のごほうびよ」

そう言ってテーブルの上に置くと、ジュエルはライアンの入れてくれたハーブティーを飲みに、彼の待つ居間へ向かった——そこでリリーのことを聞くためだった。

ジュエルが溜息とともにソファーに座ってお茶を飲み始めると、ライアンがゆっくりと話しだした。

「彼女は〝風にそよぐ百合〟リリーというんだよ。僕が四十代の頃に、七年間ほど一緒に暮らしたことがあったんだ」

「まあ、そんなに長く……」

ジュエルは目を丸くしてライアンを見た。

「家庭的で優しい女性だった……僕は君がレノヴァに来る前に、四人の女性と暮らしたことがあるんだ、でもどれも短い間だった。彼女とは一番長く続いたんだ……」

ジュエルは今までライアンの女性関係をあえて聞いたことは無かったので、この際、彼の話を黙って聞くことにした。

「一緒に暮らし始めてから暫く経つと、無理とは知りながらも、リリーは子供を望むようになったんだ……僕も本で色々と調べたりもしたが、結局それは彼女の夢に終わってしまった……彼女がこんなに思いつめていたとは知らなかったよ」

ジュエルは席を立ってしまいたいような衝動に駆られたが、彼の本音が知りたかった。とても複雑な心境だった——今までの彼の八十年の人生には、きっと様々な出来事があったに違いない、とは思っていたが——質問したいことは山ほどあったが、聞いても過去は変えられないし、自分が嫉妬してしまうのが恐くて、ジュエルは黙ってお茶を啜っていた。

実は、ジュエルには他にも気になることがあった。リリーのあの思いつめた表情はサンを思い出させた。噂で聞いたところでは、彼はいまだに人との接触を避け、何処かで苦悩の日々を送っているようだった。

——彼はこれから先も長い日々を、ずっとそうして過ごさねばならないのだろうか？

リリーがムーンに許された時に見せた、あの別人のように穏やかでほっとした表情が思い浮かんできた。やがてジュエルの頭の片隅では、ある考えが芽生えていた。

次の日、子供たちは朝から元気いっぱいで、何事も無かったかのように、庭でクッキーとボール遊びをして楽しくじゃれあっていた。昨日のクッキーのことを責める訳にはいかなかった。彼を調教したウルフも、まさかレノヴァでこのようなことが起こるとは思わず、人を警戒するようには教えていなかったはずだ。クッキーは小犬の頃から人に牙を向けてはいけないと教えられてきた。身体は大きいが、優しくて人懐こいクッキーは、子供たちの弟のようでも兄のようでもあったのだ。

昨日の事件でも活躍した、利口でしっかりとしたウンディーネがルークの所へ来てくれて、ライアンとジュエルはとても助かっていた。彼女はまるで小さなナニーのように、ルークと一緒にやんちゃな子供たちの監督を引き受けてくれていた。子供たちが昼寝をしている間が、ルークとウンディーネの貴重なデートの時間だった。クレソンの茂みの中に有る小さな泉で水を飲み、お腹が空いたらブルーベリーやラズベリーを食べたり花の蜜を飲んだ。いつも森を飛び回っている二羽は、もう囁きの森のことは熟知していた。ルークは気持ち良いそよ風に乗るように、ウンディーネのペースに乗っていて幸せそうだった。ノアール鳥は相手を選ぶ時はとても慎重だが、選んだ相手とは、ミスター・ヒギンスとシンシアのように、生涯一緒にいることが多いと言われている。ルークとウンディーネもきっとそうなるのだろう――ジュエルはウンディーネの希望通り、二羽のノアールが、いつか卵を孵す日がくるのが楽しみだった。きっとその子はとても可愛くて利口な、緑の嘴のノアールに違いないと思った。

ミスター・ヒギンスとシンシアの子は、五ヶ月ほど前にサリーを亡くしたメロディーと暮らすことになった。メロディーは緑の嘴の利口そうなその子を、家に来る前から〝マリアン〟と名付けていた。彼女が上手に飛べるようになったら、ミスター・ヒギンスとシンシアに、自分の家に送り届けてもらうことになっていた。ノアール鳥の雛の行き先を決める時は、親鳥の同意が必要だったから、メロディーはシンシアとミスター・ヒギンスにも気に入られていたようだ。マリアンが巣立つのはもう間もなくのことだろう。

数日後、緑の要塞の中の、香りの良い花々に溢れた庭で、やんちゃな天使たちは、クッキーと二羽のノアールと一緒に仲良く遊んでいた。今日はノヴァが先生になって、ベンチ代わりの丸太の上で小さな学校が開かれていた。

「さあ皆さん、今日は積み木を使って綴りの練習をしましょう。競争よ、一番早く自分の名前が作れた人の勝ちよ」

ノヴァが言った。

「駄目よノヴァ、Oは三つしか無いのよ。それじゃ私とルークは綴りができないじゃないの。それにウンディーネの綴りは、私たちの倍もあるのよ、不公平だわ」

年下とは思えないムーンの鋭い指摘に、いつものことだがノヴァは反撃できずにいた。ノヴァは七歳になっていた。ライアンは、彼女をそろそろ図書館の勉強会に参加させることを考えていた。

その年、門を通ってレノヴァに来た子供たちは、たった二十四人しかいなかった。その内、ここ東の地、ラークの町の図書館で勉強を始める子供は七人だった。（ノヴァはまだ七歳だったが、もうライアンの書斎に有るかなり難しい本も読めるようになっていたので、図書館での勉強会にも何とかついて行けるだろう。少し年上にはなるが、友達もできるかも知れない）そう考えてライアンとジュエルは、ノヴァを送り出すことにしたのだが……

勉強会初日の朝、何とムーンまでしっかりと身支度を整えて起きてきた。小さな腕には勉強道具を入れたバックを抱えている。

「私もノヴァと一緒に行くわ！」

ブルーグリーンの瞳を輝かせてきっぱりと言い放った。

「お勉強したいの！」

彼女の決心は固いようだった。ムーンは、にこやかでおっとりとしたノヴァに比べると、行動的で自分の意見をはっきりと言う子だった。おまけに少々頑固なところもあって、聞き分けの良いノヴァと違い、彼女を説得するのはいつも一苦労だった。

結局、親の方が折れて、ムーンはノヴァと一緒に図書館へ行くことになった。ジュエルは喜びに目を輝かせているムーンに言った。

「ノヴァの言うことを良く聞いてね、皆の勉強の邪魔をしちゃ駄目よ。先生が貴女を受け入れてくれなければ、明日からは一緒に行くことはできませんからね」

「分かったわジュエル。おりこうにしてるって約束するわ」

と彼女は、神妙な顔で言った。

ライアンとジュエルは子供たちに〝パパ〟と〝ママ〟とは呼ばせずに名前で呼ばせていた。それは、子供を持てないレノヴァの人々に配慮してのことだった。

〝金の月〟ムーンの父親であるライアンは、鼻歌を歌い、妙に機嫌が良かった。彼は誰にも言わなかったが、ムーンの将来がほんの少しではあるが見えていたのだ。芯の強いこの小さな女の子を育てることが、楽しくてしかたなかった。

「さあ、早く乗ってちょうだい。忘れ物はないわね？」

「大丈夫よジュエル。行って来まーす！」

「アイビーとリバーには僕がちゃんと頼んでおくから。子供たちのことは心配しないで、久しぶりに君はゆっくりすればいいよ」

ライアンはそう言って、事務所に行く前に子供たちを送って行くことを引き受けてくれたが、ジュエルはムーンまで行かせてしまったことが気になって、ゆっくりするどころではなかった。子供たちがいない家の中は、宝石の取れてしまった指輪のように、つまらない所になってしまっていた。今日は初日なので午前中だけという約束だったのだが、お昼までにはまだ一時間もあった。つい何度も時計に目をやってしまい、気が付くと冷めたローズヒップティーのカップを手にしていたジュエルは、とうとう待ちきれずに、二人の様子を見に行くことに決めた。森から帰って来たルークとウンディーネに留守を頼み、ジュエルはいそいそとローラーに乗り込んだ。

二階の開け放たれたドアからそっと中を覗いたジュエルは、暫くの間、窓際に並べられたテーブルの前に座った子供たちの背中を見ていた。家にいる時とは違い、ノヴァの方がそわそわと落ち着きが無いようで、ムーンはやけに大人しく、大きな本を前にして、ゆっくりとページをめくっていた。

心配そうに覗いているジュエルに気が付いた〝緑の蔦《つた》〟アイビーが、そっと近づいて来てくれた。

「心配しなくても大丈夫よ。二人ともとても良い子にしていたわよ。特にムーンには驚いたわ、貴女が初めてここに来た時みたいに、何時間も熱心に本を読んでいるの。そして時々、内容を理解していないとできないような鋭い質問をするのよ。四歳とは思えないわ——きっとあの子は天才よ！」

アイビーはすっかりムーンを気に入ってしまったようだった。

「こんなに小さな子を相手にしたことはなかったので、教えるのがとても楽しみだわ。彼女にその気があるのなら、ぜひ明日からも連れてくるといいわ」

と言ってくれた。無邪気な二人が一緒だと場も和んで、皆の緊張も解けるし、小さな子に負けじと、かえって他の子供たちの勉強もはかどるらしい。

ここでは普通の学校と違い、銘々興味のあることを学ぶので、〝緑の蔦〟アイビーと〝小川のせせらぎ〟リバーは、子供たちにアドバイスをしたり質問に答えるだけで、机の前に座っている時間も自由だった。小さいノヴァとムーンであっても自分のペースで学べるのだ。

アイビーの言葉にジュエルは喜んで、ムーンを通わせることにした。ちょっと鼻が高かったジュエルは早速ライアンに報告しようと、子供たちを連れて彼の事務所に寄って行くことにした。

ライアンは丁度昼食をとりに出るところだったので、四人は連れ立ってライアンのローラーに乗り込むと、町のレストランへ向かった。二人の間で縮こまっている子供たちを見て、ライアンが言った。

「そろそろ四人乗りのローラーを注文しないといけないな。子供たちがもう少し大きくなったら、とても四人では乗れそうもないよ」

レノヴァでは殆どの住人が個人かカップルで行動するので、今までは二人乗りのローラーしか作られていなかったのだが、ライアンは家族で行動することを考えて、特別に造ってもらうつもりでいるらしい。


食事をしながら、ノヴァとムーンは我先に初めての勉強会のことを話し始めた。ムーンは図書館での大人びて真面目くさった表情とは打って変わって、本来の年齢の姿に戻ってはしゃいでいた。ノヴァはにこやかに周りの挨拶に答え、一人前のレディーのように振舞っていた。ライアンは嬉しそうに、二人の話しを時々頷きながら聞いていた。

やっとジュエルの順番が回ってきた時には、もう食事も殆ど終わっていた。ライアンにアイビーとのやりとりを伝えると、彼は称賛の目でムーンを見つめながら、ジュエルの選択に賛成した。

「アイビーとリバーには僕からもよく頼んでおくことにしよう。子供たちに及ぶかもしれない様々な危険のことも話しておかなくちゃいけないな」

ライアンは内心では、子供たちが自分やジュエルの目の届かない所にいることに対して、少し不安があったが、二人をいつまでも家に閉じ込めている訳にいかないこともわかっていた。

——二人のためにも、思い切って外に出さなければならない。ただそれが思っていたよりも少し早くなっただけだ

と自分に言い聞かせた。

事務所に戻ると、ジュエルは子供たちを連れて、ライアンとはじめて二人で住んだ家に寄ってみることにした。中庭に続くアーチ形の門を潜ると、そこには以前のままの美しく手入れされた庭が有った。一瞬時間が戻ったように、ジュエルは子供たちのことも忘れ、初めてこの門を潜った時のことを思い出していた。

ライアンはまだこの家を手放さず、今は仕事で東の地を訪れる人たちのために、この家を開放していた。いつでも宿泊できるように、きちんと手入れされている。以前と変わらぬ居間のソファーで食後のお茶を楽しみながら、子供たちにライアンの名付け子になったばかりの頃の話を聞かせていると、ジュエルは、あの頃はライアンとの間に子供が生まれることなど想像もしていなかったと思って可笑しかった。

「帰りにはバザールに寄って行きましょう。あなたたちのコーナーに何か置いてあるかもしれな

いわよ」

と、ジュエルが微笑みながら子供たちに言った。字が書けるようになったノヴァとムーンは、二人のためのコーナーに、お礼の言葉を書いた小さな立て札を立てておいてあった。それが又可愛くて、通りかかる人たちはそれを見て皆立ち止まっては微笑みあっていた。

ラークの町ではもう、小さな二人の子供たちがいることが当たり前のように受け入れられていた。


「ジュエル　コノカゴヲ　モラッテモ　イイカナ？」

家に帰ると、窓辺に置かれていた籠にすっぽりと収まったルークが、それを嘴でトントンとつつきながら言った。

「いいわよ。でも、それをどうするの？」

「巣を作るのに決まってるじゃないの。そうよね、ルーク？」

ムーンが瞳を輝かせて、嬉しそうに言った。

「まあ！　そうなのルーク？　ウンディーネが卵を産むのね！」

「ソウデス　モウスコシシタラ　ウマレルト　オモイマス」

いつの間に飛んで来たのか、ウンディーネがジュエルの肩にそっと止まって言った。

「おめでとう、ウンディーネ！　ついに念願が叶ったわね！」

ジュエルは嬉しさの余り涙ぐんでいた。

「良い子が産めるように私も協力するわ、何か他に欲しい物はある？」

二人の子育てにとても協力的なノアールたちに感謝していたジュエルは、お返しに今度は自分ができるだけのことをするつもりだった。

ウンディーネが嬉しそうに言った。

「カゴニイレル　ヤワラカイヌノト　シズカナバショガ　ホシイデス」

「分かったわ、何処にしようかしら……ノヴァとムーンも手伝って頂戴」

三人はそれぞれ自分たちの持ち物の中から適当な布を持ち寄って、ウンディーネに選んでもらうことにした。

「コレガ　イイデス」

彼女はノヴァのピンクのスカーフが気に入ったようだ。ジュエルはその下に座り心地が良いように、ムーンが赤ちゃんの時に使っていた小さな枕を入れた。場所は、ウンディーネも気に入った二階の客間のローチェストの上に決まった。二羽がいつでも交代で散歩に出られるように、窓は半分開けておくことにする。

森の家の住人は、覗きに行きたくなるのを何度もぐっと堪えて、ルークの知らせを待っていた。大きな物音をたてないように気を使い、目が合うと、お互いに期待を込めて微笑みあった。ジュエルは、ノヴァとムーンが産まれる時のライアンの気持ちが分かったような気がしていた。クッキーには大きな骨が与えられた。彼は尻尾を振りながら、それをくわえて裏庭へと向かった。

次の日の午後、キッチンにいたジュエルの元へルークが報告に来た。

「タマゴガ　ウマレタヨ！」

「まあ、おめでとうルーク！　貴方もいよいよパパになったのね。凄いじゃないの！　ウンディーネはどうしてる？」

「タマゴヲ　アタタメテルヨ　ボクハ　アトデコウタイスル」

そう言って、得意げにピンと立っていた冠羽を綺麗にたたむと、ルークは力強く羽ばたいて外へ飛んで行った。

様子を見に行きたかったジュエルは階段の途中で思い直し、後でルークと交代したウンディーネが降りてくるのを待つことにした。

「ねえウンディーネ、後で貴女がルークと交代する時に、卵を見せてもらいに行っても良いかしら？」

食事をしにキッチンにやって来た母鳥に、ジュエルが聞いた。

「ハイ　ムーントノヴァニモ　ヤクソクシマシタ　イッショニ　キテクダサイ」

ルークの柔らかな羽毛の下から、小さな黒い斑点が有る美しい緑色の卵が現れた。彼がゆっくりと籠から離れると、もう一つの二回りほど小さな卵が顔を覗かせた。皆は思わず歓声を上げた。

「二つも有るわよ！」

「凄いわ！　ウンディーネ、ノアールが二つも卵を産めるなんて知らなかったわ」

「ごく稀に、そういうことがあるって本に書いてあったわ」

ムーンが嬉しそうに言った。

「コノタマゴハ　チイサイノデ　チャントカエルカ　シンパイデス」

ウンディーネは優しく卵の上に腰を下ろすと、小さな声で呟いた。

「大丈夫よ、艶の有る卵は元気が良いって書いてあったもの！　きっと可愛い子が産まれるわ」

ムーンがウンディーネを元気付けるように言った。

「アリガトウ　ムーン」

ウンディーネの瞳が輝いた。

「良く調べたわねムーン、偉いわ」

「ジュエルの本に書いてあったの」

そういえばブルースから貰った本は、ノアール鳥について書かれた本だったことをジュエルは思い出した。

「忘れてたわ……私も、もう一度読んで勉強しなくちゃ」

ジュエルはムーンに驚きの眼差しを向けると、微笑んでそっと呟いた。


——二週間後、まず大きい方の卵が孵り、その二日後に、やっと小さな卵が孵った。

卵から顔を出した雛は、まだ羽も生えておらず丸裸で、その緑の嘴がやけに大きく目立っていた。お世辞にも可愛いとは言えなかったが、二羽の親鳥にはこの上も無く可愛らしく見えているようだった。暫くすると目の上に薄い緑の羽毛が生え始め、大きい子が女の子であることが分かった。

――五年後

ジュエルは母親としての強さと優しさも加わったためか、よりいっそう美しさが増し、相変わらず十代のままの身体を保っていた。今年で三十一歳の誕生日を迎える彼女の身体は、レノヴァでは、やっと二十歳になったばかりだった。

〝夜明けの星〟ノヴァは十二歳〝金の月〟ムーンは九歳になっていた。ムーンの後には子供は産まれていなかった。

十二歳にしてもう、その美しさが評判になるほどの美少女になっていたノヴァは、ライアンの心配の種だった。ムーンもジュエルに似て、とても可愛らしい子供だったが、その頭の良さが際立っているせいで、可愛らしさが霞んで見えるほどだった。驚くべきことに、ムーンは微かに金色のオーラが表れ始めていた。何れ彼女に、はっきりとした金のオーラが表れたら、レノヴァ史上初の女性王の誕生ということになりそうだった。もちろんそれは、少なくとも何十年も先のことになるだろうが――今の彼女のオーラはその時の気分に合わせたように、たえず変化していた。

ノヴァのオーラはピンクがかった紫で、ライアンを女性にしたような美しい顔だちに合った、柔らかな光を放っていた。大人びた彼女がジュエルと一緒に歩いていると、二人はどう見ても親子というよりは、姉妹のようにしか見えなかった。

ライアンとジュエルは以前から二人で決めていたように、今年、門を通って来た子供たちと同じようにノヴァを里子に出すつもりでいた。しかしそれはどこでも良いわけではなく、ジュエルから受け継いだ彼女の能力のことを知る、信頼できる相手でなければならなかった。以前から了解を得ていたウィンドとイヴは大喜びで引き受けてくれ、ノヴァも大好きな二人の所へ行くことを楽しみにしていた。ノヴァの風を操る力は、〝風〟の名を持つウィンドに対しても通用するのかと思うほど、彼は彼女が赤ちゃんの頃からノヴァにメロメロだった。

ノヴァは、ライアンの手ほどきのお陰で、もう上手に風を操れるようになっていた。気がかりなのはムーンの方で、彼女は相変わらず何でも姉と同じにやりたがり、とうとう自分も里子に出ると言い出した。そうと決めたら、けっして意思を変えない彼女を知っている両親は、結局諦めてメロディーに頼むことにした。

ウィンドとイヴ以外には、メロディーしか彼女の秘密を知っている者がいなかったこともあるが、彼女の所へ行けば、もしかしたらムーンの頑固な性格も変わるのではないか——という期待があったことも確かだった。

そしてムーンのもう一つの能力、ジュエルと同じ〝言葉の力〟があることも、親元を離す決心をさせた理由の一つだった。その能力があれば、自分の身は守れるだろうと思われた。それにメロディーの所にはルークの妹にあたるマリアンもいる。

もう五歳になっていたノアール鳥〝プルート〟も、パートナーのムーンと一緒に行くことになった。ルークとウンディーネの子のうち、大きな卵から生まれた女の子は約束通りに、巣立ちの時を迎えるとレッドの元に行ってしまった。緑の嘴の賢い美鳥になった彼女は〝グレース〟と名付けられて、今は南の地で幸せに暮らしている。

小さい方の卵から孵ったプルートは、身体が小さく、心配した両親は手放さずに、暫くは手元で育てることにしたのだ。プルートはムーンとても仲が良くなって、今では二人はお互い離れられないパートナーだった。プルートは身体は小さかったが、頭だけは他のノアール鳥の子と変わらないか、むしろ大きいくらいだったので、その姿は、ちょっと見たところでは小さな梟《ふくろう》のように見えた。彼の嘴は勿論、皆の期待通り鮮やかな緑色だった。

ムーンとプルート、どちらにとっても初めて親元を離れて暮らすことになるのだが、お互いの両親の心配をよそに、彼らは楽しそうに荷造りを始めていた。

ノヴァのトランクの中には、可愛らしい小物やお気に入りの服が綺麗にたたまれて入れられていた。一番上には、今でも毎日一緒に眠っている、彼女が産まれた時にウィンドから貰ったクマとウサギの縫いぐるみが、――もう何度も若返りの手術をした後は残っていたが――入っていた。

ムーンのトランクには、彼女が小さい頃から大切にしている青いオカリナと、普通の子なら押し花の重しにしか使いそうもないぶ厚い本ばかりが、ぎっしり詰め込まれていた。

イヴが待ちかねてノヴァを迎えに来てくれた。次の日、二人は南の地へと――そしてムーンはライアンが、西の地のメロディーの元へと送って行った。

二粒の宝石が外れた森の家は、今夜はひっそりと静まりかえり、暖炉の灯りだけが、もう一つの月のように、静かな囁きの森にほんのりと浮かんでいた。

その暖炉の灯を見つめながらジュエルは、今までずっと心の片隅で気にかかっていたことを実行する時がきたことを悟っていた。子供たちが自分の手を離れたこの機会にこそ、思い切って実行しなければならなかった——そうしなければ自分もサンも救われない——そう思っていた。

——私が彼の運命を狂わせてしまった……私がレノヴァへ来なければ、きっと彼は今でも西の王として立派にその務めを果たしているはずだった……それが今では輝く金のオーラも消えうせ、世捨て人のようにひっそりと暮らしている……

それはジュエルのせいばかりではないかも知れないが、これから先の、まだ何百年も残されているであろう彼の人生を、このまま見ないふりをして過ごすことはジュエルには耐えられなかった。今の自分の幸せが人の不幸の上に成り立っているようで、どうしても納得がいかなかったのだ。サンのことを考える度にその気持ちは少しずつ大きくなっていた。

子供たちも巣立った今、ライアンの留守の間は一人でここにいるということになれば、嫌でも考えてしまうだろう——ジュエルは、これから先の長い人生を、このまま重荷を背負って生きて行きたくは無かった。ライアンが戻ったら自分の決心を話すつもりでいた。

——こんな時ブルースがいてくれたら、どんなに良かっただろう……

一人で森の草原へ来たのは久しぶりのことだった。ルークとウンディーネもプルートを送って、ライアンと共に西の地へ行ってしまっている。ジュエルの足は、いつの間にか草原へと向かっていた。

目を閉じて風にサワサワとそよぐ草の音を聞いていると、自分がこの世界に唯一人生き残ってしまった人間のように思えて恐くなった。

やがてジュエルは、大地の鼓動のように遠くから規則正しく近づいてくる足音に気付き、瞳を開いた。

「やっぱりここにいたんだね」

「ライアン！　お帰りなさい……メロディーは元気だった？」

「ああ変わりは無いよ。ムーンもプルートも彼女のお陰で、すっかりリラックスしていたよ。ルークとウンディーネは、二羽であちこち寄り道をしながら、ゆっくり帰ってくるってさ。そろそろ日が沈むよ。どうする、もう家に帰る？」

「ええ、聞いて欲しいことがあるの……歩きながら話すわ……」

ジュエルはライアンの差し出した手を取ると、先ほどの寂しさを埋めるように、彼にもたれかかるようにして歩き出した。そして空を仰ぐと振り絞るように言った。

「一年間、私の自由にさせて欲しいの……」


ジュエルの心の内を黙って静かに聴いていたライアンは、家に入ると窓辺に立ち、じっと外を見つめていた。その背をジュエルは黙って見つめていた。暫くして彼は、窓辺から離れると彼女の前に立ち、問いかけるように見開かれたジュエルの大きな緑の瞳を見つめて言った。

「約束してくれないか、何があっても、どういう結果が出ても、一年後には必ずここに戻ってくると……僕の腕の中に帰って来てくれると……」

彼の煙るような灰色の瞳を覗いた時に、ジュエルは悟っていた。彼が何かを予知したことを——しかしジュエルが彼にそれを聞くことはなかった。ブルースの言葉がよみがえり、喉から出掛かった言葉を飲み込むと、かすれた声で言った。

「分かったわ、約束する。一年後には必ずここに帰ってくるわ……その時、貴方は私を受け入れてくれる？　何があっても……」

「約束するよ。何があっても、きっと」


旅立ちの朝は美しい虹が見送ってくれた。彼女は、にっこりと微笑んでライアンを振り返った。彼がウィンクで答えた。ジュエルの荷物はトランク一つだけだった。ライアンがそれをローラーに運ぶと、二人は結婚を決めた時のように、暫くはじっと抱き合っていた。


ルークとウンディーネには手紙を書いて置いてきてあった。二羽とも簡単な単語は何とか読めるようになっていたのだ。分からないところはライアンが助けてくれるだろう。

目的地は南の地。バザールで時々彼を見かけるという噂だけを頼りに、彼が以前住んでいたという海辺の家に向かっている。

ジュエルには、そこにサンが住んでいるかどうかさえ分からなかった。何しろ彼はテレポートで何処へでも飛んで行けるのだから、探すのは雲を捕まえるようなものだった。しかし、他に当てがある訳でもなかった。

「探し出すだけでも一年かかってしまうかも知れないわ……」

ジュエルは、そう呟くと、小さな溜息を漏らした。

海辺と言っても、レノヴァの周囲はぐるりと切り立った崖になっているために、そこから直接、海が見える訳ではなかった。岩に砕ける波の音でそれと分かるだけで、崖下を覗き込まなければ海は見えない。それも島の周囲を覆う深い霧が薄れた時に限られた。霧の中を崖に沿って歩くことはとても危険なことだった。

〝森の木漏れ日〟サンの家は、海辺といっても微かに波の音が届くほどの、崖からは少し離れた所に建っていた。それでも島を覆う霧は、うっすらとその家を包んでいた。家の前で表札を確かめると、ジュエルは声をかけようかどうか暫く迷った後、思い切ってノックをした。三度目のノックの後に、躊躇いながらノブに手をかけると、やはり思った通り鍵はかかっていなかった。

――レノヴァでは普段は鍵をかける習慣は無い――声をかけてみたが返事はなかった。

他に当てもないジュエルは、悪いとは思いながらも、そっと中に入った。――何か彼の行方の手掛かりが見つかるかもしれない――彼を探しに来たはずだったのに、いないことに何故かほっとしている自分が腹立たしかった。何とか彼に会って話をしなければならないとは思っていたが、サンに会ってみなければ、それからどうするのか、自分の考えさえまとまっていなかった。

――これは予想していたことだわ。こんなことで諦める訳にはいかない。何か手掛かりがあるはずよ……

日は、もう沈みかけている。直ぐに暗くなってしまうだろう。ジュエルはランプに灯をともした。もう家の中は、ランプの灯りに頼らなければならないほど暗くなってしまっていた。

——今夜はここに泊めてもらおう——ジュエルはそう決めると、ゆっくりと部屋の中を見回した。とりあえずお茶を入れようと、キッチンの竈に火を点ける。灰はまだ柔らかかった。最近火を焚いたに違いない——サンは何処かへ出かけているだけなのだろうか……

寝室は二つ有った。一つは使われた形跡があり、もう一つはモスグリーンのベッドカバーが掛けられて、きちんと整えられていた。——ここを使わせてもらおう——トランクを部屋に運び入れるとキッチンへ向かった。お茶を飲みながら、今晩の食材になりそうな物を探す。隅に置かれた籠の中には、玉ねぎとジャガイモが幾つか、棚の上にはビンに入った蜂蜜と麻袋に入った二種類の豆が有った。真ん中の棚には調味料も揃っており、棚の一番下には小麦粉とレーズンが、テーブルの上には二つの林檎が置かれていた。

——少し前まで彼はここに居たに違いないわ、もしかしたら近いうちに帰ってくるかも知れない……

豆のスープとパンケーキに蜂蜜をかけて質素な夕食を済ませたジュエルは、他人の家で勝手に料理までしていることにちょっと気が咎めたが、他に当てが無いのだからしかたがない。

——暫くはここに留まるしかなさそうね。明日はバザールへ行って、当分の間必要な食材を貰ってこよう。この家は空き家ではないわ。何となく人の気配が残っている。きっと彼はここに戻ってくるわ……

ジュエルは、なるべくなら自分の第二の能力である、言葉による束縛の力は使いたくはなかったので、サンが落ちついて話を聞いてくれるほどの穏やかな気持ちでいてくれることを願っていた。

——彼も、かつては王であったほどの人なのだから、きっと落ち着いて話せば分かり合えるはずよ——でも、この能力に感謝しなくちゃならないわ、私にこの力がなければ、こんな思い切ったことはできなかったもの。それにライアンだって、きっと許してくれなかったに違いないわ……

その夜ジュエルは、慣れないベッドで何度も寝返りをうちながら、あれこれとこれからのことに考えを巡らせていた。微かに聞こえる心地良いはずの波の音も、今日は何故か心をかき乱し、彼女を落ち着かない気持ちにさせていた。

朝の光に目覚め窓を開けると、相変わらず霧は深く、波の音だけが微かに聞こえていた。こんな島の外れにもかかわらず水脈は通っているようで、バスルームのコックを捻ると生暖かい湯が流れ出てきた。ジュエルはゆっくりと湯に浸かり、人の家にもかかわらず、自分が穏やかで寛いだ気分でいることを感じていた。

この家の内装は、どの部屋も優しいクリーム色に塗られ、家具は古い物だったが趣味が良く、艶のある丸みを帯びた物が多かった。窓枠には彫刻が施されており、居間には壁のあちこちに小さな棚が付けられて、その全てに小さなランプが置かれていた。全部灯したら、とても明るい部屋になることだろう。部屋をぐるりと見回すと、昨夜は気づかなかったが、西側の壁に見覚えのある絵が掛けられていた。サインを確かめると、やはりメロディーの絵であることが分かった。ジュエルは嬉しい驚きを感じて暫くその絵を見つめていた。

一週間前にバザールで貰ってきた食料も尽きようとしていた。自分がいない間に彼が家に立ち寄って、そのまま何処かへ行ってしまう恐れがあるので、余り家を空けたくは無かったジュエルは、バザールへ行くことさえ躊躇っていた。

一人きりで家に閉じこもっていると、――もしかしたらサンはもうこの家に帰って来ないのではないか……そんな不安な気持ちにジュエルは度々おそわれていた。

その日は崖の周りの霧も薄く、霧の隙間から朝日に輝く青い海が見えた。初めて崖の縁まで行ってみたジュエルは、持ってきたスケッチブックに絵を描き始めた。

――焦ってもしかたがない、のんびりと休暇を楽しむつもりでいよう。彼は必ず帰ってくるわ、他に探す当てもないんだし――

煌く海を眺めていると希望がわいてきて、ジュエルの頭にかかっていた霧も晴れていくようだった。

海の色が金色に輝く頃、家に入ろうとしたジュエルは、家の周りに沢山の百合の芽が出ていることに気が付いた。それはまだ親指ほどの高さしか無かったが、力強く地面から顔を出した小さな芽は、空に向かって真っ直ぐに伸びていた。

——彼が植えたのかしら？　きっと何年も経って、これほどの数に増えたんだわ、全ての花が開いたら、ここはきっと百合の香りでむせかえるようでしょうね——

そう思えるほどに小さな百合の芽は、手入れされていない丈の低い草に覆われた家の周囲一面を覆うように広がっていた。

ジュエルは微笑んでいた。この家が好きになり始めていた。もしかするとメロディーの絵を見つけた時から、この家を気に入ってしまっていたのかも知れない。綺麗に掃除をしたり、家具を磨いたりしているうちに、愛着さえ湧いてきたほどだった。

——百合の花が咲くまではここで待ってみよう……

定期的にバザールへ行って、目立たないように食料を調達してくると、シーツを洗い、床を磨いた。何もしていないと、つい子供たちやライアンのことを考えてしまうので、なるべく身体を動かすようにしていたのだ。

ジュエルがふと気づくと、いつの間にか百合の芽は手のひらほどの高さにまで伸びていた。

——ここへ来てから、もう一ヶ月も経ってしまうんだわ……

いつもの日課になってしまっていた朝の散歩からジュエルが帰ると、家の中に人影が見えた。

半分開けたドアから、その人をじっと見つめていたが、ジュエルには誰なのか分からなかった。

居間の中央に立って、まるで猫が二本足で立っているのを見たような目で自分を見つめている男は、頬髯を生やし、髪は不揃いに長く伸ばして無雑作に束ねていた。服は黒ずくめで、周りを黒っぽいオーラが渦巻いていた。

そのオーラを見た時、ジュエルは彼がサンであることに気づいた。

彼は余りの意外さに声も無く、暫くの間、じっとジュエルを見つめていた。

「何故、君がここにいるんだ……？」

急にサンが怒ったように言った。そして花が飾られ、美しく整えられた部屋を見回すと、

「君がやったのか？」

と聞いた。

「ええ……ごめんなさい、黙って入ってしまって……貴方がいなかったから、ここで暫く待たせてもらっていたの」

彼は、今度はまるで猫が笑ったのを見た時のような顔をした。

「出て行ってくれ！　二度とここへは近づくな。君は自分の居るべき場所にいろ！」

その声の冷たさにジュエルは思わず身震いした。しかし彼女の決意は固かった。ジュエルはその大きな緑の瞳を真っ直ぐにサンに向けて、じっと見つめて言った。

「貴方と話をするために来たの。暫くここに置いてちょうだい」

「何故俺に近づく——あざ笑いに来たのか？　確かに私は君に酷いことをした。しかし十分にその制裁は受けている——さっさと帰るんだな、また酷いことをされないうちに」

ジュエルの胸の鼓動が速くなった。頬に赤みがさしてくる。サンは思わず目を逸らした。彼女

は前にも増して美しくなっていた。黒髪は霧に濡れてしっとりと輝き、エメラルドの瞳は決意に燃えてキラキラと光っていた。綺麗に並んだ真珠のような歯の間から流れ出る声は、以前より丸みをおびて柔らかく胸に響いた。ジュエルが部屋に入って来ただけで、この部屋の空気までもが変わってしまったようだった。そして、そのオーラは今の彼には眩しすぎた。彼女はまるで、地獄に落ちた自分を救いに来てくれた女神のようにひかり輝いていた。一瞬、自分が彼女の前にひざまづいてしまうのかと思ったほどだった。

「帰らないわ。貴方を助けたいのよ」

「俺がこうなったのも、全ては自らが招いた結果だ。君が気に病む必要はない。分かったら帰ってくれ」

「いいえ、帰れないわ……貴方はこの先もずっと、こんな暮らしを続けるつもりなの？」

「俺が下水から這い出てきた鼠のように、建物の陰を選んで這い回っていようと君には関係のないことだ……君がここに来ていることをライアンは知っているのか？」

「ええ、彼は、一年間は私の好きにしていいって言ってくれたわ。もう一ヶ月も経ってしまったけれど……」

サンは驚き目を見張った。

——この女は何を考えているんだ、何故今になって俺に関わる……俺を救ってくれるだと、頭がおかしくなったんじゃないのか……

「暫くここに居てもいいかしら？」

「勝手にしろ！　俺はもうここへは戻らない」

——彼はテレポートするつもりだ。

「待って！　行かないで！　お願い、私の話を聞いて頂戴」

振り返ったサンに、ジュエルは、すがるように言った。

「お願い、私を救って欲しいの——貴方が私のせいで、こんな世捨て人のような生活をしていることが耐えられないのよ！」

「君のせいじゃない、これは自分の蒔いた種だ……帰れ！」

——サンの姿が消えた。この日のために、二ヶ月近くも待っていたというのに……彼は、また何処かへ行ってしまった。


ジュエルは潮騒の音を聞きながら何日も、置き忘れられた玩具のようにぼうっとして過ごした。ジュエルは自分でも馬鹿なことをしているのは分かっていた。子供たちやライアンと離れて、こんな所に一人でいられることが自分でも不思議だった。しかし、どうしても心の片隅の靄を消さなければ、心の底から笑うことはできなかったのだ。

本当はサンを救うためではなく、自分を救うために来たのではないか、と思い始めていた——もしかしたらライアンにはそれが分かっていたのではないかしら——そんな気もした。

彼女にはサンを探す当てもなかった。サンはテレポートで何処へでも行ける。この家に帰って来ないのだとしたら、もう会える見込みはなかった。ふと気づくと食べ物が底をついていた。気力を出すためにも何か食べなくてはならない。ジュエルはバザールへと向かった。

バザールの片隅の目立たない所にローラーを停めたジュエルは、建物から出てきたイヴとノヴァを、目を丸くして見つめた。彼女たちはローラーの中のジュエルには全く気づかずに、楽しそうにお喋りをしながら通り過ぎて行った。

──考えに入れておくべきだったわ、ここは南の地だもの、あの子たちがいつ来てもおかしくはないわ。むしろ今まで会わなかった方が不思議ね……

声をかけずに、ただ二人を見送っていたジュエルは、別に悪いことをしている訳でもないのに、二人に気付かれなかったことにほっとしていた。今は彼女たちには会いたくなかった。誰かと話をしたら気持ちが挫けてしまいそうで恐かったのだ。持って来た手提げ籠に適当に食料を入れると、急いでローラーに乗り込んだ。

家の周りの百合はいつのまにか膝丈を超えて、先のとがった葉が生い茂っていた。

──これからどうしたら良いのだろう、私にはもう何もできないのかしら──彼を能力を使ってでも引き止めておくべきだったのかしら──いいえ、そんなことをしたら彼はきっと心を閉ざしてしまっただろう。彼を今よりも酷い状況に追い込んでしまったに違いないわ……

なす術も見つからないままに、淡々と時だけが過ぎていった。

月の美しい夜だった。ランプを点けなくても、開け放した窓からの柔らかな月明かりが、優しく彼女の頬を照らしていた。

「まだいたのか」

背中の声にジュエルが振り返ると、そこにサンが立っていた。余りの安堵感に流れ出す涙を見られたくなくて、ジュエルはもう一度窓に向き直り、はやる気持ちを落ち着かせた。いざ彼が目の前に現れると、用意していた言葉は何も出て来なかった。

サンがジュエルの背に向かって静かに話し始めた。

「何故、私をそんなに気にかけるんだ。君は幸せに暮らしているはずだろう。私に謝って欲しいのか？」

「そんなんじゃないの。私にも良く分からない……ただ貴方がこのまま世捨て人のような生活を送っているのが耐えられないの、貴方にも幸せになってもらいたいのよ。このまま世間との繋がりを絶って、一人で生きていてはいけないわ」

「君が気にすることじゃない」

「いいえ、私にも関係があることよ」

ジュエルは振り返った。

互いに相手の顔がはっきりと見えないことが、かえって話し易くしていた。

「私に特別な能力が無かったら、他のレノヴァの女性たちと同じ身体のしくみだったら、貴方もあんな行動には出なかったはずよ。……こんなことになってしまって、貴方が人に会いたくない気持ちも分かるわ……でも、そのオーラはきっと変わるはずよ。試しに暫くの間、ここで落ち着いて暮らしてみる気はない？」

「それはどういう意味だ。君が私の面倒をみるというのか？」

サンが唇の端で笑ったように見えた。

「そうして欲しかったら、そうするわ」

「君は、自分が何を言っているのか分かっているのか？　……そうやって人の気持ちを弄び、手を触れようとすると、また能力を使って拘束するというのか」

「いいえ、そんなことをする気はないわ……」

ジュエルは月に助けを求めるように、窓に向き直った。こんな言い争いでも、彼と心の内を話せることが嬉しかった。

「ただ、西の王であったほどの貴方が、このまま人との関わりを絶って、つまらない一生を終えるのは良くないと思ったの」

「それは私が決めることじゃない」

「いいえ、私はもう貴方を許しているわ。被害者本人が許しているんだもの、皆も許せるはずよ……辛いかも知れないけれど、貴方は皆の前へ出て、以前のようにちゃんとした生活をおくるべきだわ」

「考えてみよう……」

ジュエルが振り返ると、もうそこにサンの姿は無かった。

朝の散歩に出たジュエルは、あたり一面に百合が花開く時を想像して顔をほころばせた。短い間だったがサンと話し合えたことで、いくらか気持ちも軽くなっていた。最初に会った時よりも昨夜の彼は、ずっと穏やかな話し方になっていた。彼はきっとまた戻ってくるわ……そう思うと、待つことも苦にはならなくなっていた。

ちょうど一週間後のことだった。ジュエルが早朝に目覚めると、隣の部屋のベッドでサンが微かな寝息をたてて眠っていた。ジュエルは、そっとドアを閉めると静かに朝食の仕度を始めた。昨夜仕込んでおいた胡桃入りのパンを焼き、ミルクティーにはミントの葉を入れて香を付ける。卵を焼くと、小さなトマトと手作りのピクルスを添えた。パンの焼きあがる香ばしいかおりに誘われるようにサンがキッチンに現れると、ジュエルは、まるでいつもと変わらぬ朝であるかのように彼に言った。

「おはよう。早く顔を洗ってきて、髪もクシャクシャよ。冷めない内に食べましょう」

サンは思わず髪に手をあてると、バスルームへ向かった。

二人は向かい合ってテーブルに着き、ジュエルは日課の散歩のことや天気のことなど、他愛も無いことを喋り、彼は時々相槌を打ちながら静かに朝食をとった。食事を終えてジュエルが食器を片付けていると、いつの間にか彼の姿は無かった。

そんなことが二、三日おきで続いた。時には昼食の時も、夕食の時もあった。

ジュエルは焦るつもりはなかった。彼が時々ここへ立ち寄ってくれるだけでも、大変な進歩だった。時間はまだたっぷりと残っていた。

サンの、踏み固められた雪のようになってしまっている心は、ゆっくりと溶かさなければならなかった。

家の周りの百合は小さな固い蕾をつけ始め、丈も大分高くなっていたので、ジュエルが日課の散歩に出る時は、避けて歩くのにも一苦労なほどだった。

相変わらず彼の服は黒ずくめだったが、いつの間にかオーラは焚き火の煙のような薄いグレーに変わっていた。木漏れ日色の髪は、きちんと整えられて首の後ろで一つに束ねられ、獣じみた髭は綺麗に揃《そろ》えられて威厳さえ感じられた。

サンはジュエルの話に相槌をうつのにも飽きたようで、自ら進んで話をするようになっていた。二人とも他に話し相手もいなかったので、いつしか食事が終わっても暫く話し込んでいることが多くなっていた。以前は西の王であった彼の話題は流石に豊富で、ジュエルが思わず顔をほころばせることも多かった。次第に、彼女のその花開くような笑顔をひきだすのが、サンの楽しみになっていった。

居間には、一番に咲いた大輪の百合の花が一輪、緑石の花瓶に生けられて甘い香を漂わせていた。

一輪また一輪と咲き始めた百合の花は、窓から入る海風に香りをのせて、まるで耳元で愛を囁かれているような甘い気分にさせてくれていた。

二人で夕食を取っていたある晩、ジュエルは今まで聞きたくてもあえて聞かなかったことを口にした。

「ねえ、ここに来ていない時は、いつも何をしているの？　何処にいるのか知りたいわ……」

彼はただ曖昧に笑っただけだった。

「貴方はもっと信用を取り戻す努力をしたほうが良いと思うわ、私も手伝うから何か始めてみましょうよ。といっても私は、精神的に支えるくらいしかできそうもないけど……」

「強いな君は、見かけによらず……君が私のものにならなかったことを益々残念に思いそうだ……いや、きっと私と一緒だったら今の君はいなかったんだろうな……」

今まで二人とも、この話題には触れなかったのだが、こんな風に自然に話し合えることは大変な進歩だった。

「君の能力に感謝しなければならないな、あの時、私が君を手に入れていたら、きっと君を駄目にしてしまっていたんだろうね……やはり君がライアンを選んだのは正しかったようだ……」

サンはそう言うと、何処へ行くとも告げずに消えてしまった。


サンは一週間も姿を見せなかった。最近はそれほど間があいたことがなかったので、ジュエルは気がかりだった。一人で寂しい食事を終えると、子供たちやライアンが恋しくてたまらなくなるのが常だった。ここに来たことを後悔してはいなかったが、家族には会いたかった。

――でも、せっかく後一歩というところまできたのに、ここで家を空けてしまったら、又ふりだしに戻ってしまうかも知れない……

そう思うと、もう暫く家族と会うことは我慢するしかなさそうだった。それに、ライアンには一年間の猶予をもらってある。その前に帰るのは、何となく自分が負けてしまったようで嫌だった。


ジュエルの心配もよそに、一週間後、彼は晴れやかな顔でやってきた。

「君の美しいオーラは伊達じゃないようだな、女神様のお慈悲にすがることにしたよ。また美味しい夕食を食べに来てもいいかな？」

「そんな言い方はやめてちょうだい。でも食事は大歓迎よ、一人で食べるのに飽き飽きしていたところなの」

その日からサンは家に帰ってくる時、麻袋一杯の食材を持ってくるようになった。お陰でジュエルはバザールへ行くこともなくなり、毎日彼のために手の込んだ料理を作るのが日課になった。彼は殆ど毎日のように食事にやって来た。

今の彼は髪型や髭のせいで、西の王であった時の彼とは別人のように見える。オーラは今では家の周りにたちこめる霧のようになっていた。それらは、サンが別の人生を始めるのを助けてくれるに違いなかった。

サンの麻袋の中には、あきらかにジュエルのために選んできたと思われる物が入っていることが多くなっていった。

――サンはもう十分一人でもやっていけるはずよ、いつまでもここにいてはいけないわ……

時の経つのは速いもので、いつのまにかもう半年以上留まっていたジュエルは、何となく離れがたくなっていることに気が付いた。

——百合が散ってしまったら帰ることにしよう。

咲き始めたら、あっという間に満開になってしまった白百合は美しさを競うように咲き誇り、その強い香りは海風に散らされて、ジュエルをほどよく酔ったような気分にさせていた。

百合はジュエルの帰りを名残惜しむかのように、はらはらと散っては、また次々と花を開かせていた。

ジュエルは夕食をとりながら、初めてここで話した彼とは別人のように穏やかな顔つきになったサンに、前から知りたかったことを再び尋ねた。

「夕食を終えたら何処に行くの？　つまり、何処で寝泊りしているのかってことだけど……」

彼は悪戯っぽく微笑むと、今度はあっさりと白状した。

「見捨てられた天文台だよ。私にぴったりの所だと思わないかい」

「天文台？」

「エラル山の山頂にあるんだ。二十年ほど前まではたまに使われていたが、今はもう、行く者もいない」

「どうしてそんな所に……」

「星を見に行くのさ、夜空に輝く満天の星を見て、自分がこの世界でいかにちっぽけな存在か日々実感しているよ」

　彼はテーブルの上のプラムを手に取ると、それを弄びながら話を続けた。

「実は私の名付け親は天文学にとても興味を持っていてね、星の位置で人の運命をみる能力があったんだ。若い頃は年に何度かは天文台に行っていた。一ヶ月位滞在したこともあったよ。私も彼と暮らしていた頃はよく一緒について行ったものさ。私がテレポートの能力に目覚めてからは、彼を山頂まで送って行くことが多かったが、それまでは歩いて登っていたんだよ。二十年前に彼が亡くなってからは、行く人も無く見捨てられてしまった。エラル山の山頂まではとても険しい道だからね」

「貴方なら一瞬で行けるわね……」

「ああ、あそこでは星の海を漂う感覚が味わえる。晴れた日は、息を呑むような素晴らしい星空が見えるよ」

「見てみたいわ……」

　ジュエルは自分が思わず口にした言葉に少しとまどった。二人にとってエラル山は話題にしたくない場所であった。にもかかわらず、二人はごく自然にその話題を口にしていた。それは、もうお互いにわだかまりが無くなったということなのだろうか。それに気付いた二人は微笑みあった。

「見せてあげるよ、何か羽織る物を持って行った方がいい。この時期でも山頂の夜は冷えるから」

　彼は何気なく言ったが、星を見に行くということは、サンとテレポートすることを意味していた。それもあのエラル山へ——しかしそれをクリアできれば、二人の古い記憶は薄れ、新しい思い出が生まれるだろう——上着を取りに部屋に入ったジュエルは、エラル山から戻ったら彼に別れを告げる決心をしていた。

ジュエルが上着を手にキッチンへ戻ると、サンはテーブルの上を綺麗に片付け終えたところだった。

サンは窓辺に立って手を広げた。ジュエルは一瞬だけ躊躇ったが、彼の腕の中に入った。サンはしっかりとジュエルを抱き締めると、エラル山の天文台へとテレポートした。

——急に辺りの空気が変わったことが分かった。海辺の湿気を含んだ暖かい風が、高山のしんとした爽やかな微風に変わり、肌がキュッと引き締まるのが感じられた。足は固い地面をとらえていた。彼はジュエルをしっかりと抱いたまま言った。

「ここは空気が薄いから眩暈《めまい》がするかもしれない。慣れるまで暫くは、じっとしていた方が良いよ」

軽い眩暈が治まったジュエルが顔を上げると、心配そうな彼の顔がそこにあった。彼は戸惑ったように、慌てて手を離した。

二人がいる所は、天文台の入り口近くの開けた場所だった。頂上には所々に雪が残っていた。濃い藍色のビロードの上に、無数の宝石を散りばめたような空が目の前に有った。見上げる必要も無いほど、見渡す限りの星の海だった。

暫くは声も無く見とれていたジュエルが、ふと思い出したようにサンを見て、天使のように微笑んだ。サンはその微笑を見られただけで、彼女をここに連れて来て良かったと思った。底なし沼から自分を救い上げてくれたことへの、せめてものお礼のつもりだったが、これほど感動してくれた彼女を見ることができて嬉しかった。見慣れたはずの星空が、今日はいつにも増して美しく感じられた。

「望遠鏡を覗くと、違った星たちにも会えるよ」

「天文台はまだ使えるの？」

「きちんと機能しているよ、ちゃんと手入れしてあるからね」

天文台は大きな煉瓦造りのドーム型で、天辺の中央には東西南北に向かって、それぞれ開き戸が付いていた。建物の中は広々としていて、二つの大きな暖炉が向かい合うように付けられていた。宿泊できるような設備も整っており、それぞれの暖炉の近くには、ベッドと引き出しの付いたサイドテーブルが置かれていた。片隅には小さな流し台と、カーテンと衝立で囲えるようになっているバスタブまで取り付けられている。

サンが片方の暖炉に火をつけると、部屋の中が炎に照らされて明るくなった。ジュエルは珍しそうに中を見回した。入り口の右側にあるベッドの周りには本が積み上げられ、サンの持ち物が乱雑に置かれていた。一際目立つのは中央の螺旋階段で、階段を上った二階部分が、外から見えた四つの窓の有る展望台になっていた。そこには中央に大きな望遠鏡が天井から吊り下げられており、大小様々な滑車とチェーンで、方向や角度を変えられるようになっていた。

サンは北側の両開き窓を開け放つと、手元のロープを少しずつ引いた。カラカラと音をたてて滑車が回りだし、チェーンの擦れる音と共に望遠鏡が向きを変えた。彼は北側の窓にたどり着いた望遠鏡を窓辺の台座に固定すると、レンズの覆いを外した。そして静かに台座を押すと、望遠鏡は滑るように、天に向かって斜めに開いた窓から顔を出した。その下に斜めに背もたれの付いた椅子を移動させると、彼は少しの間自分で覗いて確かめた後に、ジュエルを手招きした。

彼女はサンがしていたように黒い筒に目を当てた。

「凄いわ、これはどの星なの？」

「あそこに一際白く輝く三つの星が見えるだろう、その一番上の星だよ」

「この星にも、私たちと同じような人が住んでいるのかしら」

「さあ、どうかな。でもこんなに沢山の星が有るんだ、一つ位は人が住んでいてもおかしくはないだろうね」

「向こうからも同じように、こちらを眺めているかも知れないわね……ねえ、私たちの星は何色に光っているのかしら」

「たぶん海の色じゃないかな」

サンはジュエルの肩越しに覗き込むと、少しずつ望遠鏡を動かして見せた。

「こうやって動かすんだよ、やってごらん」

星々の世界に引き込まれて、夢中になってしまったジュエルを残して、サンはお茶をいれるために螺旋階段を下りた。レモンティーの香りに気付いたジュエルが振り返ると、サンが大きなカップを二つ持って立っていた。彼はその一つをジュエルに手渡すと言った。

「ストーンビレッジにあるあの石も、この無数の星の一つからやって来たと言われているんだよ」

「まあ、きっと落ちて来たのね。それなら分かる気がするわ……あんな不思議な光を放つ石は、見たことが無かったもの……それで、あんなに大きな穴が開いたのね」

「この天文台も最初はそれを調べるために造られたということだが、いつの間にか引き継ぐ者がいなくなってしまったようだよ。結局石がどこから来たのかは分からずじまいさ」

サンは南側の窓を開け放つと、滑車を動かして望遠鏡の向きを変えた。ジュエルは椅子を動かして座り直すと、また飽くことなく筒を覗き始めた。

暫くして、首が疲れたジュエルが螺旋階段を下りて行くと、暖炉は二つとも静かに燃えていた。部屋の中は最初に見た時よりも整っていて、テーブルの上には暖かいお茶の仕度までされていた。ドームの中は香ばしい香りが漂っている。

ジュエルは微笑んでサンを見た。サンは、まるで星を見るような目で螺旋階段を下りてくるジュエルを見つめながら、微笑を返した。ジュエルは彼が自然に笑えるようになったことがとても嬉しかった。彼に優しく微笑みかけることができる自分のことも……

二人の蟠《わだかま》りが太陽を浴びた氷のように溶けていくのが分かった。

サンの入れてくれたお茶を飲みながらジュエルが言った。

「そろそろ家に帰ろうかと思っているの、貴方は、もう一人でも大丈夫みたいだから……もう私の役目は終わったようだわ……」

サンはティーカップをじっと見つめて、暫く考えに耽っている様子だった。ジュエルにはサンが自分と葛藤しているように見えた。彼はやがて首を振ると、静かに話し出した。

「私は、こんなことは言える立場じゃないんだが……」

「何？　言って頂戴」

「いや、やはり無理だろうな……」

「気になるわ……何なの、言葉にして言ってくれなくちゃ分からないわ」

そう言ったジュエルにも、サンが心の内で何かと必死になって戦っているのがわかったので、じっと口を閉じて待つことにした。

暖炉の薪の爆《は》ぜる音だけが、ドームの中にやけに大きく響いていた。


暫くすると搾り出すようにサンが言った。

「君は初めて海辺の家で会った時、一年間は自由だと言った。まだ半年近くも残っているじゃないか……君のこれからの長い人生の五ヶ月間を、私にくれないか？　君のお陰で人間らしく生きることを誓った僕と、ここで一緒に過ごして欲しい。五ヵ月後には必ず、君をライアンの元へ送り届けると約束するよ」

ゆらめく灯りの中で、何故か少年のように見えるサンから目を逸らし、ジュエルは暫く暖炉の火を見つめていた。

「いいわ」

ジュエルは自分の唇から出た言葉に自分でも驚いていた。それを後悔している訳ではなかったが、自分にそんな答えを言える勇気があることに驚いていたのだ。

彼女を誘ったはずのサンでさえ、ジュエルの答えは意外だったようだ。返事を聞いたサンは、一瞬目を閉じると、天を仰いで誰にともなく呟いた。

「ありがとう」


もう真夜中をとうに過ぎていた。

「着替えを取ってきてくれるかしら、もう帰るつもりでいたから、私の物は殆どトランクに詰めてあるの」

ジュエルには三回瞬きをしたほどの時間しか経っていないように思えたが、サンは海辺の家でジュエルが使っていた掛け布とトランクを抱えて、消えた時と同じ場所に現れた。

サンが使っていなかった、もう一つのベッドを綺麗に整えると、ジュエルはベッドに潜り込んだ。

「ここは夜は冷えるから」

サンはそう言うと、ソファーの上の毛皮をそっと彼女の足元に掛けた。

ジュエルは自分に与えられた残りの五ヶ月と八日で、再び蘇った青春を楽しもうと思っていた。十代で母親という肩書きを受け取ってしまったジュエルは、それはそれでとても幸せで楽しい日々ではあったが、自分だけの自由な時間は僅かしか無かった。ノヴァとムーンを守り育てることに一所懸命だったので、今まではそれほど人を羨ましく思ったことはなかったが、今は子供たちも手を離れ、自分が初めて門を潜って来た時のように、新しい道を歩み始めたと感じていた。他の同年代の女の子たちのような、自由な生活を楽しんでみても良いかもしれない、と思ったのだ。

——でも、私はレノヴァの他の女性たちとは違う、何処まで自由でいられるのかしら……

サンとジュエルの日々が始まった。

ジュエルは、一人前の男が一緒に暮らしてくれという言葉の意味は分かっているつもりだった。しかしサンはジュエルには触れようとはせず、時おり眩しいものを見るような目で見つめることはあっても、彼女が気付くと直ぐに目を逸らしてしまった。


その日の朝は、急に冬に戻ってしまったかのように冷え込んだ。ジュエルの服は、どれも薄手の物ばかりだったので、彼女は暖炉の前から離れられずにいた。

「これを着るといい」

サンがシルバーグレイの毛皮のコートをふわりとジュエルの肩に掛けた。足元には柔らかそうな皮で作られたロングブーツが置かれた。

「ここに来る人たちのために用意されていた物だよ。何着か残っていた中で、これが一番小さそうだ」

それでも、そのコートはジュエルの膝が隠れるほどの丈が有った。

「ありがとう、これで外に出られるわ」

ジュエルが微笑んで振り返ると、サンも、一回り大きい同じようなコートを羽織っていた。

窓の外では季節外れの雪がちらついていた。手を触れるとたちまち溶けてしまう、大きなボタン雪だった。ジュエルにとっては、レノヴァに来てから見る初めての雪だった。

「まあ、夏も近いというのに雪が降っているわよ。寒いと思ったわ……もうここへ来て一ヶ月も経っちゃったのね」

ジュエルがしみじみと言った。

「いくら重ね着をしても、この服じゃ寒いわ。北のバザールだったらきっと厚手の服も出ているんじゃないかと思うの、送ってもらえるかしら？」

「ついでにトウモロコシも貰って来よう、ボタン雪を見ると、いつもポップコーンを思い出すんだ」

二人は顔を見合わせて笑い合った。

「いいわ、雪を見ながら一緒にポップコーンを食べましょう」

雪は二日間降り続いた。ジュエルはドームの中で、床に積み上げられていたサンの本を読んだり、パイを焼いたりして過ごしていた。

次の日は降り積もっていた粉雪も止み、空は青く澄み渡った。

「雪についた足跡を辿ると、狩りがはかどるんだ」

そう言ってサンは、朝から出かけてしまっていた。

日が沈む前に彼は帰って来た。捕れた獲物は四箇所のバザールに均等に配られたようだった。

サンは山の中腹までテレポートして薪を集めたり、時にはボーガンを使って夕食のための兎や山鳥を捕ってくることもあった。狩の獲物はバザールへも持って行かれ、代わりにジュエルの頼んだ食材が持ってこられた。山の麓には豊富に採れる様々な果物の木もあった。今は枇杷《びわ》や、さくらんぼがたわわにみのっていた。二人は連れ立ってそれらを収穫したり、山の中腹の流れの穏やかな場所で川魚を釣ったり、いちごを摘んだりした。

ローラーよりもずっと便利な移動手段であるサンの腕の中は、いつの間にかジュエルにとって居心地の良い場所になっていた。ジュエルは見た目通りの二十歳の女の子に戻ってしまっていた。

冷え込んだ朝、外へ出て薄い氷が張っているのを見つけると足で割って歓声を上げた。岩の割れ目から顔を覗かせた小さな花にいつまでも見とれていたり、満天の星を眺めては、一際輝く星に名前を付けて楽しんでいた。望遠鏡を覗くのも楽しかったが、ジュエルは外で星を見る方がずっと好きだった。

「星の光ってみんな違うのね！　赤く光ったり、青、黄色や白に見えるのもあるわ、ねえオーラみたいじゃない？」

「ああ、そうだね。ここにも一つ、一段と眩しく輝いている星があるから、僕は最近は上を見上げなくてもいいくらいだよ」

サンの金色の頬髯に縁取られた口元からは、そんな言葉まで出るようになっていた。ジュエルは、彼のそんな賛辞に似た言葉を心地良くさえ感じていた。何も知らない人が見たら、二人はまるで一緒に住み始めて間もない、ぎこちない恋人同士のように見えるだろう。

サンは時々適当な口実をつけて、頭を冷やしに外へ出ていった。ジュエルと一緒に寝泊りするようになって二ヶ月余り経っていたが、今までの自分にはありえないことだが、まるでおくての少年のように、まだジュエルに手を出せずにいた。迷いの森でのことを繰り返すようで恐かったのだ。

ドームの周りは大きな岩ばかりで、所々に若葉が出始めた丈の低い木々がある他には、岩の隙間や割れ目から逞しく顔を出した名前も知らない高山植物が生えるだけだった。ドームの入り口は南側にあった。西側には小さな小屋があり、中には寒い夜や冬に備えて薪がぎっしりと積まれていた。

ある夕暮れ時、山に自生するハーブを摘みに来たジュエルは、呼吸をする度に色を変えるような日没の空に見とれていた。いつの間にか、一緒に来たサンの姿が遠くなってしまったことに気が付いた。彼もジュエルを見つけたようで、ゆっくりとこちらへ近づいてくる。

「そろそろ帰らないと日が沈んでしまうよ」

そう言って、サンは大きく腕を広げた。彼はテレポートで移動する際、ジュエルがおずおずと自分の腕の中に入ってくる様子が大好きだったので、いつもわざと少し距離をとって手を広げるのが常だった。

「ええ、もう十分採れたから帰りましょう」

ジュエルが二歩ばかり足を踏み出した時、ジュエルのブーツのつま先が、地面から突き出た石に音をたててキスをした。──摘んだばかりのハーブがバスケットから逃げ出してしまった。そのせいも少しはあったかも知れないが、ジュエルが涙を流しているのは足首を捻ったためだった。

サンは直ぐにジュエルの左足のブーツを脱がせた。そのとたん、見る間に足首が赤く腫れていくのが分かった。サンは適当に落ちたハーブをバスケットに投げ入れると、ブーツとジュエルを共に抱え上げてその場から消えた。

彼は細心の注意をはらって彼女をベッドに下ろした。サンの唇がジュエルの目の前にあった。ジュエルは、彼の首に手を掛けてそっと引き寄せたくなる手を慌てて引っ込めた。口付けをしてしまったら、その後の成り行きは目に見えている。きっとお互いに抑制がきかなくなってしまうだろう。……これは、どちらが先にきっかけを作ってしまうかというゲームのようだわ……ジュエルは足の痛みに顔を歪ませながらも、口元で微笑んだ。

サンは慌てた様子でタオルを冷たい水で濡らしてくると、そっとジュエルの熱をもった足首に当てた。

「ありがとう。心配しなくても大丈夫よ、少し休めば直ぐに元に戻るわ。私の能力は知っているでしょう」

「そうだったね……忘れていたよ」

その日の夕食はサンが腕を振るった。彼が作る時はいつもそうなのだが、兎のシチューと山鳥のローストだった。翌朝ジュエルが目覚めると、足はもうすっかり治っていた。


エラル山の頂上は、爽やかな初夏を迎えていた。

暖炉の火は二つとも小さな熾き火にされ、いつでも使えるように、それぞれ大きな薬缶に湯が沸かされていた。ここではコックを捻ると細々と水が流れる程度で、お湯までは望めなかった。

風呂もバスタブの脇に取り付けられた釜で沸かすようになっていた。

　ドームの中はワンルームなので、バスタブにはカーテンと簡単な衝立が付いているだけだった。ジュエルが使う時サンは、たいてい上で星を見ているか、何処かへ出かけて行くことが多かった。月の明るい時は夜の狩に出ていく時もあった。

　夕食の後でサンが言った。

「ちょっと頼んでおいた物があるから、取りに行ってくるよ」

「じゃあ私は、その間にバスタイムを楽しむことにするわ」

　ジュエルは髪を洗い、湯に入れたハーブの香を楽しみながら、ゆったりと暖かい湯に浸かっていた。

　そんな時、突然ドームの入り口の戸が勢い良く開き、サンが興奮した様子で飛び込んで来た。こんなことは今までに無かったことだった。ジュエルは身体を隠すのも忘れ、驚いて彼を見つめた。サンは、入り口に掛けてあったジュエルのコートを手にとって、目を逸らしながら彼女に手渡した。

「早くこれを着てついておいで、いいものを見せてあげるよ」

　そう言って、先に立って螺旋階段を上り始めた。ジュエルは慌てて、毛皮のコートを身体に巻きつけると、裸足のままサンの後を追った。……私の裸より見たいものって、いったい何かしら……彼の、憧れにも似た眼差しを時折感じていたジュエルは、微笑みながら考えた。

　サンは東側の開き窓を開け放つと、追いついたジュエルを前に立たせた。山頂の澄み切った夜空には、無数の星が尾を引いて流れていた。目の前の幻想的な光景に、ジュエルも興奮を抑え切れなかった。暫くは小さかった時のように、ただ口をあんぐりと開けて、流れ星に見とれていた。サンも、ジュエルの肩越しにぴたりと寄り添って、二人は思い掛けない天体ショーを、声も無く、ただうっとりと見つめていた。

暫くすると、少しずつ流れる星は少なくなり、やっとジュエルに言葉が戻ってきた。

「星がみんな、落ちて無くなってしまうかと思ったわ……素晴らしいショーを見せてくれてありがとう、サン」

そう言って振り向いたジュエルの唇と、サンの唇が微かに触れ合った。それは暖炉に投げ入れた種火のように、二人の身体に火を点けてしまった。

どちらからともなく二人は、流れる星を見るのも忘れて口付けを交わしていた。種火はあっという間に大きな炎となって燃え上がってしまった。ジュエルが唇の端で呟いた。

「腕を緩めて……、息ができないわ」

「悪かった……」

サンが真剣な顔で言った。それを見てジュエルは思わず微笑んで、中断してしまったことの続きを再開した。ジュエルの肩から毛皮が滑り落ちて、床に広がった。慌ててサンは自分のコートを脱ぎジュエルの肩に掛けたが、それも直ぐに同じ運命を辿ることになった。

いつの間にか二人は、床に広がった微かに獣の匂いのする二枚の毛皮の上で口付けを交わしていた。窓は開け放したままだったが、二人には殆ど寒さなど感じられなかった。柔らかな星明りの下で、二人は堰を切った川の流れのように愛し合っていた。堰を修復することはもう不可能だった。

翌朝、ジュエルは幸福感に満ち足りて、何故か自分のベッドの中で目覚めた。……昨日のことは夢だったのかしら……でも、そんなはずないわ、まだ体中にあの人の髭が擦れる感触が残っているもの……それに無数に流れる美しい星々も目に焼きついている。しかし、螺旋階段を下りた覚えも、自分のベッドに潜り込んだ覚えも無かった。

ドームの入り口の戸が静かに開いて、朝の光が差し込んだ。ジュエルは、入ってきた人影がサンだと気付くまでに、何度も瞬きをしなければならなかった。彼は髭を綺麗にそっていたのだ。そしてそのオーラは白く輝いていた。

「起きていたんだね、気分はどう?」

サンは少し照れたように、微笑みながら近づいて来た。ジュエルは、彼の髭が無くなってしまったのが、ちょっと残念に思えたことが恥ずかしくなって顔を赤らめた。

サンは手に持った小さな白い花をジュエルに差し出すと、そっと唇を近づけたが、まるでジュエルの許しを得るように一瞬躊躇った。が、ジュエルがその先を引き継いだ。

「貴方がベッドに運んでくれたのね」

「ああ、ここはエラル山の頂上だということを忘れていたよ。君にはちょっと空気が薄すぎたようだ」

「激しい運動は控えた方が良さそうね」

二人は顔を見合わせて吹き出していた。

サンとジュエルは夜になると外へ出て空を見上げたが、あの日以来、星が流れることはなかった。暫くして暖かいドームの中に入ると、二人はベッドで冷えた身体を温めあった。いつしか二つのベッドは、ピタリと寄せ合って置かれていた。

ドームの中の雰囲気も、今までとはまるで違った場所のようになっていた。生活感に溢れ、部屋の空気さえもが暖かさを増したように思われた。何も飾り気の無かった煉瓦の壁には、春の花が咲き乱れる美しいタペストリーが飾られ、暖炉の前にはムートンのカーペットが敷かれた。テーブルの上のジュエルが編んだ籠の中には、いつも新鮮な果物が入れられていた。

そして二人のベッドには、ハーブで染めた若草色のリネンのシーツが掛かっていた。サンは出かける度に花を持ち帰り、ドームの中は外の荒涼とした岩だらけの景色とは裏腹に、まるで天国に春が来てしまったかのように華やいで見えた。

その後も、サンの白く輝くオーラは消えることは無く、ジュエルは、自分がそれを引き出す手伝いができたことが誇らしかった。髪を整えて髭も剃ったサンは、オーラが変わったせいもあり、いつしか黒ずくめの服もやめていた。今では堂々と元の姿で何処へでも行っていたが、人々が彼を見る視線は、好奇の目から、徐々に魅力的な男性を見る目に変わっていった。

ジュエルは、自分がサンを愛し始めていることに気が付いていた。しかし、ライアンを失うことなど考えられなかった。サンにとっては残酷なことかも知れないが、ジュエルにとってはありがたいことに、あれこれ悩む必要はない。彼女のとる道は十一ヶ月前からもう既に決められていた。

二人に残された日々は、後一ヶ月だった。サンは約束を反故にしたいと思う自分の気持ちを戒めるように、ナイフでドームの入り口の壁に残りの日にちだけ刻み目を付けると、それを毎日一つずつ削っていった――それはいつしか二人一緒の作業になっていた。しかし皮肉なことに、その行為が二人の離れがたい気持ちを益々高めていった。


壁の刻み目はあと七つ残っていた。ジュエルはその日、あの流れ星の夜以来、月に一度あるべきはずのものが無かったことに気が付いて愕然とした。

ムーンが生まれてからずっと、次の子供は望んでもできなかったので、もう子供は生まれないのだろうと勝手に思い込んでいたのだったが――

――まさかサンとの間に子供を授かるとは思ってもいなかった――当然考えておかなければいけなかったのに、今まで気付きもしなかったなんて！

自分がそれほどサンに夢中になっていたことにも呆然としてしまった。涙と共に、ライアンの顔が頭に浮かんだ。

「何があっても必ず帰ってくるんだよ……」

彼が送り出してくれた時に誓った言葉が頭に蘇った。

彼が、思いつめて搾り出すように言ったあの言葉の意味が、今やっと分かったような気がした。

――ライアンは知っていたのだ。

あの日、窓の外を見つめて、じっと思いに耽っていたように見えたライアンは、あの時きっと全てが見えていたに違いない……彼は、こうなることを知っていて、お互いを束縛しないという結婚の誓いを守って、ジュエルを旅立たせたのだ。何故彼にそんなことができたのかジュエルには理解できなかった。

——サンの子供さえも彼は受け入れると言うのだろうか……もし私だったら、とてもたえられそうもないわ……

涙がとめどなく溢れ出て、花で溢れたドームの中が虹色に歪んで見えた。自分の夢のような一年間と、ライアンの苦悩の一年を思って、ベッドに倒れこむと身をよじって泣いた。

それでも約束は果たさなければならない。ジュエルは約束通り、一週間後にはライアンの元へ帰る決心をした。

——その後のことは彼に任せよう……辛いけれど、別れることも考えに入れておかなければならないわ……

沈む夕陽と入れ替わるようにサンが帰って来た時には、ジュエルは大分落ち着きを取り戻していた。彼女の能力は、その真っ赤に泣きはらした瞳さえも、元の憂いを含んだ緑の宝石に戻してくれていた。しかしジュエルはベッドから出るつもりはなかった。今は、何事も無かったように会話ができるとはとても思えなかったので、眠ったふりをしていた。

ジュエルは、サンには何も告げずに行くことに決めていた。何れは打ち明ける日が来るだろうが、今はその時ではないと思ったのだ。

——決心をしたジュエルは、もう躊躇わなかった。

次の日から彼女は、自分の全てで、残された日々をお腹の子の父親を愛することに決めた。それが、彼女の中で何も知らずに眠っているまだ小さな子を父親から離すことへの、せめてもの償いのように思えたのだ……

以前、あれほど望んでいた子供ができたのだとも知らず、サンはジュエルの様子が変わったことも、帰る日が近いせいだと思い込んでいるようだった。そんな彼女に気を使って、サンはいつもと変わらずに振舞ってくれていた。

実はサンは、もう何度もジュエルの前に跪《ひざまず》き、このまま何処へも行かないで、ここに留まってくれと哀願しそうになるのを必死で堪えていたのだが——自分の中に芽生えた新しい命の将来が気がかりだったジュエルには、知る由も無かった。知ったとしても彼の願いは叶えられるはずも無いのだろうが……

約束の日は、一年前に囁きの森の家を旅立った時と同じように、爽やかなそよ風が吹いていた。ただ暖かかった森の風と違い、その日のエラル山の山頂の風は、身を切るような冷たさだった。

ジュエルは、お腹の子と一緒にサンを抱き締めて、かすれた声で今まで言わずにいた言葉を囁いた。

「愛してるわ……そしてさようなら」

サンは、その場の雰囲気に耐え切れずに、そのままテレポートした。ぐずぐすしていたら自分の気持ちを抑えておける自信がなかったのだ。約束は果たさなければならなかった。しかし、もしまだ縁があるのならば、残された長い人生の中で又いつか共に暮らせる日が来るかも知れない――それを願っていた。

肌を撫でる風の暖かさに、閉じていた目を開けたジュエルは、見慣れた景色をみとめ懐かしい森の香りを味わった――そこは囁きの森の入り口だった。

サンの身体が静かに離れていくのが分かった。彼の唇が何かを囁いたが、声はサンと共に消えてしまった。暫くは呆然として、動くこともできなかったジュエルだったが、いつしか足は歩き慣れた道を自然に辿っていた。

桜貝色の爪のしなやかな白い指は、一つずつ懐かしむように木の葉をさわり、木の幹を撫で苔に触れた。小さな白い花を見つけると、ジュエルの顔に優しい微笑みが浮かんだ。

いつの間にか彼女の足は、森の家ではなく、あの草原へと向かっていた。ライアンとの約束は守るつもりではいたが、どうしても彼の前へ出る勇気がわかなかったのだ。

ジュエルは、草原の真ん中にある大きな木に寄りかかって座ると、膝を抱えて目を閉じた。柔らかな日差しを浴び、優しいそよ風に吹かれて、しばらく懐かしい森の鼓動を感じていた。

サワサワと草の流れる音と共に日差しがさえぎられた。目を開けると、そこには一年前と変わらない優しい笑顔が有った。ただ、あの大好きだった黄金色の美しい髪が、短く刈り込まれていた。

「お帰り、ジュエル」

ライアンは自分でも気付かずに、ちらりとまだ膨らんでいないジュエルのお腹に目を留めた。

「君は相変わらず無防備だね」

彼はジュエルの髪からそっと木の葉を摘み取ると、隣に腰を下ろした。

「何故、そんなに冷静でいられるの？」

「僕が苦しまなかったと思うのかい。この一年間の僕の苦悩を、君が見なかったことを天に感謝するよ。……それに君が戻らないんじゃないかと、どれだけ不安だったか」

「……ごめんなさい」

そして、そっとお腹に手を当てて言った。

「ライアン……貴方、知っていたんでしょ、どうして言ってくれなかったの」

ジュエルはそれがルールに反することだとは分かっていたが、思わず彼を責めてしまっていた。

「言ったら君は行かなかったのかい、そしてずっと暗い気持ちのまま、ここで暮らしていたのかい」

ライアンは悲しそうな顔をして言った。

「僕は予知をするだけだ、予知は予知でしかない。運命は変えられない……時々この能力が恨めしくなる時があるよ」

そう言って彼は天を仰いだ。

「君は約束通り帰って来た、それで十分だよ。その子は二人で育てよう。彼女も、ノヴァやムーンと同じように、君の子供であることに変わりは無いんだ。きっと君に似た可愛い子だよ」

「女の子なのね……」

ジュエルの瞳から涙が溢れた。

ライアンはジュエルの肩に手を掛けると、彼女を引き寄せた。ジュエルが再び自分の腕の中に帰って来てくれた喜びで、彼の瞳にも涙が光っていた。

「じぁあ、私はここへ帰って来てもいいのね。また貴方の腕の中で眠ってもいいのね……」

「今日からはずっと一緒だ。これほど長い間離れていることには、もう耐えられそうにないよ。こんなことは二度とごめんだ」

「ああ……ライアン、私、貴方を失ってしまうんじゃないかと思って……とても恐かったの」

「それは僕も同じだよ……もしかしたら君は、別の所で子供を育てる道を選んでしまうんじゃないかと思うと不安だった。僕にはそれを遠くから見ていることなど、とてもできそうになかったんだ」

「それで帰ってくることを約束させたの？」

「ああ、そうだよ。君がどちらの道を選ぶとしても、どうしても僕の気持ちは伝えたかったんだ。君は必ず約束を守ってくれると信じていたからね」

——二人の一年ぶりのキスは少々ぎこちなく、涙の味がした。

「レノヴァでは、みな自由に恋愛を楽しんでいる。君の場合は、その結果がはっきりと現れてしまう。それだけのことさ」

ライアンはブルースの言葉を思い出していた。彼が亡くなる前、二人きりで話していた時に言った言葉は、この一年の間何度となくライアンに語りかけていた。

『ジュエルとずっと一緒にいるには、とても広い心を持っていなければならないよ……』

ジュエルは、ライアンの短く刈り込まれてしまった髪を撫でながら呟いた。

「髪を切ってしまったのね、あんなに長かったのに……」

「気分を変えようと思ってね、似合わないかな？」

「とても素敵よ。良く似合っているわ——でも私は前の方が好き、綺麗な髪だったもの」

「また伸ばすよ」

ライアンは立ち上がると、ジュエルに手を差し出した。

「家に帰ろう」

ジュエルが立ち上がると、二人はお互いの腰にしっかりと手を回して歩きだした。

「もうルークとウンディーネを呼んでもいいかな」

「まあ、何処にいるの」

「あそこの木の枝だよ」

ライアンが草原の外れの大きな樫の木を指差した。

「ルークが君を見つけたんだよ。急いで僕に知らせに来てくれたんだ。今日帰ってくることは話してあったからね。僕は今日は休みをもらって家で君を待つことにしたんだけど、彼は待ちきれなかったみたいだ」

ライアンがウィンクをして言った。

「ルークが、僕たちの話が済むまで大人しく待っていられたのも、きっとウンディーネのお陰だね」

二人は顔を見合わせて笑い合った。

「ルーク！」

ジュエルは久しぶりにその名を叫んだ。ルークはウンディーネと共に、放たれた矢のように真っ直ぐにこちらへ向かって来た。

ジュエルの両肩はずしりと重くなった。二羽は、ジュエルの頬に顔を摺り寄せて愛情を伝えた。

「ただいま。ルーク、ウンディーネ。長い間留守にしてごめんなさい。何も言わずに家を出てしまって、悪かったと思っているわ」

「テガミヲ　ウケトッタヨ　ボクハキット　ハジメテ　テガミヲモラッタ　トリダヨ　ナンドモヨミカエシテイタンダ」

ルークは、手紙を貰ったことがよほど嬉しかったに違いない。得意そうに羽を膨らませた。

「ウンディーネ、貴女がルークを慰めてくれたのね。ありがとう」

「オカエリナサイ　ジュエル　ワタシタチハ　シバラク　レッドノトコロニ　イッテイマシタ　ルークモタノシンデイタノデ　ダイジョウブデスヨ」

「グレースは元気だった？」

「ハイ　レッドハ　グレースニモ　モジヲオシエルト　イッテイマシタ」

「ライアン、私たちの子供たちはどうしているかしら」

「二人とも上手くやっているよ。ノヴァはイヴと一緒に二度ほど帰って来たけど、ムーンは時々プルートに手紙を届けさせるだけで、一度も帰って来ないんだ」

「勝気なムーンらしいわね」

ジュエルは微笑んだ。

「子供たちには、君は長い旅行に出ていると言ってあるんだ」

ルークとウンディーネがジュエルの肩から飛び立って行った。

「サキニ　カエッテイルヨ！」

ライアンとジュエルは手を上げてそれに答えた。

「子供たちにも君の帰りを伝えよう。きっと二人とも、妹ができるのをとても喜ぶに違いないよ」

「皆きっと、びっくりするでしょうね。……この子の名前だけど〝煌《きらめ》く星〟にしようと思うの、どうかしら……」

「いい名だね」

「呼び名はまだ決めていないの……」

ライアンは数歩進んでから、ジュエルに微笑みかけて言った。

「ティンカーにしよう」

ジュエルも微笑んで頷いた。とても可愛らしい名前だと思ったが、それ以上に、ライアンが呼び名を付けてくれたことが嬉しかった。

木々の間から、額縁に納まった一幅の絵のように家が見えてくると、庭にいたクッキーが尻尾を振りながら駆け寄って来た――。

三日後、囁きの森の入り口にはジュエルのローラーがぽつんと停まっていた。ローラーの中にはジュエルのトランクと、小さな白い花が一輪置いてあった。

三週間後、ジュエルの誕生日には、子供たちも皆集まり、森の家は久しぶりに賑やかな笑い声に溢れていた。もちろんプルートも、ムーンと一緒に帰って来ていたので、ウンディーネもルークも嬉しそうだった。ミスター・ヒギンスとシンシア、かれらの子のマリアンも含めると、六羽ものノアールが集まった森の家は〝賑やか〟と言うのはとても控えめな表現だった。

ノヴァは、この一年ですっかり大人びてしまっていた。両親はそろそろ男友達のことが気になったが、イヴとウィンドが目を光らせていてくれるので、今のところは大丈夫だろう。

子供たちを送って来てくれたメロディーとイヴも加わって、今夜のパーティーはいっそう華やかになりそうだった。

ライアンと子供たちで誕生日のご馳走を作ってくれることになって、久しぶりにメロディーとイヴとジュエルは、三人でゆっくりとお茶を楽しむ時間ができた。ジュエルがメロディーにティーカップを手渡すと、メロディーはそっとジュエルの手を取って言った。

「貴女、もしかして……」

メロディーは、問いかけるように首をかしげて、優しい微笑みをうかべてジュエルを見た。

「……ええ、まだ目立たないと思ったのに、貴女には分かるのね」

五ヶ月目に入ったばかりなので、それほど目立たなかったが、ジュエルのお腹は森の家に帰ってくるのを待っていたかのように、少しずつ膨らんできていた。メロディーがちょっと困惑した表情になって囁くように言った。

「ジュエル……私、貴女の心を読むつもりはなかったんだけど、見えてしまったの。ごめんなさい……」

「いいの、貴女とイヴには話すつもりでいたのよ。隠しておくつもりはなかったわ」

ジュエルは一瞬目を閉じて、再び開くと言った。

「この子は〝森の木漏れ日〟サンの子よ」

三人の周りの時が止まったような一瞬が過ぎた後、ジュエルはことの成り行きを、あっけにとられて自分を見つめている二人に打ち明けた。サンとの愛の日々は、二人だけの胸に秘めておきたかったので言わなかったが、留守にしていた一年間のことをかいつまんで話した。

「まあ、じゃあライアンは全てを知っているのね……」

静かに聴いていたイヴが、ジュエルが話を終えると言った。

「ええ、彼は一緒に育てようと言ってくれたわ……信じられないことに、彼はこのことを予知していたの！」

ジュエルがお腹に手を触れると、三人の瞳が同時に見開かれた。イヴが止めていた息を吐き出して言った。

「サンを変えたのは貴女だったのね……先日バザールで彼を見かけたの、彼は西の王だった頃より美しかったくらいよ。オーラも磨き上げた銀のゴブレットのように輝いていたわ。何があったのかと、ちょっと気になったけど、まさか貴女の仕業だったなんて……」

イヴのティーカップは、暫く前からずっと、テーブルと口元の間を彷徨っていた。

「私、暫くサンと一緒にいて、自分でも信じられないことに、いつの間にか彼を愛してしまったみたいなの――ライアンへの愛情は変わっていないのに、むしろ前よりも深く愛しているくらいなのに――何故サンのことも愛することができるのかしら、不思議だわ」

ジュエルが独り言のようにそう呟くと、メロディーがそれに答えるかのように言った。

「人の心を変えるのは、その人を本当に愛している人にしかできないのよ……」

イヴがようやく、冷めてしまったお茶を飲み干して呟いた。

「貴女とライアンの関係って分からないわ、複雑で……ブルースが言ってた通りね」

ジュエルが聞いた。

「ブルースはなんて言ったの?」

「貴女の恋愛には結果が出てしまうって――子供のことよ。人は、ただ一人の人だけを八百年も愛することはできないわ……ライアンは全てを受け入れる覚悟で、貴女と結婚というかたちをとったのよ。よほど貴女を手放したくなかったのね」

二人は思わず、それぞれのブルースの形見の品を見つめていた。イヴは中指にはめた指輪を、ジュエルは古代の絵文字が彫られた腕輪だった。それはジュエルには大きすぎたので、アームレットになっていたが――ライアンのものは五旁星のペンダントだった。それらはみな金でできていて、ブルースがいつも身に付けていた物だった。腕輪の絵文字は、『何時の世も必ず日は昇り日は沈む』と彫られ、指輪には『愛のあるところに平和がある』と刻まれていた。

ジュエルが、どちらにともなく言った。

「私を見捨てないでくれる……？」

「見捨てたりしないわ」

「ちょっと驚いただけよ」

ホッと胸を撫で下ろしたジュエルは、おずおずときりだした。

「それで……お二人にお願いがあるんだけど、できればまた協力して欲しいの、出産の時に……」

「勿論よ！」

「レノヴァに授かった大切な命よ、健やかに育つように一緒に頑張りましょう」

キッチンから、オーブンを開けた時の香ばしい香りと、ライアンと子供たちの笑い声が聞こえてきた。三人は顔を見合わせて微笑み合った。

和やかな夕食の席で、ライアンがジュエルの三人目の子供のことを発表した時に、一番喜んだのは、妹ができると知ったムーンだった。

「ティンカーが生まれたら、私はここに帰ってくるわ。妹ができるなんて素敵じゃない！　私の知っていることは全部教えてあげたいの、森の秘密の場所や、小さな泉のことも！」

今まではいつも、自分よりも大きな子や、大人たちの中で、対等に口を利いていたムーンだったが、やはり自分より年下の相手ができることがよほど嬉しいに違いない。急に年相応の子供に戻ったようにはしゃいでいた。

それはジュエルにとっても嬉しいことだった。ムーンが妹の世話を経験することは、将来、彼女が子供を授かった時のためにも、役に立つだろうと思われたのだ。

その夜は久しぶりに、囁きの森の家は遅くまで賑やかな笑い声と光に溢れていた。


――首を長くして待っているムーンが、小さな妹に会えるのも、あと数日待てば良いだけになっていた。

夜中に目を覚ましたライアンは、自分が今視たことに愕然とした。ジュエルを起こさないように、そっと書斎に入ると、机の上の紙に早急にやらねばならないことを書き留めていった――そして、外がぼんやりと明るくなった頃、ルークとウンディーネをそっと起こし、寝ぼけ眼の二羽を静かに肩に止まらせると、簡単な置手紙を残して事務所へと向かった。

ライアンはライルの危機を予知していた。

このところレノヴァでも気候の変動の大きさに気になるところがあったが、まさかこの季節に、こんなことがおきるとは誰も予想すらしていなかったに違いない――ライルで一番大きい北の大陸に、巨大な嵐が迫っていたのだ。

始まりは、丁度夜明けの空だった。南の海上で同時に発生した小さな渦が、次々と合流して徐々に大きさを増し、大陸を覆うほどの巨大な渦となって、北の大陸へ上陸しようとしていたのだ。

——たぶんあのスピードだと明日のうちには上陸してしまうだろう……急がねばならない。

事務所へ向かう前に、職員の一人でもある、東の地で一番のテレパシー能力を持つ〝銀の砂〟サンドを文字通り叩き起こして、二人で事務所へ入った。

「やることは分かっているな」

ライアンは自分の視てしまったことを一通りサンドに説明し終えると、彼に言った。

「できるだけ早く王たちに伝えますよ」

彼の顔が青白かったのは、早朝に叩き起こされたからばかりではなさそうだった。

「近くの者への連絡係はルークとウンディーネに頼むことにしよう」

訳も分からずに連れてこられたルークとウンディーネは、サンドと一緒にライアンの話を大人しく聞いていた。二羽は、すっかり目が覚めたようで、張り切って答えた。

「ボクニマカセテ　ガンバルヨ！」

「オヤクニタテテ　ウレシイデス」

「君たちが居てくれて助かるよ、朝早くから起こして悪かったね」

「僕にはそんなに優しくなかったじゃないですか！」

サンドが持って来た林檎をかじりながら文句を言った。

ライアンの手によって、夜明けと同時に緊急招集の鐘が鳴らされた。レノヴァでは三十一年ぶりのことだった。

今のライルは、ライアンのいた頃と違い、政治面も気候も比較的安定していた。文化的にも素晴らしい発展をとげており、昔と違って、自分たちの手に余るようなことは殆ど無かったのだ。しかし今回の嵐は想像を絶する大きさだった。

レノヴァは不思議な霧に守られているため、大きな気候の変化とは無縁だったが、ライルの人々は毎年、この季節には幾つかの小さな嵐に悩まされていた。しかし、たいてい南の海上で発生したそれは、幾つかの小さな島の上を通り過ぎることはあっても、殆ど被害は無く、海上で自然に消滅してしまう小さなものだったのだ。ライアンの知る限りは、北の大陸にまで上陸するようなことはかつて無かった。

北の大陸まで船で行くには、どんなに急いでも丸一日はかかってしまう、もうライルの人々に警告する余裕が無かった。

ライアンは、予想される被害の救助に役立ちそうな人員のリストを、事務所のスタッフの〝春を歌う風〟アリアに手渡した。

「他にも、申し出があったら検討してみてくれるかな。癒し手は多い方がいいが、船に乗れる人数には限りがある。他の地からも集まるから、力の弱い者は船に乗れない場合もあるって言っておいて欲しいんだ」

「分かりました。もうバザール前の広場は人で一杯ですよ」

「広場に行っているライトに、人が集まったら、私がここでした説明を皆にくり返すように言ってある。それが終わったら、そのリストを読み上げてくれ。私は王たちと連絡を取り合わなくちゃならないから、広場には行けそうもない」

「大丈夫ですよ、こっちは任せてください」

そう言って、アリアは渡されたリストで自分の頭をポンと叩いた。

普段は余り時間を気にせずに、ゆったりと過ごしているレノヴァの人々も、緊急事態の時はさすがに反応が早かった。皆それぞれの能力を使ってテキパキとことをこなし、三時間後には、リストのメンバーはレノヴァの隠された港、外海へと続く洞窟がある南の地へと向かっていた。

ライアンは途中で列を抜けると、ローラーを森の家へと走らせた。風の協力があれば、遅れは直ぐに取り戻せるはずだ。ジュエルに簡単な説明をして安心させてから行きたかったのだ。ついでに着替えも取ってくるつもりでいた。

森の家は、深い緑の木々によってラークの町の情報と隔離されてしまっていた。ライアンは心配していたジュエルと、出産の手伝いに来ていたメロディーとムーンに手短に説明を済ませると、着替えを小さなバックに放り込んだ。

「じゃあ、あの沢山の流れ星も、今回の嵐と関係があるのね」

ジュエルが言った。

「たぶんね、あの日からライルの天候は乱れ始めたようだ。まだ詳しいことは分からないが、帰ったら調べてみようと思っている。ライルでも何か情報が得られるかも知れない。あれはどうみても尋常じゃ無かったからね」

——ライアンもあの夜の無数の流れ星を何処かで眺めていたのだ……

ジュエルは複雑な思いで、そっとお腹に手をあてた。

「気をつけてね……」

「僕のことはあまり心配しないで、身体に障るといけないよ。ジュエルをお願いします、メロディー」

「北は私の故郷なの……」

メロディーが心配そうに言った。

「一人でも多くの人を助けるつもりですよ」

ライアンは、しっかりと頷いた。


イヴが昼食を届けてくれた頃には、南の王ウィンドは既に人選を終え、出港の準備を整えていた。定期的に整備されていた船は万全の状態だった。食料や水、毛布等も既に積み込まれ、あとは細々とした物やローラーを何台か積み込むだけだった。確認と指示を与えるためにウィンドは、もう三度もトロッコで港へと続く洞窟の道を往復していた。

最初に到着したのはライアンが率いる東の地の人々だった。一時間ほど遅れて、シルバーを先頭に西の地のメンバーがやって来た。港は南の地のやや西よりにある。子供たちが通ってくる門は東よりだった。北の首都シャガと東の首都ラークは、集合場所である港へと続く洞窟の入り口までは、直線距離にするとほぼ同じだったが、シャガからは大きな湖を迂回しなければならないので、その分時間はかかってしまう。

「あとはホークが来るのを待つだけだな」

ライアンが言った。

「彼らが到着したら直ぐに出港できるように、我々はそろそろ船に乗り込んでおいた方が良いだろう。港へと続く道は歩かなければならない、トロッコには六人ずつしか乗れないからね」

とウィンド。港へと続く洞窟の入り口は、南の首都マーレーンからローラーで十五分ほどの所にあった。今、皆が集まっているのは、洞窟の入り口前の広場脇に建てられた集会所だった。南の地の人々は荷物と共にもう殆どが港にいた。

船に乗り込む人々は順に列を成して洞窟へ入っていった。港までは一キロほどのゆるい下り坂になっている。海面までは二十メートル以上下りなくてはならないのだ。停泊している船は二隻しかなかった。今回使うことになる二百五十人乗りの大型船と、もっとずっと小型の船だけだった。あとはボートと呼んだほうが良いようなものが何艘か、脇に繋がれてあった。船の甲板上は等間隔に吊られた水晶の玉が誰かの能力によって、信じられない位明るい光を放っていた。港には大型船があと一隻は楽々と入る余裕があったが、外海へと続く入り口は大型船がやっと通れるほどの幅しかなかった。それも今は、両開きの岩戸で塞がれている。

ほぼ全員が乗り込んだ頃、ホーク率いる北の面々が港に到着した。イヴの計らいで大量のサンドイッチが積み込まれていた。出港の準備が全て整った時は、もう夕食を食べてもおかしくない時間になっていたのだ。

「夜に港を出るのは気が進まないが、仕方がない。少しでも外が明るいうちに岩戸を開けよう」

ウィンドはそう言うと、選ばれた六人の能力者に合図を送った。意識を集中させた六人の力で、大きな岩戸が地鳴りと、轟く雷のような音と共に左右に分かれていった。静かだった入り江にさざ波がたち、すぐに大きな波が打ち寄せてきた。船が大きく揺れた。

今まで岩戸があった場所には滝が流れていた。港は二重に隠されていた訳だ。いや、島の周りの霧も入れると三重ということになるだろう。

ここからは水を操る者の出番だった。錨が巻き上げられると、船は当然のように、自分の身体の幅とほぼ同じ位しか無い戸口をすり抜けに向かった。船が近づくと、滝が左右に分かれた。舳先には青いシャツの男性と、両手をまるで竪琴を弾くように滑らかに動かす女性の姿があった。

外海へ乗り出すと、素早く三本の帆が張られた。ここからはライアンの出番だった。海は嵐の影響で波が高かったが、日没の空は、嵐が雲を全て引き寄せてしまったかのように澄み切っていた。波を落ち着かせるために、舳先にいた男性がそのまま残った。船は文字通り、風に乗って海面を滑るように滑らかに、北の大陸を目指して進んでいった。

暫くして、舳先にかなり年配に見える男性が現れると、船の前方が明るく照らされた。遠視ができるという、まるで風に飛ばされてしまいそうにか細い女性がライアンの隣に立った。

舳先に立つメンバーは、一時間ごとに交代したが、力の強さによって船のスピードはかなり違った。結局ライアンは、二度目の交代から夜明けまで舳先に立っていた。

帆船は嵐の後を追いかけるように、追い風に乗って、ライルの人々には信じられないようなスピードで進んでいた。嵐の後なので、他の船が海に出ていないのが有り難かった。

船が北の大陸の一番大きな港であるベルンに着いたのは、午後も半ばの頃だった。港は悲惨な状態だった。入港するためには沢山の船の残骸や、もやい綱が外れて漂う斜めに傾いた船を、能力者たちが脇に寄せなければならなかった。

「君のお陰で、思ったよりだいぶ早く着いたよ」

ウィンドが、仮眠をとっただけで午後からまた舳先に立っていたライアンに言った。ずっと能力を使っていたライアンは、癒し手が必要なほど消耗してしまっていた。

「上陸したら、私の出番はあまりなさそうだからね、力を使い果たしても問題はないだろうと思ったんだ」

肩に届くほど伸びた髪をクシャクシャに縺れさせたライアンが答えた。

「ノヴァがいたら、君ももう少し楽ができたのにな」

ウィンドが残念そうに言った。

「彼女なら、小さな嵐くらいは楽に方向を変えられる力があるからね」

とライアンも頷いた。ノヴァはライアンをもしのぐ風の使い手だったが、まだ石との対面を済ませていない子供は人選の対象外だったのだ。

上陸した二百五十人の能力者たちは、二十名ずつのグループに分かれて救助にあたることになっていた。そこにはジュエルの石との対面の折に祝福の歌を歌ってくれた、癒しの歌姫〝風に舞う花びら〟ワルツも加わっていた。このような大きな災害の時には、心のケアも大切な仕事だったのだ。残りの十名は船に残ることになった。彼らは皆を待つ間、港の修復や近くの小さな島の救助に行くことになっていた。そして南の地のウィンドの人選には、自ら名乗り出たサンも入っていた。

サンの働きはライルの人々を感動させるほどの素晴らしいものだった。河の中洲にとり残された三人の子供たちを安全な場所へ運び、いつの間にか家の周りが湖になっていたという家族を次々に救い出した。サンによって命を救われた人々やその家族は、彼を神のように崇めた。暗くなる頃には、彼は力を使い果たしてしまっていたが、行動を共にする人々はそんな彼をねぎらったり、グループのリーダーでもあるサンの指示を仰いだりした。彼は、もうすっかり信頼を取り戻していた。

内陸へ進むにつれて被害は大きくなっていた。ある町では、まるでこの世界の創造主が急にきまぐれをおこして、最初から造り直そうとしたような有様だった。

ウィンドには破壊された物を再生する能力があった。しかし遥か彼方まで飛ばされてしまった物までは、彼にもどうすることもできない。彼の通った後には〝ほぼ〟再生された家が建つことになった。ウィンドの再生の力は、人間の骨にも当てはまるようで、彼は、骨折に関しては有能な癒し手でもあった。

囁きの森では、木々の間から覗く菫色《すみれいろ》の空に気の早い星が一つ二つと瞬き始めていた。木の葉の間をすり抜けてくる涼しげな風が心地良く、いつもの穏やかな夕暮れを迎えていた。

しかし、森の家の中は嵐が来るかのような慌ただしさだった。まるでジュエルの心の乱れを感じ取ってしまったかのように、ティンカーが生まれ出ようとしていたのだ。

メロディーと、約束通り彼女と一緒に帰って来ていたムーンは、前触れも無く急に訪れたジュエルの出産の準備に大慌てだった。

「何せ貴女が生まれてから十年ぶりのことですもの、段取りを思い出すのも大変だわ。ライアンの代わりに手伝って頂戴ね、ムーン」

新しい白いエプロンを着けながらメロディーが言った。

「ええ、でも大丈夫よ、もう直ぐノヴァとイヴが来てくれるわ」

「ノヴァと話したのね？」

「ええ、ちょっと前にね」

レノヴァで産まれた姉妹は、遠く離れていても話をすることができた。それは一緒に暮らしていた時には、多分その必要もなかったので分からなかったのだろうが、離れて暮らすようになって気付いた嬉しい発見だった。

窓辺に置かれたカウチに寝そべって、黄昏の庭を眺めて緊張をほぐしていたジュエルは、イヴのローラーが止まるのを見て声を上げた。

「イヴよ！　ノヴァも一緒だわ！」

イヴと、もう彼女とたいして変わらないほどに背が伸びていたノヴァが、窓辺のジュエルに手を振った。二羽のノアールの姿は見当たらなかった。

「ライアンがいないから、心細いんじゃないかと思ってやって来たのよ。なんてね、本当は彼にも頼まれたのよ。多分自分がいない間に産まれてしまうだろうって言ってたわ、私たちは何とか間に合ったみたいね」

居間のランプにハーブオイルを入れながら、やや疲れた様子のイヴが言った。暖炉の小さな火にも、同じハーブの乾燥させた枝を一つポンと放り込んだ。家の中は徐々に優しい香に包まれていった。

ノヴァは、南の地で習い覚えた美しいハープの調べでジュエルを和ませてくれていた。この一年でぐんと腕を上げたムーンのオカリナも、それに加わった。ノヴァの竪琴には何らかの能力が作用しているようだった。

南の地の音楽堂で初めてハープの演奏を聴き、その音色に魅せられたノヴァは、さっそく竪琴を習うことにしたのだ。ウィンドが見つけてくれた先生は、六百歳を超えた今でも大人気のリサイタルを開く〝水辺に咲く花〟カラーだった。今まで何故か人に教えたことのなかったカラーは、始めて竪琴に触れた時のノヴァを見て、師となることを喜んで引き受けてくれた。その時ノヴァの指先から流れ出た力が、竪琴に共鳴したように美しい音を引き出したためだった。まだレパートリーは少ないが、ノヴァの弾く竪琴の音色はカラーをもうならせるものだった。

メロディーは、テキパキと出産の準備を整えていった。外では、夕方になってから吹き始めた風が雲を吹き払い、キラキラと瞬く星が徐々に空を埋め尽くしていった。ティンカーが誕生するのに相応しい夜が始まろうとしていた。

今夜この家を訪れる者があるとしたらきっと、女神たちの城へ迷い込んでしまったと思うに違いないような、幻想的な雰囲気が漂っていた。横になっているジュエル以外の肩には、それぞれに一羽ずつのノアールが大人しくとまっていた。

女神はもう一人参加しようと、ジュエルのお腹の中で慎重に準備を整えていた。

——地上の女神たちには気付いてもらえなかったが、その時星が一つ流れた。

星の光のような淡い金髪の、目鼻立ちの整った可愛い子だった。

「ようこそいらっしゃい、ティンカー」

ジュエルは、新しく加わった小さな女神を胸に乗せると、そっと囁いた。

最初に抱かせてもらったのはムーンだった。ティンカーは五人の女神たちの祝福を次々に受けると、ノヴァとムーンも使った小さなベッドですやすやと眠り始めた。暫くしてうっすらと瞼が開いた時、彼女の瞳が夜明けの空の色であることが分かった。

「きっと神様が、青にするか緑にするか迷ったのよ。結局この色に落ち着いたのね」

イヴが微笑んで言った。

「凄く綺麗な紫ね」

頬摺りするほど顔を近づけて覗き込んだムーンが言った。

「黎明の色よ……」

ノヴァがうっとりとして言った。


ライルの被害は相当に大きかったらしく、翌々日の夜になっても船は戻らなかった。今までは、レノヴァの人々のライルでの滞在期間は二、三日が普通だった。北の大陸は遠いので、移動に一日ずつかかっても三日で帰ってくるはずだが、今回は行動範囲が広いために、予定では五日間ということになっていた。レノヴァの人々が島を離れられるのは一週間が限度だと言われていた。それ以上になると身体や能力に悪影響が現れるようだ。

心配になったイヴは、順調に回復しているジュエルと元気なティンカーに安心して、次の日の朝になるとノヴァと共に南の地へと帰っていった。


イヴは、名付け子や恋人、あるいは友人等を心配する人々が集まった港にたたずんでいた。洞窟になっている港には沢山のカンテラが灯され、もう帰り着くはずの船を待っていた。

――南の地に唯一人残っていたテレパシー能力者に連絡が入ったのは一時間ほど前だった。ようやく岩戸が開き、流れ落ちる滝の間から霧の中を通り抜けてくる船が見えたのは、もう夕刻に近かった。船の後ろで岩戸が閉じられると、集まった人々からホッと溜息が漏れた。

船から降り立った人々は皆一様に疲れきってはいたが、その表情は晴れやかだった。しかし、顔つきは皆、百歳近く老け込んでしまったように見えた。暫くはストーンビレッジの温泉は、静養する人たちで満員になってしまうことだろう。

イヴは、ウィンドと共にタラップを降りてくるライアンに目を留めた。帰途でも力を使っていたであろう彼は、一段ずつ踏みしめるようにゆっくりと、レノヴァの地に戻ってきた。イヴは、今の彼に一番の薬を処方することにした。

「お帰りなさいライアン。家に帰ったら、可愛いティンカーに会えるわよ」

案の定ライアンは急に元気を取り戻し、にっこりと微笑むと、ウィンドとイヴに合図を送って、足早に洞窟の道を進んでいった。

その頃サンはタラップを降りることもなく、今の住まいにしている、無数の百合の蕾に囲まれた海辺の家に帰り着いていた。


囁きの森の家では皆、口には出さなかったが、ライアンを心配して、夜遅くなっても灯りが消えなかった。

居間に集まっていた美しい女神たちは、小さなベッドですやすやと眠る可愛い天使を順に覗き込んでは、落ち着かなげに、おもいおもいのやりかたで不安を紛らわせていた。

ムーンは図書館から借りてきた本を読んでいたが、実は、さっきからずっとページはめくられていなかった。メロディーは、時折針で指をさしながらも、せっせとティンカーの服を縫っていた。ジュエルは暖炉の火を眺めながら、無意識に乾燥した小枝やラベンダーの葉を投げ入れた。

日付が変わろうとする頃、半分開いていた居間の窓から突然風が吹き込んで、暖炉の火を揺らした。居間に集う三人は、一斉に顔を見合わせて微笑み合った。

ムーンが走って玄関のドアを開けた。暖炉の側のいつもの場所で眠っていたクッキーも、尻尾を振りながらそれに続いた。

「これでやっと安心して眠れそうね、美味しいお茶を入れましょう。確かミートパイも半分残っていたはずよ」

ジュエルに目配せすると、メロディーは嬉しそうにキッチンへ向かった。

ジュエルを見てライアンはにっこりと微笑んだ。そして彼女のほっそりとした腰に腕を回して引き寄せると、そっと囁いた。

「良かった、無事に産まれたんだね。早速キラキラ星ちゃんに会わせてもらえるかな？」

「ええ、こっちよ」

ジュエルはライアンの手を取ると、小さなベッドへといざなった。ライアンはノヴァやムーンの時と同じように、そっとティンカーのおでこにキスをして言った。

「幸せにおなり〝煌く星〟ティンカー」

ティンカーの口元が微笑むようにピクリと動いた。

「明日はブルースの所に報告に行こう」

「ええ、そうしましょう」

まだ朝もやの残る草原へと続く森の道は、ジュエルの大好きな散歩コースの一つだった。今日は休日のため、ライアンと一緒に腕を組んで歩けるのも、彼女をいっそう幸せな気分にさせてくれていた。

ティンカーは二歳の子供らしい可愛い足取りで、二人の数歩前をクッキーを追いかけるようにトコトコと歩いている。クッキーは、もう十五歳になるというのにウルフとフランのお陰で病気もせずに、いたって元気だった。

ルークとウンディーネは、いつものように二羽で連れ立って飛んで行ってしまった。

野うさぎでも見つけたのか、急に走って行ってしまったクッキーを見て、途方にくれたようにティンカーが振り返った。ライアンは笑いながら、手を差し伸べてティンカーを呼んだ。

「おいで、ティンカー」

そのとたん腕の中に突然現れたティンカーに、流石のライアンもよろめいて、取り落としそうになるのを必死で堪えなければならなかった。

ライアンとジュエルは驚いて互いを見た。ティンカーは当然のことのように、ライアンの首に手をかけて居心地良さそうに彼の胸に納まっていた。ライアンが言った。

「驚いたな、もうこんなことができるのかい、君は……」

ティンカーは褒められたと思ったのか、無邪気に笑っている。ジュエルは動揺していた。

——テレポートはサンの能力と同じだもの、ティンカーが受け継いでいてもおかしくはないわ。

彼女が産まれてからずっと、ライアンは自分の子供として接してくれていたので、私もいつのまにかそう思うようになってしまっていたみたいね……。

しかし今ジュエルは、ティンカーがサンの子供であることを思い知らされていた。

一瞬の驚きから我に返ったジュエルは、急に恐くなってライアンの腕を掴んだ。

「どうしましょう、こんなに小さいのにもう能力が使えるなんて、しかもテレポートよ。大変だわ、この子が勝手に何処かへ行ってしまったら、何処を探せばいいの……？」

「大丈夫だよ、何処へ行っても必ず君の腕の中に帰ってくるさ……でも何か対策を考えておかなくちゃならないな。家に帰ったら一緒に考えよう」

そして、生え揃ったばかりの小さな歯を覗かせて楽しそうに笑っているティンカーに、

「お願いだから、まだ近くだけにしておいてくれよ」

と片目をつむって言った。

「アイ！」

訳も分からずに返事をしたティンカーは、ライアンの腕の中でのけぞって笑った。ジュエルの口から溜息が漏れた。ライアンは何も言わないが、当然のことながら、この能力がサンから受け継がれたものであることは彼にも分かっているはずだった。ジュエルは彼に対して後ろめたいような気持ちと、早々と能力が現れてしまった小さなティンカーを案じて、口数も少なくなり、せっかくの散歩も気もそぞろだった。

そんなジュエルを気遣ってライアンが言った。

「君は余り心配しない方がいいよ、身体に障るといけないから……」

「ええ、そうね」

目の前に現れた草原は、いつものように優しく囁きかけるように彼女を迎え入れてくれた。

ジュエルはもう、いつ産まれてもおかしくないほど大きなお腹を抱えていた。勿論、今度はライアンの子であることは間違いなかった。

メロディーは、綺麗に洗い直した産着を一枚一枚確認するように丁寧に畳みあげると、にっこり笑って、

「準備は万全ね」

そう言って、大きな居間の窓から日が落ちたばかりの空を見上げた。今夜は満月だ。ジュエルのお腹の膨らみも、いくらか下がってきているようにも見える。

「キレイナ　マンゲツヨ！」

肩に止まったノアール鳥のマリアンが、月に向かって羽を広げながら叫んだ。

「そうね、きっと今夜あたり産気づくに違いないわ……忙しくなりそうね。今朝はもう少しゆっくり眠っておけば良かったわ」

そう呟くとメロディーは、良い香りのするキッチンに向かった。

今夜の夕食はムーンが引き受けてくれていた。彼女の料理は一風変わったものが多く、今日もキッチンからは不思議な香りが漂っていたが、味はいつも素晴らしく美味しかった。

メロディーの予想は的中して、夕食後のジャスミンティーを楽しんでいる時にジュエルは急に産気づき、四人目の子はあっけなく産まれた。

ジュエルは胸に抱いた小さな天使を見て、驚いて叫んだ。

「まあ大変！　この子何か付いてるわよ！」

「当然でしょうね、男の子なんだから」

メロディーが落ち着き払って答えた。

「……まあ、そうね……男の子だわ！」

ジュエルの驚きの顔が、徐々に大きな微笑に変わった。今まで女の子しか産んでいなかったジュエルは、それをあたり前のように受け入れていた。自分が男の子も産めるのだということを、すっかり忘れていたのだ。

真っ白なおくるみに包まれた、自分と同じ濃い金色の髪の小さな男の子をメロディーから手渡されたライアンが、ジュエルに微笑かけて言った。

「僕も驚いたよ、男の子だとは思わなかった」

「貴方も知らなかったの？」

「知っていたら話していたさ、今回は全く予知できなかったんだ。男の子の名前なんて考えてなかったよ」

三人も続けて女の子だったので、二人が当然のようにそう思ってしまったのも無理からぬことだったようだ。

黄金の髪の小さな紳士は、彼を見る者皆を、幸せな気持ちにさせてくれていた。彼がこの世に生を受けて二日後に、そのブルーグレイの瞳を見たライアンとジュエルは、彼を〝大地の詩〟ブルースと名付けることに決めた。

女の子と思い込んでいたのはライアンとジュエルだけではなかったようだ。

「大変！　急いで男の子の服を作らなくちゃ」

メロディーにしては珍しく慌てて言った。

「ちょっとバザールへ行って、生地を仕入れてくるわ！」

窓辺にずらりと一列に並んだ四羽のノアールたちは、大好きなムーンのオカリナを聞きながら、足を踏み変えたり頭を上下させたりしてリズムをとっていた。突然ムーンが笑ったので、その調子はずれな音に反応したノアールたちが騒ぎだした。ジュエルもつられて笑いながら言った。

「まあメロディー、貴女がバザールへ行くなんて珍しいわね。出たついでに図書館へも寄ってきたら？」

「ええ、そうね。そうしようかしら」

そう言った彼女の腕には、しっかりと二冊の本が抱えられていた。メロディーは囁きの森の家に滞在中にも、図書館にだけは度々足を運んでいたのだ。彼女は本を借りるためだと言っているが、ジュエルの見たところでは、〝小川のせせらぎ〟リバーと話をする方が主な目的ではないかと思われた。メロディーにしては珍しいことに、リバーとは何時間でもお喋りを楽しめるようだった。彼女が段々と若返るように見えるのは、彼のお陰なのかもしれなかった。

窓辺から飛び立ったマリアンが、メロディーの肩に止まって言った。

「ワタシハ　ココニイテモイイカシラ　コレカラミンナデ　イズミマデ　ミズアビニイクコトニナッテイルノヨ」

「いいわよ、楽しんでらっしゃい」

にっこりと笑ったメロディーは、ほっとしたようにそう言って、一人でいそいそと出かけて行った。

「生地を見に行くのは口実かしら」

ジュエルが微笑みながら呟くと、窓辺で彼女を見送っていたムーンが言った。

「あの様子だと、バザールへ寄ってくるのを忘れちゃいそうよ」


二週間後、メロディーとムーンは西の地へ帰り、森の家では四人家族での新しい生活が始まった。

ティンカーは、まだ自分の視界に入った場所にしかテレポートすることはなく、それも、たまにしかなかったので、ジュエルもライアンも今のところはそれほど心配せずにすんでいた。

小さなブルースはラークの町でも話題の的だった。ティンカーが産まれてから復活していた子供たちのコーナーにも、早速ブルースのための物が置かれるようになった。

嵐の救助の後以来、ライルからレノヴァへの門を通ってくる子供の数は飛躍的に増えていた。

一桁にまで落ち込んでいた人数は、次の年には三十五人、昨年は何と五十人を超えていた。しかし、今年は昨年よりも二人少なくなってしまっていた。

「貴方の予想通り、この盛り返しも一時的なものだったようね」

お座りができるようになったブルースに、擂《す》った林檎を食べさせながらジュエルが言った。

「そうだね、でも余り急に落ち込んで欲しくないなあ」

ティンカーを膝に乗せたライアンが答えた。ティンカーはピカピカに磨いた大きな林檎に、小さな歯型を付けていた。

「やっぱり貴方が言ったように、能力者が大勢で行った影響が出たのかしら……」

「ああ、子供たちの潜在能力が、それによって引き出された可能性は十分にあると思うよ。しかしそればかりじゃなくて、北の大陸では家族の絆が特に強いようだからね、今までは能力のある子供も隠しておいたりしたんじゃないかな。でも、ああいうことがあって、考え方が少し変わったんじゃないかと思うんだ」

「ねえ、定期的にレノヴァから子供たちを勧誘しに行くっていうのはどうかしら」

「それはどうかな、何もないのに大掛かりに船を出すのも考えものだし、第一、能力は見世物じゃないからね。それに君も向こうに行ってみれば分かるけど、レノヴァの人々はライルでは酷く消耗してしまうんだ」

ライアンが、ものすごいことになっていたティンカーの口の周りを、笑いながらナプキンで拭って話を続けた。

「それに向こうとこちらでは生きるサイクルが違うからね、お互いに余り干渉しない方がいいんだ。しかし、子供たちの数が余り減ってしまうようだったら、そういうことも考えなくてはならないんだろうね」

その時、細く開いた窓を二羽のノアールがすり抜けて来た。一羽は黄緑色の嘴だった。

「まあ、いらっしゃい。ミスター・ヒギンス、シンシア」

「君たちだけかい?」

そう言って、ライアンは窓の外を覗いた。空いている椅子の背もたれに落ち着いたミスターヒギンスが言った。

「キョウハ　テガミヲ　トドケニキタンダ」

そう言った彼の首には、小さな筒の付いた輪が付けられていた。

ジュエルが手馴れた様子でその輪を外すと、ミスター・ヒギンスは身体を振るってから、足の先で首の周りをかいた。

「ご苦労様。ふたりとも疲れたでしょう、ゆっくりしていってね。ルークとウンディーネも、そろそろ散策から帰る頃よ」

そう言って、ジュエルは手の中の小さな筒を覗いた。

「ノヴァからだわ、何かしら……」

ジュエルは、くるくると巻いてある紙を丁寧に伸ばして、ぎっしりと書かれた小さな文字を読んだ。読み終えたジュエルは、複雑な顔をしてライアンにそれを手渡した。

「ノヴァが石との対面を望んでいるの。もう、ひとり立ちしたがっているみたいよ」

「でもノヴァはまだ十六歳だよ。いくら大人びているといっても、中身はまだ子供だ」

「ええ、私もそう思うわ。ウィンドもイヴも反対しているらしいの。それで私たちに泣きついてきたのよ」

「あの位の歳の子は、どうして皆、早く大人になりたがるんだろうね。どうせ子供でいられるのもあと僅かなのに……尤も、私にも覚えがあるような気がするなぁ」

「貴方からノヴァにきちんと話してもらえるかしら、せめて十七歳まで待つように」

「そうだね、近いうちに向こうへ行ってこようかな、ここだとゆっくり話せそうもないからね」

ライアンはそう言って、ミスター・ヒギンスとシンシアを捕まえようと飛び跳ねているティンカーと、今は機嫌良くしているブルースを見つめた。


結局ノヴァの石との対面は、十七歳の誕生日ということで落ち着いた。

その年の七月。森の家の玄関脇では、風にそよいだ赤白の小さなチェリーセージの花が、その姿に似合わない大人びた香りを放っていた。

「じゃあ、お願いねフラン。明日の夕食までには戻って来られると思うわ」

ジュエルが、歩きはじめたばかりのブルースを抱いたフランに言った。

「行ってらっしゃい。子供たちのことは心配しないで大丈夫よ、ノヴァに私からのキスを忘れないでね」

フランが微笑んで言うと、ジュエルは大きく頷いた。

「ブルース、いい子にしてるのよ」

ジュエルは指先で、そっと彼のマシュマロのような頬をつついた。早朝にも関わらず、ブルースはいたって機嫌が良かった。ティンカーはまだ、自分の小さなベッドで、ぐっすりと眠っていた。

ノヴァは、是非立ち会いたいと言うウィンドとイヴと一緒に、南の地から直接ストーンビレッジへと向かっているはずだった。今日は、ノヴァが指折り数えて待っていた成人とみなされる日、――石との対面の日だった。

ストーンビレッジへは子供たちを連れて行くわけにはいかないので、快く引き受けてくれたフランに頼むことにしたのだ。夕方には、フランのパートナーであるウルフも来てくれることになっていた。勿論、何かと頼りになるウンディーネとルークも彼女を助けてくれるに違いない。

ライアンとジュエルの乗ったローラーが森を抜けると、ここまでローラーの前を飛んで見送ってくれていたルークとウンディーネが、高度を上げてローラーに道を譲った。ジュエルは窓から身を乗り出して、相変わらず仲睦まじい二羽のノアールに手を振った。

ストーンビレッジの宿舎では、前日に到着していたノヴァが、そのドレスをプレゼンししてくれたウィンドとイヴにさえ予想もつかない見事な変身をとげて、両親を待っていた。

イヴのドレスは濃紺のボートネックで、アクセサリーは全て真珠だった。ウィンドのスーツもイヴのドレスと同じ生地で、上着の丈は長く、膝上まであった。二人は満面に笑みを湛えて、満足そうにノヴァを眺めた。

　若い頃には随分と、ストーンビレッジの社交場に通いつめては浮名を流していたウィンドと、着るものには煩《うるさ》いイヴが注文したノヴァのためのドレスは白だった。生地は光沢のあるシルクで、ほっそりとしたウエストと形の良いヒップラインが品良く強調されていた。大きく開いた襟ぐりに、やっと肩が隠れるほどの小さなパフスリーブが付いていて、スカートの腰から下の部分には、いくつもの薔薇の蕾が金糸で刺繍されていた。

　明るい金色の髪は、イヴの手でふんわりとアップに結い上げられ、額には、真ん中にダイヤモンドの付いた金の輪がはまっていた。ノヴァの憂いを含んだ緑の瞳は、自信に満ちてきらきらと輝いていた。


　午後も遅くに到着したライアンとジュエルは、宿舎の窓から顔を出したイヴに手を振って挨拶すると、急いで着替えに向かった。

　ジュエルはモスグリーンのシンプルなドレスに身体を滑り込ませた。細身のスカートの中心には裾まで切れ込みがあり、アンダースカートは黒だった。首にはオニキスで作られた羽を広げたノアールが、黒いビロードのリボンに止めつけてあるチョーカーをつけた。長い黒髪には細い金のリボンを編みこんで、右肩に垂らした。

　ライアンは、結婚式で着たグレイの上下だった。胸元には、ブルースの形見のペンダントがあった。

着替えを終えたライアンとジュエルが階下に降りて行くと、にこやかに近づいてくる美しいレディーが目にはいった。ドレスに負けないように、いつもより少し濃いめに化粧をしたノヴァはとても大人びて、両親の目から見ても今日はりっぱなレディーに見えた。ジュエルはノヴァのドレスが乱れないように、そっと抱き締めて言った。

「素敵だわノヴァ、とても綺麗よ」

「今夜のお披露目は延期しないか、君を連れて行くのは危険すぎるよ」

ライアンはノヴァの頬に優しくキスをすると、惚れ惚れと自分の娘を眺めた。ノヴァは唇を尖らせると、頬を上気させて言った。

「嫌よ、もう一年も待ったのよ。これ以上待てないわ！」

並木道の入り口に立つ石の守り人たちは、金のオーラを放つ二人の王とその連れに丁寧に頭を下げた。石へと続く並木道を、緊張したノヴァを挟んだライアンとジュエル、その後ろを腕を組んだウィンドとイヴが静かに進んで行った。クレーターの縁に立った華やかな面々の眼前には、太陽が今日の最後の金色の光を精一杯放っていた。五人は沈み行く太陽と歩調を合わせるように、ゆっくりと煉瓦の階段を下って行った。

「あれは何かしら……」

じっと石を見つめていたノヴァが呟いた。

「石よ……」

当然のことのようにジュエルが答えた。

「石の足元に有る丸い物のことよ」

「何だろう……」

ライアンは目を眇めてそれを見つめた。

その時、太陽が姿を隠した。クレーターの周りの灯りがぼんやりと輝きだし、石の七色の光も輝きを増した。ジュエルの足取りが速くなった。

「子供だわ！」

彼女の心臓の鼓動も足取りと共に速くなっていった。ライアンも、ジュエルの後を追うように走りだした。

「ティンカー！」

ジュエルが叫んだ。

丸くなって、うとうとと眠りながら両親とノヴァを待っていた小さな〝ジャンパー〟は、目を擦りながら身体を起こした。ライアンが抱え上げて、階段の下で待つ皆の元へ連れてくると、ティンカーは天使のようににっこりと微笑んで言った。

「遅かったじゃないの、待ちくたびれちゃったわ」

「まあ！」

ジュエルは目を見開いてのけぞった。

「テレポートしてきたのね。駄目じゃないの！　お留守番しているように言ったでしょ、いつかららここにいたの――石に寄りかかって眠るなんて――身体は大丈夫かしら、どうしましょう、何

「も影響が出なければいいけれど」

「この子、ジュエルと同じ色のオーラになっているわよ」

　真っ先にノヴァのオーラが気付いた。確かに、今まで定まらずに気分に合わせてくるくると変わっていたティンカーのオーラは、ジュエルと同じような七色の光を放っていた。大人たちに取り囲まれて質問攻めにあった三歳のティンカーは、堂々と抗議した。

「だって、ずるいわ、私だけ仲間はずれなんて。私だってサンカしたかったのよ。私、もうブルースみたいな赤ちゃんじゃないわ、私にもサンカするケンリはあるはずよ」

「何ですって」

ジュエルは、口をあんぐりと開けて我が子を見た。ライアンは吹き出してから、そのままウィンドと一緒に笑いだしてしまった。途方にくれた顔で立っているノヴァに気付いたジュエルが、ティンカーに言った。

「貴女の順番はまだまだ先よ。今日はノヴァの晴れの日なのに、台無しにしてしまって……ノヴァにきちんと誤りなさい、ティンカー」

唇を尖らせていたティンカーが、おずおずとノヴァを見て言った。

「……ごめんなさいノヴァ、あなたに意地悪するつもりはなかったの、私を許してくれる?」

「ええ、でも条件があるわ」

ノヴァがティンカーの目の前で人差し指を振った。

「今度ジャンプする時は、私が行きたい所へ連れて行くこと、分かった?」

ティンカーはにっこりと笑って頷いた。ジュエルが頭を抱えて言った。

「まあ、ティンカーを煽るようなことはやめてちょうだい」

「このことは後でゆっくりと話し合いましょう。さあ、今日の主役のノヴァの対面を済ませなくちゃ」

イヴが言った。

「ノヴァ、行っておいで」

ライアンが促すと、ノヴァは一つ大きく息をして、ゆっくりと歩き出した。石の前に立ったノヴァは、躊躇うことなく両の手を石にあてた。あっという間に済ませてしまったジュエルと違い、彼女の対面は、待つ者にとっては心配になるほどの時がかかった。じっと閉じていた瞳をやっと開いたノヴァが、ゆっくり頷いてから振り返った。ウィンドがそっと手を差し出して聞いた。

「どうだった？　随分長かったから心配したよ、石の話を聞いてたみたいじゃないか」

頬を上気させたノヴァが、微笑んでその手を取って答えた。

「実を言うと、そうなのよ」

「なんですって、石と話したって言うの？」

イヴの藍色の瞳が大きく見開かれ、輝きを増した。

「石はなんて言っていたんだい」

ティンカーをしっかりと腕に抱いたライアンが、興味津々で尋ねた。ノヴァは首を傾げて、もう一度石を振り返った。

「もう少し、自分でその意味を考えてみたいの……時が来たら話すわ……それでいいかしら」

四人の保護者たちは、訳が分からずに顔を見合わせた。最初に頷いたのはウィンドだった。他の三人も、自分を納得させるように小さく頷き合った。イヴとウィンドの腕をとってノヴァが歩き出した。ジュエルと、ティンカーを抱いたライアンも後に続いた。さっきからずっと紫の瞳を輝かせて、うっとりとノヴァを見つめていたティンカーが口を開いた。

「ノヴァ、とっても綺麗だわ。お話に出てくる、何処かの国のお姫様みたい。そんなドレス、私も着てみたいわ」

「君はもう、三歳にして石と対面してしまったんだ。綺麗なドレスは着れそうも無いな」

ライアンが言うと、ティンカーは今にも泣き出しそうな情けない顔になってしまった。ライアンは笑いをかみ殺していた。ティンカーには、どんなお説教よりも、この言葉が一番堪えたようだった。

「大丈夫だよ。ウィンドおじさんが、どんなお姫様にも負けない綺麗なドレスをプレゼントしてあげるよ」

南の王がにっこりと微笑みながら請合った。ティンカーは満面に笑みをたたえてウィンドに手を伸ばし、優しいナイトに抱きついた。

じっと前を見つめて、物思いに耽っているようだったノヴァが、ふと思い出したように言った。

「そういえばティンカー、あなた石と触れ合って何か感じなかったの?」

ティンカーは、小さなピンクの唇を半分開いて、夢見るような目つきをして言った。

「とてもいい気持ちだったわ、それで眠ってしまったの……夢を見たのよ、遠くの星に行ったの。とっても綺麗な星よ。全体が石と同じ色に光っていたのよ！」

「それから、どうしたんだい」

ティンカーを抱いていたウィンドが尋ねた。ティンカーは残念そうに言った。

「そこでジュエルに呼ばれたの……もう少し続きを見たかったんだけど……」

並木道は終わりに近づいていた。急に思い出したようにジュエルが叫んだ。

「大変！　きっとフランは青くなって森を探しているに違いないわ、ルークとウンディーネも……何とかティンカーの無事を伝えなくちゃ」

「誰かテレパシーのできる者を探して、事務所のスタッフのサンドに伝えてもらおう。サンドが森の家まで知らせに行ってくれるだろう」

ライアンが言った。

「能力者が近くにいてくれるといいんだけど、直ぐに見つかるかしら……」

心配そうにジュエルが呟いた。

「いけない、これから行くパレスにはティンカーを連れて行くことはできないわ……貴方たちでノヴァを連れて行って下さらない？　私はここに残って、何とか連絡をとってみるわ」

大人しく聞いていたティンカーが言った。

「私、一人で帰れるわ」

慌ててジュエルがティンカーの腕を掴んだ。

「駄目よ、フランにちゃんと説明しなくちゃならないわ」

「それならジュエルも一緒に行きましょう。大丈夫、私ジュエルと一緒でもジャンプできるわよ」

ライアンとジュエルは困ったように顔を見合わせた。暫くの沈黙の後……

「それが一番、手っ取り早そうね」

ジュエルが諦め顔で言った。ティンカーを抱いたウィンドは、目を丸くしてこちらを見ている二人の守り人たちにあれこれ質問されないうちに、軽く会釈をして、さっさと通り過ぎた。ジュエルは、ノヴァを送り出してからテレポートしたかったが、ライアンが許さなかった。

「君たち二人を見送ってからじゃないと、安心できないんだ。向こうに着いたら、何らかの方法で知らせて欲しいんだけれど、無理かな……」

「それは私たちで何とかできると思うわ」

ノヴァが、意味ありげにティンカーを見て言った。

「ムーンとは時々話してるでしょ、ティンカー。私たちにも、あれはできるのよ。着いたら連絡してちょうだい」

ノヴァが、おでこに人差し指を当てて言った。にっこりと微笑んだティンカーが答えた。

「分かったわノヴァ、でもノヴァもあれができるなんて知らなかったわ」

「ムーンに口止めしといたのよ。だってあなた、しゃっくりが止まらないとか、ルークが笑ったとか、つまらないことで使ってるでしょ、ムーンに聞いたわよ。この能力はね、大事な時に使うのよ。例えばこういう時にね、分かった?」

ティンカーは、ピンクの頬をめいっぱい膨らませてノヴァを見た。姉は笑いながら、

「でも、時々なら話を聞いてあげる。貴女ももう赤ちゃんじゃないんだものね」

ノヴァは妹の膨らんだほっぺに音をたててキスをした。ティンカーを両腕でしっかりと抱いたジュエルが、ノヴァにフランと二人分のキスをして言った。

「楽しんでらっしゃいノヴァ、素敵な夜を——行きましょう、ティンカー」

二人のいた場所に木の葉が一枚舞い降りた。初めて目の前でその現象を見たノヴァは、驚きに目を見張って、暫くは呆然と二人のいたはずの場所を見つめていた。

「ティンカーからだわ……ちゃんと森の家に着いたって」

ノヴァが皆を見回して微笑んだ。

「では、我々も安心してストーンビレッジの夜を楽しむことにしよう」

ライアンが言うと、今日の主役の座を取り戻したノヴァは、胸を張って父親の腕を取った。二人の姿を見たイヴがウィンドに囁いた。

「まるで結婚式のカップルみたいじゃないの、誰も親子だなんて信じないわよ」

「二人の顔を見比べなければね。ノヴァは、ライアンが女装したみたいに彼に良く似てるよ」

ウィンドが言うと、イヴは彼の上着の袖を引っ張って言った。

「ノヴァに叱られるわよ、優しいウィンドおじさん」

「今頃は、ノヴァのドレスを見て、パレスの女性たちは皆一回り小さくなっているでしょうね。

とっても可愛かったのよ。きっと今夜は彼女、椅子に座っている暇がないわよ、ダンスのお相手で忙しくって」

疲れた顔のフランに、入れたばかりの香ばしいお茶のカップを手渡しながらジュエルが言った。

「じゃあ明日は私たちと一緒に筋肉痛よ。一時間もブルースを抱いて森を走り回ったんだから、もうくたくた。ウンディーネが貴女たちが家に帰ってるって呼びに来てくれた時は、もう一歩も歩けそうになかったの。ほっとして涙が出たわ」

ソファーに足を投げ出したフランが、うらめしげにティンカーを見た。

「本当にごめんなさいフラン、黙って行ってしまって……すごーく反省してるの」

一回り小さくなってしまったのは、パレスの女性たちだけではなかったようだ。

「一晩中探し回らなくて済んで良かったよ。しかし驚きだね、石に寄りかかって眠っていたなんて」

ウルフが眠ってしまったブルースをベッドに下ろして、小声で言った。

「こんなに小さい子が石と対面したなんて、前代未聞だね」

「このうえ新しい能力が目覚めてしまったりしたら大変だわ……暫くは目が離せそうもないわね」

心配顔の母親が独り言のように呟いた。ようやく食事を終えたティンカーをギュッと抱き締めてフランが言った。

「あなたも今日はたっぷり冒険をしたんだから、もうおやすみなさい」

ティンカーは、にっこり笑って大きく頷いた。ジュエルがもう一度ティンカーに念をおした。

「いいこと、絶対に一人でジャンプしてはいけません。どうしてもテレポートする必要がある時は、家族の誰かに必ずことわってから行くこと。いいわね」

「はい。約束するわ」

ティンカーは神妙な顔をして答えた。


ストーンビレッジから帰ったノヴァは、両親や里親たちを説得して、レノヴァを巡る旅に出ることにした。ノヴァの話を、ローズウッドの飾り棚の上に止まって真剣に聞いていたウンディーネが言った。

「マルデ　ノアールノ　ハンリョサガシ　ミタイデス　ノヴァニモ　ワタシノヨウニ　イイヒトガミツカルト　イイデスネ」

ウンディーネがチラリと、隣に止まったルークを見た。皆は思わず微笑んだ。頬を赤く染めたノヴァが慌てて説明した。

「別に相手を探しに行く訳じゃないのよ。まあ見つかればいいな、とは思うけど……でも、そうなる前に世の中を色々と見ておきたいの、私にも子供ができたりしたら、当分の間は自由に動き回れないでしょう。二、三年は一人で自由に暮らしてみたいの。特に焦って相手を見つけるつもりはないのよ」

レノヴァでは、空いている家は申請すれば直ぐに住むことができる。最近は人口も減ってきているので空き家も目立つようだ。短期間の滞在なら、若い女性でも直ぐに許可はおりるはずだった。

両親が許可したのは、子供たちに共通の能力があるためもあった。病気や怪我の心配をしなくて済むこともあるが、もう一つの能力は、ライアンとジュエルを安心させるものだった。

「毎日必ず連絡してね、ティンカーでもムーンにでもいいから」

「ええ、そうするわ」

ノヴァは両親を安心させるように優しく微笑んだ。

ムーンにも新しい生活が始まろうとしていた。ノヴァが巣立ってしまったウィンドとイヴの家に招かれたのだ。人里離れた所で本に囲まれて暮らしていた少女は、そろそろ社交術を身に付けても良い年齢になっていた。


昨夜から静かに降り続いていた雨が午後になって止み、雲間から日差しがもれはじめていた。

その日、クッキーが眠るように息を引き取った。普通なら十八年も生きられなかったに違いないが、フランとウルフのおかげで、これほどまで長生きできたようだ。

昼寝から目覚めたティンカーは、クッキーの首に抱きついて涙を流した。

「ああ、クッキー……あなたがいなくなったら、私は誰に言ってジャンプすればいいの！」

ジュエルは目を丸くして、嘆き悲しんでいるティンカーに聞いた。

「どういうことなのティンカー？　……貴女、約束を破って、一人でどこかへテレポートしていたのね。黙って行ってはいけないって、あれほど言ったでしょう」

「約束は守ってるわよ。だから、ちゃんとクッキーに言ってからジャンプしたんだもの」

「クッキーは犬よ……」

「だって、ライアンもジュエルも、クッキーは家族の一員だって、いつも言ってるじゃないの」

「まあ！　……いつ、どこへ行ったか教えてちょうだい」

「お昼寝の時に……まだ四回だけよ」

「じゃあ、私がぐっすりと眠っているとばかり思っていた間に、あなたは一時間ばかりの小さな旅に出ていたって訳ね……いったい何処へ行っていたの」

「エラル山よ」

「なんですって！」

「……ごめんなさい。でも、どうしてもあの山に行ってみたかったの。約束は破ってないわよ、ちゃんとクッキーに言ってからジャンプしたもの」

「クッキーが反対しないって分かっていたからでしょ」

「ええ……でも初めて雪を見たのよ！」

ティンカーは得意げに、涙で潤んだ瞳を輝かせた。

「頂上へ行ったのね！　あそこは空気が薄いのよ、子供には危険だわ」

「大丈夫よ、私はジュエルの能力を受け継いでいるのよ。最初ちょっと苦しいけど、じっとしていれば直ぐに良くなるわ」

ジュエルの口は子供の頃のように、さっきからずっとあんぐりと開いたままだった。

「あそこは大好きな場所だわ、サンにも会えるし」

「今、なんていったの……」

「優しくて素敵な人よ！　サンもテレポートができるのよ」

ティンカーは、今まで内緒にしていた反動なのか、夢中になって話し始めた。

「彼にいろんなことを教えてもらったわ。私のこと、もの凄く強い力を持っているって言ってくれたの。練習して、大きな岩も動かせるようになったのよ。それに、私ならきっと家だって動かせるだろうって！　でも、それは危険なことだから、もっと大きくなって、本当に必要だと思った時に使う力だって言ってたわ。力はムヤミに使ってはいけないいんだって」

「彼はそこに住んでいるの？」

「そうよ、でも夏の間だけよ。雪が降り出したら南の海辺の家に行くんだって言ってたわ、遊びに行ってもいいいって言ってくれたの」

ジュエルの脳裏に潮騒が蘇り、濃い霧と百合に囲まれたあの家が思い出された。

「サンは何か言ってた？　……つまり、その……あなたの家族のこととか父親のこととか、そういうことを……」

「ライアンのこと？　何も聞かなかったわ。でも私、ジュエルのことや森の家のことを話してあげたの。サンはいつも、とっても嬉しそうに聞いてくれるのよ。あ、彼も、家の人に言ってからジャンプするようにって、心配するから黙って来てはいけないって――だから、大丈夫、ちゃんとクッキーに言って来ているからって言ったの」

ティンカーは、また涙をためて、動かなくなってしまったクッキーを見た。サンは、まさかクッキーが犬だとは思わなかったに違いない。

クッキーは十八年共に暮らした家族の手によって、ブルースの隣に丁重に埋葬された。

次の日、ベビーベッドの中でぐっすりと眠っているブルースを見て、ジュエルは心を決めた。

「ルーク、ウンディーネ、お願いがあるの。暫くブルースを見ていてくれないかしら？　今日は沢山走り回っていたから、暫くは起きないと思うわ、多分十分ほどで帰れると思うの。帰って来たら、いつものように森へ遊びに行ってもいいわよ」

「ワカッタ　オコサナイヨウニ　シズカニミテルヨ」

「ダイジョウブデス　マカセテクダサイ」

頼もしいルークとウンディーネに、にっこりと微笑むと、ジュエルはそっと部屋を出た。

「ティンカー、一緒に山に行きましょう。私もサンに会いたいの」

ティンカーは、嬉しそうにぱっと顔を輝かせてジュエルの手を取った。

あっと思う間もなく、もう目の前に雲海が広がっていた。薪を割っていたサンが、斧を振り上げたままの姿でこちらを見つめていた。五年ぶりの対面は、そんなふうに唐突に始まってしまった。暫くお互いを見つめ合っていた二人は、「サン！」というティンカーの声で我に返った。サンが笑みを湛えて、斧を静かに下ろした。しゃがんで、目線を小さなジャンパーに合わせたジュエルが優しく言った。

「ティンカー、サンと二人だけで話したいの。ドームの中で遊んでいてくれるかしら」

「テーブルの上に美味しい桃があるよ」

サンが、にっこり笑ってドームの入り口を指差した。ティンカーは微笑んで頷くと、走って行ってドームのドアを開けた。

山は全く以前と変わらず、爽やかな風と素朴な高山植物がジュエルを迎えてくれた。変わったのは、サンがまた髭を伸ばし始めたことだけだった。

「夜に来れば良かったわ……そうすれば星が見られたのに」

ジュエルが言うとサンは、

「今度ティンカーと一緒に来たらいいよ。彼女とならいつでも来られる。あの子は凄いジャンパーだね、疲れを知らない」

そう言って、片手を差し出した。ジュエルはそっとその手を取って言った。

「ごめんなさい、何も知らせずに帰ってしまって……ティンカーのこと、貴方も気付いたんでしょ」

「やはり、そうなんだね」

「ええ、ティンカーは貴方の娘よ」

サンは一呼吸の間瞳を閉じた。彼がジュエルから目を離したのはその時だけだった。

「ありがとう、君が私の子を産んでくれるとは思わなかったよ」

「お礼を言うのは私の方よ、あの子に黙っていてくれてありがとう。それに、貴方がティンカーを帰してくれなかったとしても、私には文句が言えなかったでしょうね」

「忘れた訳じゃないだろう、彼女はその気になればいつでもジャンプできるんだよ」

サンが片目をつむって言った。

「しかし、実際そうしようと思わなかった訳じゃないんだ。でも私にはあんな小さな子を、どう扱っていいか分からなかったんだよ」

笑いながらサンが言った。

「彼女はまだ何も知らないのよ……私たち、ティンカーが十二歳になったら話すつもりでいたの……それからは、彼女が望めば貴方に預けるつもりだったのよ」

「ライアンは知っているのか？」

「ええ、とても可愛がってくれているわ」

「そうだろうね、あの子を見れば分かるよ」

「幸せそうだね、君もティンカーも……」

「ええ……」

「再会のキスをしてもいいかな」

サンの大きな手がジュエルの頬に触れた。唇が触れた瞬間、消し去ったはずのドームで過ごした日々が二人の脳裏に蘇った。

「流れ星の夜の子だね……」

サンが囁いた。

「たぶん……」

ジュエルが微笑んで頷いた。

「あの子は君に似て凄い美人になるぞ」

「髪は貴方と同じ色よ」

ジュエルがサンの淡い金髪にそっと触れた。

「ここで彼女に会ったのは偶然なんだ。これからも時々会ってもかまわないだろうか？」

「ええ、彼女が望むなら……やっぱり親子ね、惹かれあっているのよ……きっと、貴方たち」

ティンカーがドームの入り口から顔を覗かせた。

「もう帰らなくちゃ、家で小さな子が待っているの……行きましょう、ティンカー」

「もうお話は終わったの？」

「ええ」

「またここへ来てもいい？」

「サンがここにいる時ならね。一人でここにきては駄目よ、子供にはとても危険な場所なのよ、ここは」

ジュエルが言うと、ティンカーは嬉しそうに微笑んだ。

「分かったわ、ありがとうジュエル」

「さあ、ブルースが待っているわ、帰りましょう。あなたもお昼寝の時間よ」

ジュエルが、自分を運んでくれる小さなジャンパーを抱き上げた。サンは二人を優しく包み込んでから、腕を離すと小さく手を振った。

ティンカーはライアンの許しを得て、その後も度々〝優しいお友達〟に会いに行った。時には百合の花の香りを漂わせて帰ってくることもあった。

いつもの、家族四人での賑やかな夕食の後、日課であるライアンとの勉強の途中で、宙を見つめたティンカーが紫の瞳を輝かせて言った。

「ノヴァからよ……明日帰ってくるって！　ムーンも一緒によ。すごいわ、みんな集まるわね！」

ティンカーは、訳も分からずにいるブルースの手をとって、一緒に跳ね回り始めた。

ノヴァが森の家に帰るのは久しぶりのことだった。連絡はティンカーを通じて毎日取り合っているので、離れている気はしなかったが、彼女が旅立ってからもう二年が過ぎようとしていた。

「じゃあ明日はパイを焼きましょうね。でも、二人揃ってだなんて何かあるのかしら、ちょっと気になるわ」

「そろそろノヴァも、落ち着く場所を見つけたんじゃないかな」

ライアンが言った。

「ノヴァも、もう十九歳ですもの、誰かと一緒に暮らしたい、なんていってきてもおかしくないわよ。貴方も心の準備をしておいた方がいいわよ」

ジュエルがライアンを脅かすと、彼は引き攣った笑みを返した。

ノヴァがやってきたのは夕暮れ時になってからだった。助手席には、ティンカーが言っていたようにムーンの姿もあった。ノヴァのローラーは後部に大きな竪琴も乗せられる特別製で、形は不恰好だが、遠くからでも一目で彼女のものだということが分かった。

ピンクの薔薇のような、相変わらず見る者の顔が思わずほころぶようなノヴァだったが、両親が驚いたのは妹のムーンだった。今まで余り身なりに気を使っていなかった彼女は、イヴとウィンドの元で暮らすようになってから、見違えるように美しく洗練されていたのだ。

その夜は、一段と腕を上げたノヴァの竪琴の優雅な調べに、いつもは競い合って鳴いている夜の虫たちも、大人しく聞き惚れているようだった。

皆が集まったことで興奮してはしゃいでいたティンカーとブルースを、ようやく寝かしつけたライアンが、ワインを片手に居間に戻って来た。グラスは四つ、今日は特別にムーンも仲間に入れてもらえるようだった。

「さあ、これで話を聞く準備はできたよ。何か相談があるんだろう、ノヴァ」

「……特に、これといってある訳ではないのよ。ただ、これからのことを話しておこうと思って、ずっと気になっていたんだけれど、対面式の時のことも話してなかったでしょう。それも私の今後と深く関わりがあるのよ……」

「あら、私たち、もしかしたら貴女が、誰か素敵なお相手を見つけたんじゃないかって思っていたのよ」

ジュエルが言うと、ノヴァが当然のことのように、さらりと答えた。

「ええ、見つけたわよ」

ライアンのワインを配る手が一瞬止まった。

「〝遙かな空〟リバティーよ、西の地に住んでいるの。今度きちんと紹介するわね。今日はその前に、ちょっと説明しておこうと思って来たのよ」

ライアンを横目でチラリと見て、ノヴァは話を続けた。

「私、できれば彼の子供を産みたいと思っているの……」

「一緒に暮らすことになったら、それは当然そうなるでしょうね……じゃあ貴女たち、結婚するのね！」

ジュエルの顔がほころんだ。

「いいえ、結婚はしないわ……」

「どういうこと……何故なのノヴァ、貴女にも幸せな結婚をしてもらいたいのに……」

「それは……〝石の望み〟にも関係してくるのよ。石は、私ができるだけ多くの能力を持つ子供を産むことを望んでいるの——それも、様々な能力の子供たちが必要とされるらしいわ。レノヴァで産まれる子供たちは、より強い能力を持てるんですって——でも私は、能力だけで相手を選びたくはなかったの、やっぱり愛する人の子供でなくちゃ絶対にいやよ。それでレノヴァを廻ってみることにしたのよ、考える時間も欲しかったし……」

ジュエルは、何か大きな塊を飲み込んでしまったような顔になっていた。ライアンの方は、じっと考えに耽っているように見えた。

「ジュエル、これはノヴァの運命なのよ——ノヴァの名前は伊達じゃないわ、その名の通り、新しい星を生み出す母になるのよ」

今までソファーの隅で静かに聴いていたムーンが訳あり顔で言った。

「どういうこと……ムーン、まさか貴女……予知ができるの？」

「ええ、そうみたい」

「知らなかったわ……いつからなの？」

「小さい頃は不思議な夢を見てると思っていたの、それが未来を意味することだとはっきり分かったのは、十二歳の頃よ。ライアンの書斎でブルースの書いた本を見つけたの。それで分かったの……私にも予知ができるって」

「まあ、何で話してくれなかったの」

「ブルースの本には、そういうことも書いてあったのよ。人に話す時の心構えと、むやみに話すことの危険性も……」

ムーンは父親の顔をチラリと見た。

「ライアンには話しておこうと思ったんだけれど、なかなか二人きりで話すチャンスがなくて……」

「君が強い予知能力を持つだろうことは分かっていたよ。こんなに早く開化するとは予想外だったけどね——君はこれから大変なものを背負っていくことになりそうだね」

ライアンは自分の能力を受け継いでしまったムーンへの複雑な思いに、いつもの大らかな笑みも影を潜め、真剣な表情でワイングラスを見つめていた。

ライアンの予知の力は、突発的に表れる小さな力にすぎなかったが、ムーンのそれは、亡くなったブルースをも凌ぐ強い力だということが彼には分かっていた。そしてそれが、こんなに早く表に表れてしまったことへの、同情にも似た気持ちでいっぱいになった。

そうとも知らず、おどけた表情でムーンが言った。

「これは予知じゃないけど、きっとノヴァなら百人は産めると思うわよ！」

「百人も産むつもりは無いけど、予定では七十人位は産むつもりよ。あとの三十人はムーンに任せるわ」

ノヴァが笑いながら答えた。

「まあ！　……」

ジュエルは、りんごが丸ごと入りそうな大きな口を開けた。

「冗談よ！」

ノヴァとムーンが笑いだした。二人の花びらのような口元から出たとはとても思えないような言葉に、あっけにとられていたライアンも、思わず笑い出してしまった。

「〝石の望み〟とか言ったが、石がそんなことを言ったというのかい」

ライアンが聞いた。

「言葉とは少し違うけれど、意思は伝わってきたわ——前にメロディーが教えてくれたのよ、石に語りかけると答えてくれることもあるって」

急に大人びた顔つきになったノヴァが、ワイングラスを弄びながら話を続けた。

「私は、ここで産まれた最初の子でしょ……レノヴァでの自分の役割を知りたかったの。それで対面の時に語りかけてみたのよ……そうしたら答えてくれたの。まるでテレパシーのように意思が直接、頭に伝わってきたのよ」

ノヴァはチラリとムーンを見た。彼女が頷いたことに安心したノヴァは先を続けた。

「でも、私には石が何故強い力を持つ子供が欲しいのか、その時は、よく理解できなかったの。それであれこれ考えていた時に、ムーンと話をしていてはっきりと、石の言葉の意味が分かったのよ……私たちが離れていても話し合えることは知っているでしょう？ ……でも、いくら理解したといっても、むやみに子供をつくるつもりはないわ。素晴らしい能力や知性を備えた人とめぐり合えて、その人を愛することができた時に、彼らの子を産むつもりよ」

ノヴァは話終えたかのように、澄んだルビー色のワインを一口啜ると、ソファーに深く腰を沈めた。ライアンとジュエルの視線は、傍らのムーンへと移っていった。


ムーンのオーラは、彼女を〝金の月〟と名付けた父親の予知の通りに、今ではもう殆どライアンと同じ色に輝いていた。

「ノヴァのことを分かってもらうためにも、私が視たことをざっと説明しておいた方が良いと思うの……ウィンドとイヴにも話すつもりよ」

ムーンは静かに話し始めた。彼女の未だ子供とは思えない真剣な表情に、いつしか両親でさえも居住いを正して聞く体勢を整えた。

「ライルはこの先、素晴らしいスピードで発展していくわ……そして三十年後、その十倍のスピードで滅びに向かって進んで行く。私はライルに行ったことはないけど、おそらく二十年もすれば、ライルに今の面影はないでしょうね……天を突くような建物がそびえ、人々は建設と破壊を繰り返し、たぶん、あと何年もしないうちにレノヴァを空から眺められるようになるわよ。だからもっと霧を濃くして、空をも覆ってしまわなければならないでしょうね……そして、何れはレノヴァの存在さえも忘れてもらった方がいいんじゃないかと思うわ……彼らは私たちとは生きるスピードが違うのよ、考え方もどんどん変わっていくわ」

ムーンのブルーグリーンの瞳がライアンに向けられた。

「何年か前ライルに行ったでしょう、以前とは随分変わっていたんじゃないかしら？」

「ああ、それは私も気付いたよ。特に交通手段は大きく変化していたな。北の大陸では、馬や馬車に代わって、ローラーに似た乗り物が何台も走っていた。そして大陸を横断するように鉄の道が通っていたよ。町には物があふれていた。それに瓦礫の山の中には永遠に朽ち果てないんじゃないかと思われるような物まで混じっていたよ。実は、嵐による被害の驚きよりも、余りの文化の違いに、ショックを受けた者の方が多かったんじゃないかな」

「今はもっと変わっていると思うわ。ライルの人たちはそれを科学の進歩だと思っているようだけど、実は真っ直ぐに破滅に向かって進んでいるのよ。自然と共存する平和な世界を捨てて、競い合うように物を生み出していく。国同士の勢力争いも、途方もなく大きなものに発展してしまうでしょう」

「それは止められないの？」

ジュエルが哀願するように言った。

「無理よ、彼らは私たちの何千倍もいるのよ。何人かの人々は私たちの意見に耳を傾けるかも知れないけれど、ライル全体を纏めることはできないわ。ライルの人口は、今の私たちの力ではどうにもできないほどに膨らんでしまっているの。とても残念だけど……今の私たちの力では、ライルの人々を救うことはできない……」

しんと静まった室内に、湿気を含んだ夜風が吹き込み、カーテンがふわりと揺れた。

「ライルが滅んでしまうなんて……そんなことになったら、レノヴァみたいな小さな島なんてひとたまりもないわ……」

余りに途方もない話に呆然としたジュエルが呟いた。ライアンは目を細めて聞き入っている。若い予見者は話を続けた。

「いいえ、レノヴァは石が守ってくれるわ。でも石の力だけでは守りきれない……そこで私たちの協力が必要になるの。そのために石は、強い能力を持った人々を必要としているのよ。レノヴァで強い能力を持っている者が子供をつくれば、より強い力を持つ子が生まれるわ、ノヴァは石に賛同したのよ。ジュエルがティンカーを産んだのも関係があると思うわ。ノヴァみたいに石の声は聞こえなかったかも知れないけれど、石の影響は受けているんじゃないかしら……私たちには、きっとこれからもそういうことがあると思うわ」

「知っていたの、ティンカーのこと……」

「ええ……」

当然のことのようにムーンが答えた。ノヴァが呆れ顔で言った。

「だって月が合わないじゃないの、私たちが気が付かないと思っていたの」

ライアンが戸惑っているジュエルを引き寄せて、そっと囁いた。

「こういう話ができるのも、子供たちが大人になったってことさ」

そしてムーンに言った。

「しかし驚いたな、三十年後の世界も覗けたと言うのか、君は……」

「実際はそれ以上よ。でも、私も混乱してしまって、今は上手く説明できそうにないの」

雨音が木の葉を打つ不規則な音が聞こえ始めた。ムーンがワインを一口啜ると、皆も思い出したようにそれに倣った。ムーンが話を続けた。

「ライルが発展するにつれて、彼らにはだんだんと、このレノヴァは必要なくなっていくわ。むしろ、いつしか疎ましく思われてしまうのでしょうね。門を通ってくる変わり者も何れはいなくなってしまう……」

「ライルの人々を救う道は無いの……」

ジュエルは諦めきれずに聞いた。

「無理ね……この星を救うには、私たちが生き延びることよ。私たちは、何れレノヴァをライルから隔離しなければならなくなると思うわ、彼らの争いに巻き込まれないように……」

じっと聞いていたライアンが大きく頷いた。

「近頃のライルの人々の暮しぶりは随分変わってしまったようだ。最近こっちにやって来た子供たちの中には、ここの生活のペースになかなか馴染めない者も出てきている。毎年門を通ってくる子供たちの数も減ってきていることだし、長老たちの中からは、門を閉鎖する時も近いのではないか、という意見も出ているほどだ。実は先日の定例会でも、近いうちに検討してみなくてはならないだろう、ということになっていたんだ」

七百歳を超える長老と呼ばれる人々は、たびたび定例会に招かれることがあった。試練の時を迎えたかれらの意見は、とても尊重されていたのだ。五百歳を超えた頃から、レノヴァの人々は余り長命を望まなくなってしまう。それも分かるような気がする。若さは永遠に続く訳ではないのだ。そして七百歳にもなると、元々人々に備わった回復力を促す癒しの力も、それほど効かなくなってしまうのだ。――その後の百年余りを老人として過ごすことは、まさに試練と言うしかないだろう。

ライアンがワイングラスを上げてムーンを見た。

「次の定例会には君を連れて行った方が良いだろうね。王たちには事前に連絡して、了解をとっておくことにしよう」

ムーンは、そうなるであろうことを予想していたのか、たいして驚きもせずに、しっかりと頷いた。そしてライアンは少し考えた末に、額に皺を寄せて言った。

「その前に、少し早いが君を、大人の世界にデビューさせておいた方が良さそうだ」

ムーンの頬に微笑が浮かんだ。ライアンは何か言いたげなジュエルに片目をつむって言った。

「急いでドレスを注文しないといけないな」

「ムーンもいよいよ石と対面するのね！」

ノヴァが興奮した様子で言った。夢見るような瞳になっていたうら若い予言者が、我に返ったように叫んだ。

「黒よ！　黒がいいわ。私のドレスは黒にしてちょうだい」

ムーンは頬を上気させて、美しいブルーグリーンの瞳を輝かせた。

「対面の時にはプルートも連れて行くわ、いいでしょう？」

大人と認めるにしては、いささか心もとない反応に、両親は顔を見合わせて苦笑いした。

海都　裕（かいと　ゆう）

てんびん座 AB型
神奈川県平塚市在住
4年半のファッションデザイナーを経て、
現在は眺めの良い高台の家で、
ガーデニングと読書に明け暮れている。

ジュエル　夜明《よあ》けの宝石《ほうせき》

二〇〇九年六月二日　第一刷発行
定価はカバーに表示してあります

著　者　海都裕《かいとゆう》
発行者　平谷茂政
発行所　東洋出版株式会社
東京都文京区関口1-44-4, 112-0014
電話（営業部）03-5261-1004　（編集部）03-5261-1063
振替　00110-2-175030
http://www.toyo-shuppan.com/
印　刷　日本ハイコム株式会社
製　本　ダンクセキ株式会社

 ISBN 978-4-8096-7601-7